Tirant lo Blanc

Tirant lo Blanc
Una tria
Joanot Martorell

A cura de Josep Camps

Proa

Disseny de la coberta: Ferran Cartes / Montse Plass

Primera edició: febrer del 2000
Primera reimpressió: octubre del 2002
Segona edició: setembre del 2003

Drets exclusius d'aquesta edició:
ECSA
Diputació, 250
08007 Barcelona
e-mail: proa@grec.com
www.edicions-proa.com

ISBN: 84-8437-520-X
Dipòsit Legal: B. 35.244-2003
Impressió: Romanyà/Valls
Verdaguer, 1
Capellades (Barcelona)

Estudi introductori

El 20 de novembre de 1490 es va acabar d'imprimir, a les premses que tenia l'alemany Nicolau Spindeler a la ciutat de València, la primera edició de la novel·la *Tirant lo Blanc*, l'autor de la qual era un cavaller anomenat Joanot Martorell. Una obra que presenta dues visions contraposades i alhora complementàries del mateix univers: d'una banda ens ofereix un món medieval definit, classista i perfectament estructurat; i de l'altra, mostra les primeres manifestacions d'una societat nova que desembocarà en el Renaixement. No és pas casualitat que la caiguda de Constantinoble a mans dels turcs el 1453, l'esdeveniment que, convencionalment, s'ha escollit per assenyalar el pas de l'època medieval a la moderna, sigui l'indret on transcorren els episodis més suggestius de la novel·la, i tal volta més interessants, per al lector d'avui dia. Una peça que podem considerar, per la seva data de publicació, com la darrera gran obra de la literatura catalana antiga i que tanca, amb tot mereixement, un període. L'escriptor Mario Vargas Llosa clou el seu conegut assaig *Lletra de batalla per Tirant lo Blanc* amb uns mots que insisteixen en aquesta idea: «Que en Martorell aparegui l'ambició d'escriure una novel·la total que caracteritzarà més tard els millors narradors, que en el seu llibre apuntin tècniques que després seran freqüents en la novel·la, tindria un interès anecdòtic, si aquesta ambició i aquestes tècniques no li haguessin servit (a ell sol, o a ell i a Martí Joan de Galba, si és que la intervenció d'aquest darrer en l'elaboració de la novel·la va ésser important, cosa que a mi em sembla dubtosa) per a escriure un llibre de la grandesa de *Tirant lo Blanc*. No són aquesta ambició i aquestes tècniques les que donen grandesa a aquesta creació, és aquesta creació la que dóna grandesa a aquesta ambició i a aquestes tècniques.»[1] Ni més ni menys, es tracta de la millor novel·la europea del segle XV, tal com la va qualificar Dámaso Alonso.[2]

Orígens de la novel·la de cavalleries

Els precedents del gènere novel·lesc en llengua romànica són traduccions molt lliures a les llengües vulgars de poemes èpics grecs i llatins de primer ordre, com les cèlebres *Ilíada* i *Odissea*, ambdues atribuïdes a Homer, o l'*Eneida* de Virgili. Aquestes recreacions, datades al segle XI i escrites en vers, anaven adreçades a l'aristocràcia que volia conèixer les històries dels herois del món clàssic, però que no sabia llatí, i per aquesta raó no les podia llegir directament. A aquest conjunt de narracions, s'hi van afegir posteriorment les que tractaven sobre el rei Artús, la reina Ginebra i els cavallers de la Taula Rodona. Uns relats que conformen l'anomenada *matèria de Bretanya*, que prengué com a base el complex conglomerat de llegendes, bàsicament cèltiques i bretones, recopilades pel monjo Geoffrey de Monmouth a la seva *Historia Regnum Britanniae*, aviat traslladada en vers i al francès per un altre clergue, Wace, sota el nom de *Roman de Brut*, epònim de Bretanya. Les obres reflectien una Bretanya idealitzada on els cavallers vivien les seves aventures

1. Mario VARGAS LLOSA, *Lletra de batalla per Tirant lo Blanc*. Barcelona, Edicions 62, 1969, p. 87-88.

2. Dámaso ALONSO, «*Tirant lo Blanc*, novela moderna» dins *Obras completas*, volum VIII. Madrid, Editorial Gredos, 1985, p. 523.

inversemblants en un ambient poètic i misteriós i situades en un passat molt llunyà. Totes aquestes narracions es designaven amb el nom de *novas*, terme que va alternar amb el de *noves rimades*, és a dir, novetats o notícies en vers, i posseïen una extensió d'entre els 1.000 i els 6.000 versos.

L'autor que va divulgar la matèria de Bretanya va ser Chrétien de Troyes, a la segona meitat del segle XII, fet que significà la creació de la novel·la europea. Les seves obres, escrites en francès, en octosíl·labs apariats —per tal com s'adreçaven a un públic que no llegia sinó que bàsicament escoltava la lectura que, en veu alta, realitzava un intermediari—, es caracteritzen per la imprecisió històrica, l'exotisme geogràfic i la presència d'elements meravellosos. Chrétien, però, no crea de cap i de nou, sinó que s'inspira i recrea materials ja existents, als quals dóna una forma i una estructura noves, molt més travada i coherent: així, utilitza relats i contes folklòrics, especialment de tradició celta, que circulaven oralment en el seu temps, i que devien portar en els seus repertoris els joglars itinerants que creuaven el canal de la Mànega; i, a més, dissenya la figura del protagonista principal del relat —el cavaller errant— que n'esdevé el seu fil conductor des de l'inici fins al final. Unes obres on els cavallers es converteixen en encarnacions de les més nobles virtuts: lleialtat, fidelitat... i que s'ambienten en castells boirosos, jardins encantats... on la presència de nans, gegants o mags és una constant. Uns cavallers errants que tenien poc a veure amb el cavallers reals, ja que aquests sovint es trobaven en guerra pel més mínim insult i que, a més, no tractaven de manera tan civilitzada les dames. De Chrétien, només s'han conservat cinc *romans*, un d'ells inacabat: *Erec i Enide*, *Cligès*, *El Cavaller del Lleó*, *El Cavaller de la Carreta* i *Perceval* o *El conte del Graal*.

A partir del segle XIII, aquestes llegendes van passar a ser redactades en prosa, perquè hi devia haver molta gent capaç de llegir. Obres com el *Lancelot* o el *Tristany* van gaudir d'un èxit extraordinari perquè, a més de pretendre ensenyar moralitats, s'orientaven cap a la diversió i l'entreteniment. Serà en aquest context —la novel·la se serveix de la forma de discurs típica de la historiografia, ja que es vol presentar l'univers artúric com a històric— que s'originarà, al segle XIV, el naixement de la *novel·la de cavalleries*, gènere nou de trinca en què s'expliquen les aventures d'un heroi que personifica els ideals cavallerescos: la fidelitat, el menyspreu a la mort i la defensa del senyor, la dama i els indefensos.

A Catalunya, la matèria de Bretanya és present en dos poemes narratius del segle XIV: l'anònim *Blandín de Cornualla* i *La faula*, de Guillem Torroella; aquest darrer servirà d'estímul a Martorell per construir l'episodi del rei Artús i la fada Morgana que es narra als capítols CXC-CCII del *Tirant lo Blanc*.

L'estament cavalleresc

A partir del segle XIV, l'estament cavalleresc perd protagonisme a favor de la burgesia i deixa de ser la classe dirigent de la societat, un esdeveniment que provoca que els cavallers hagin de buscar alternatives per mantenir el seu prestigi. Uns canvis que ja assenyalava Francesc Eiximenis en el capítol DCCLV del *Dotzè del Crestià* quan afirmava «que notable ciutadà és bo per a tresorer, e millor que lo cavaller». Entre d'altres raons ho justificava amb els mots següents: «la quinta [raó], car comunament los notables ciutadans són pus savis que los cavallers en quant habiten tostemps en ciutats notables, on veen e oen e lligen més que no fan los cavallers qui comunament estan defora, en los llurs llocs pocs entre pagesos e gent simple. E és dit damunt, en la primera part d'aquest llibre, que les ciutats foren en especial edificades per fer les gents pus scients. Ara, és certa cosa que lo tresorer del rei ha de mester gran seny e saber més que altre hom, e majorment tresorer de rei pobre. La sisena, car los notables ciutadans no han neguns dels empatxaments damunt dits que han los cavallers; e, puis, que són pus reposats e són quaix al mig de cavallers e de mercaders, e saben de la un e de l'altre, e per consegüent entenen-se queucom en la noblea dels cavallers e per tal se fan mills ab ells en ço que per tresoreria han a fer ab ells. E així mateix s'entenen queucom en l'art dels mercaders e dels altres habitants en les ciutats e, per consegüent, satisfan-los mills per l'ofici de tresorer quant ab ells han a fer, que no farien los cavallers qui són alts e en van tots en vent».[3] Els burgesos, *els ciutadans*, s'equiparen i, fins i tot superen, en consideració social, els cavallers.

Les alternatives que tenia al seu abast l'estament cavalleresc van passar per l'emmirallament que, sobre seu, exerciren els predecessors artúrics; la realitat, en definitiva, va imitar la literatura a la Baixa Edat Mitjana. D'aquesta manera, el «cavaller errant», acompanyat d'un gran seguici i amb unes despeses enormes, era una figura real a tot Europa i cercava empreses difícils i justes per posar a prova la seva valentia, seguint uns codis morals i ètics. Aquest fet i la pau relativa que regnava a l'època van abocar els cavallers a crear una sèrie d'espectacles esportius i militars, amb unes normes perfectament definides, per demostrar el seu valor i poder exhibir-se: *justes* (combats individuals entre dos cavallers), *torneigs* (combats per equips de cavallers) *vots cavallerescos* (jurament de caràcter profà que s'exterioritzava en un senyal que distingia el cavaller, el qual

3. Francesc EIXIMENIS, *Dotzè llibre del Crestià*, volum II. Girona, Col·legi Universitari de Girona / Universitat de Girona, 1986, p. 182.

quedava deslliurat en haver-lo satisfet) o *passos d'armes* (un cavaller se situava en un indret estratègic, com un cruïlla de camins, i barrava el pas a qualsevol altre cavaller fins que ambdós no haguessin combatut). Aquests darrers constituïen, tal vegada, la més virtuosa i viril manifestació de la cavalleria del segle XV i són considerats com una imitació real dels episodis que descriuen, amb tota mena de detalls, les novel·les artúriques. Fama cèlebre van gaudir el Passo Honroso que defensaren el cavaller lleonès Suero de Quiñones i nou altres mantenidors al pont d'Órbigo, entre Lleó i Astorga, del 10 de juliol al 9 d'agost de 1434, o el Pas du Pin aux Pomes d'Or, que, al novembre del 1455, creà Gastó de Foix a la plaça de Born de Barcelona.

Uns espectacles militars i esportius que eren útils als cavallers perquè els permetien mantenir el cos en plena preparació física, talment com la gimnàstica actual;[4] a més, hi podien guanyar diners ja que els perdedors eren fets presoners i tenien l'obligació de pagar un rescat als guanyadors; i, per últim, aconseguien un renom que els permetia que després fossin cridats per importants prínceps i senyors per anar a la guerra.

De fet, com hem anat veient, la cavalleria al segle XV té un paper més d'ostentació i de luxe que no pas d'eficàcia social. I serà en aquest context que la literatura contribuirà de manera decisiva a mantenir l'ideal d'uns cavallers que fan de la literatura la seva font d'inspiració i poden equiparar-se als seus herois predilectes. I alhora, la literatura s'aprofita de les heroïcitats de molts d'aquests cavallers. D'aquesta manera, la vida i

4. Un exemple, potser dut a l'extrem, és el de l'entrenament del mariscal Boucicaut: cada dia feia cinc quilòmetres de *jogging*, era capaç de saltar per damunt d'un cavall amb genet inclòs i podia pujar una torre de quinze metres agafat només d'un braç. Per a més informació es pot consultar la conferència d'Anton M. Espadaler, «L'heroi i l'amor», dins *Seminari El Gust per la Lectura. Curs 1989-1990*, Departament d'Ensenyament de la Generalitat de Catalunya, 1990, p. 45-56.

la ficció es veuen mútuament interrelacionades. Vegem-ne un parell d'exemples: el català Miquel d'Orís, vers 1400, duia, per un vot cavalleresc que havia fet, un tros de gambera (una peça de l'armadura que cobria la cama) clavat a la seva cuixa fins que no arribés a combatre amb un cavaller anglès; semblantment, el valencià Pere de Centelles portava una garrotera (una lligacama) a imitació del famós orde anglès. I, finalment, il·lustres cavallers com Jean le Meinge, dit Boucicaut, Pero Niño i Jacques de Lalaing van ser objecte d'unes notables biografies que explicaven la seva vida i miracles, amb les quals el seu prestigi es va estendre per tot Europa.

De tota manera, la vida cavalleresca no sempre era elegant i fastuosa, ja que sovint els cavallers decidien solucionar els seus problemes a través d'una guerra privada que revestia dos aspectes: el deseiximent i la batalla a ultrança. En el primer, les persones que es consideraven agreujades s'atorgaven la facultat de perjudicar-se mútuament (destruint collites, apallissant esclaus i servents...). En el segon, es tractava de la lluita a mort entre els dos enemics, en camp neutral i sota la supervisió d'un jutge imparcial. I val a dir, els contrincants s'intercanviaven, prèviament, unes insultants lletres de batalla, escrites amb un llenguatge ampul·lós i emfàtic, molt proper al literari.

Podem concloure, seguint Martí de Riquer, que «al segle XV, a Catalunya i sobretot al regne de València hi ha una densa, activa i sovintejada vida cavalleresca, que es manifesta, per una banda en exhibicions espectaculars del tipus que en podríem dir deportiu, i per l'altra en una clara actitud de la noblesa que no vol dirimir els seus conflictes mitjançant els conductes normals de les lleis, sinó exercint els seus privilegis de la guerra privada, defesa als homes de condició inferior.»[5]

5. Martí DE RIQUER, *Història de la literatura catalana*, volum II. Barcelona, Editorial Ariel, 1964, p. 599 i *Aproximació al Tirant lo Blanc*. Barcelona, Quaderns Crema, 1990, p. 55.

Novel·les cavalleresques i llibres de cavalleries

Les biografies de cavallers, suara esmentades, i el prestigi d'aquests van fer néixer a la primera meitat del segle XV un nou tipus de narració que té com a protagonista el «cavaller errant»: la biografia d'un cavaller inventat, valent i forçut, però dins uns límits humans, que du a terme les seves aventures, en temps contemporanis i en terres conegudes. Obres d'aquesta tipologia són el *Jehan de Saintré*, escrita vers el 1456, de l'escriptor provençal Antoine de la Sale, els primers episodis de la qual se situen a Barcelona; la novel·leta d'aventures i d'amors, ambientada a l'imperi turc entre 1387 i 1389, *Història de Jacob Xalabín*, escrita a inicis del segle XV i d'autor anònim; o l'anònim *Curial e Güelfa*, datat entre el 1435 i el 1465, que insereix personatges reals, contemporanis i coneguts (com el rei Pere el Gran d'Aragó), dins el tramat novel·lesc, amb la finalitat que el lector cregui que allò que està llegint no és ficció sinó veritat. Es tracta, seguint la definició proposada per Martí de Riquer,[6] de *novel·les cavalleresques,* ja que intenten reflectir la realitat social i gaudeixen de tota versemblança. I el *Tirant lo Blanc* encaixaria com anell al dit dins aquesta tendència.

Aquestes novel·les es diferencien dels *llibres de cavalleries*, derivats del *roman arthurien*, i, per tant, de la tradició literària de Chrétien de Troyes. Aquests *llibres*, molt comuns a la literatura castellana de l'època, presenten nombrosos elements inversemblants i meravellosos: estan situats en terres i regnes exòtics o inexistents, els esdeveniments relatats se suposa que van passar fa segles i els cavallers presenten una força física

6. Martí DE RIQUER, *Història de la literatura catalana*, volum II, p. 575-578 i *Aproximació al Tirant lo Blanc*, p. 70-71.

extraordinària. L'*Amadís de Gaula*,[7] atribuït a Garci Rodríguez de Montalvo, o l'anònim *El libro del caballero Zifar* en serien els exemples més representatius. Aquests llibres de cavalleries moriren víctimes de la paròdia que en realitzà Cervantes a *El ingenioso hidalgo Don Quijote de la Mancha* a inicis del segle XVII.

La vida literària a la València del segle XV

Durant el segle XV el regne de València passa a convertir-se en el centre de la Corona d'Aragó. Hi ha dues raons principals que expliquen aquest fet: d'una banda, les contínues epidèmies de pesta del segle XIV afectaren molt menys València que als altres territoris de la Corona, la qual cosa provoca que la ciutat de València es converteixi el 1415, amb més de 40.000 habitants, en la capital més gran de la confederació; de l'altra, València substitueix Barcelona com a capital financera de la Corona gràcies a una notable activitat econòmica producte de l'aliança entre la burgesia mercantil i l'aristocràcia rendista. Aquesta activitat comercial es beneficia de la menor divisió social durant el procés de canvi de dinastia política, que culminà amb l'accés dels Trastàmara al poder, després del Compromís de Casp el 1412, ja que els seguidors de Jaume d'Urgell, a València, comptaven amb escassos partidaris.

És en aquest context que es pot considerar la vida literària valenciana com la més important de tots els territoris de parla catalana. Els autors i les obres més destacats del segle XV pro-

7. Es tracta d'una novel·la molt coneguda en els territoris de la Corona d'Aragó. Una prova d'aquesta fama la tenim en el fet que l'infant Joan (el futur Joan I) el 1372 tenia un gos que es deia Amadís. Per a més informació, pot consultar-se el *Pròleg* de Martí de Riquer a Joanot MARTORELL / Martí Joan DE GALBA, *Tirant lo Blanc*, volum I. Barcelona, Edicions 62 i «La Caixa» (MOLC, 99), p. 15.

cedeixen d'aquest territori. Alhora, apareix un nou públic lector format per nobles i burgesos. Aquest fet tindrà com a conseqüències la utilització preferent del català com a llengua de creació, la proliferació de tertúlies a casa de nobles, i la creació de concursos poètics sobre temes marians o eucarístics amb premis prestigiosos i remunerats. Tot plegat, permet parlar d'un veritable Segle d'Or de la literatura catalana.

Figures destacades de la literatura valenciana del segle XV són els poetes Jordi de Sant Jordi (finals de XIV-1424) i Ausiàs March (1400-1459); el poeta i prosista Joan Roís de Corella (1435-1497), el màxim representant de la «valenciana prosa»; el metge Jaume Roig (inicis del XV-1478) autor de l'*Spill o llibre de les dones*, novel·la de caràcter misogin escrita en noves rimades; o els poetes de l'anomenada «escola satírica valenciana», que concebien la poesia com un entreteniment, un joc enginyós, les obres més destacades dels quals són la *Brama dels llauradors de l'horta de València* de Jaume Gassull (mitjans del XV-abans de 1515), *Lo Somni de Joan Joan* del mateix Gasull, amb la intervenció de Joan Moreno (1430?-després de 1496) i *Lo procés de les olives,* discussió en vers escrita per Bernat Fenollar (1435/40-1516) i Joan Moreno. En el camp de la literatura religiosa sobresurten les figures del predicador Sant Vicent Ferrer (1350-1419) i de la clarissa Isabel de Villena (1430-1490), autora d'una important *Vita Christi.*

Anàlisi de «Tirant lo Blanc»

Biografia de Joanot Martorell

Joanot Martorell va néixer a la ciutat de València entre 1405 i 1410. Era un dels vuit fills d'una família originària de Gandia i provinent de la petita noblesa, que havia tingut temps enrere considerable fortuna i poder; una de les seves germanes, Isabel, es va casar amb el poeta Ausiàs March. L'exhumació de l'abundosa correspondència cavalleresca de Martorell ens revela que la seva vida fou plena de lluites i desafiaments, que viatjà per diverses ciutats europees (Londres —com s'observa en la fidelitat dels topònims que apareixen al *Tirant*—, Lisboa i Nàpols, entre d'altres) i que administrà el seu patrimoni. Un cavaller orgullós de la seva condició, que participà en empreses militars d'Alfons el Magnànim i que va dirimir els seus litigis per la via de l'enfrontament armat. Sabem que va intercanviar lletres de batalla a ultrança (a mort) amb quatre cavallers. El primer va ser amb Joan de Monpalau, cosí segon dels Martorell, el qual sembla que havia seduït Damiata, germana petita de l'escriptor, sota una promesa de matrimoni —talment com si fossin unes «bodes sordes»—, que posteriorment havia incomplert. Aquest afer va dur Martorell a Londres, davant la prohibició que impedia celebrar a València qualsevol duel a mort, on va intentar aconseguir que el rei anglès Enric VI fos el jutge de la batalla. El segon s'esdevingué amb Jaume Ripoll, cavaller jove i desitjós de glòria. El tercer fou amb Felip Boïl, celèbre cavaller errant. El darrer de tots va ser amb Gonçalbo d'Híjar, comanador de Muntalbà, a propòsit de la venda d'unes possessions, cavaller satiritzat als capítols LXXVI-LXXX del *Tirant* amb el nom de Kirieleison de Muntalbà. No consta, però, que cap d'aquests desafiaments superés la fase del preceptiu intercanvi epistolar, tot i que el primer dels quals s'allargassà prop de vuit anys.

Martorell va començar a escriure el *Tirant lo Blanc* el 1460. Anteriorment, sembla que a Anglaterra, entre 1438-39,[8]

8. Datació proposada per Curt J. Wittlin a «Dels manuscrits a l'edició: el Tirant, elaborat per Martorell el 1460 usant materials preexistents, revisat des

havia iniciat un relat que romandrà inacabat: el *Guillem de Varoic*. És una mena de tractat de cavalleria on un ermità que havia estat un gran cavaller adoctrina un donzell, natural de Bretanya. Aquesta exposició didàctica ve precedida de la narració dels esdeveniments militars notables d'aquest cavaller, de nom Guillem de Varoic. La part doctrinal procedeix, en gran part, del *Llibre de l'orde de cavalleria* de Ramon Llull i la part novel·lesca és una versió molt resumida d'un episodi que es troba en el romanç anglonormand del segle XIII, *Guy de Warwick*, que circulà, en la primera meitat del segle XV en una adaptació en prosa francesa, que és la que degué conèixer el nostre escriptor. En el mateix manuscrit que ha conservat el *Guillem de Varoic*, hi trobem el pròleg d'una obra titulada *Flor de cavalleria*, que pot atribuir-se a Joanot Martorell. Devia morir amb tota probabilitat durant el primer quadrimestre del 1465 (abans del 24 d'abril) a la ciutat de València. Restà solter i, pel que sabem, no deixà descendència. El *Tirant lo Blanc*, però, va romandre inèdit fins al 1490.

Autoria i datació de la novel·la

Tirant lo Blanc va ésser iniciat per Joanot Martorell el 2 de gener de 1460,[9] tal i com s'afirma a la dedicatòria, en gran part manllevada de la que encapçala *Los dotze treballs d'Hèrcules* d'Enrique de Villena, obra que va ser oferta al cavaller valencià Pere Pardo: «E perquè en la present obra altri no

prés en "valenciana prosa" per Galba», dins *De la traducció literal a la creació literària*. València / Barcelona, Institut Universitari de Filologia Valenciana / Publicacions de l'Abadia de Montserrat, 1995, p. 223.

9. Martí de Riquer a *Aproximació al Tirant lo Blanc*, p. 283, comenta, amb encert, que «és evident que aquesta data no és pas la data en què fou redactada la dedicatòria, ans una clara i explícita referència al dia, ja aleshores llunyà, que inicià la seva llarga novel·la. [...] Les dedicatòries solen escriure's quan hom ha acabat un llibre, no pas quan hom el comença».

puixa ésser increpat si defalliment algú trobat hi serà, jo, Joanot Martorell, cavaller, sols vull portar lo càrrec, e no altri ab mi; com per mi sols sia estada ventilada a servei del molt il·lustre Príncep e senyor Rei expectant Don Ferrando de Portugal la present obra, e començada a dos de giner de l'any mil quatre-cents e seixanta.» L'autor la dedicava, com acabem de llegir, a l'infant Ferrando de Portugal, ja que aquest era considerat «rei expectant» del seu cosí germà Pere de Portugal, nomenat «rei dels catalans» des de final del 1464 fins a la primavera del 1465, durant l'enfrontament bèl·lic entre Joan II i la Generalitat de Catalunya, i que no tenia fills.[10] La novel·la, per tant, va ser «ventilada», és a dir, acabada entre el 1464 i el 1465. Martorell presentava, a més, la seva novel·la com la traducció d'un original anglès: «... e com la dita història e actes del dit Tirant sien en llengua anglesa, e a vostra il·lustre senyoria sia estat grat vole-me pregar la giràs en llengua portuguesa... m'atreviré expondre no solament de llengua anglesa en portuguesa mas encara de portuguesa en vulgar valenciana». Es tracta, de tota manera, d'un recurs constant en les novel·les de cavalleries, però que no s'assembla al dels llibres de cavalleries castellans dels segles XV i XVI que feien veure que traduïen de l'àrab o de l'hongarès, llengües considerades més o menys estranyes a l'èpo-

10. Una altra teoria pressuposa que aquesta qualificació de «rei expectant» es refereix al fet que Ferrando de Portugal esperava succeir Alfons el Magnànim al tron de Nàpols. Martí DE RIQUER, *Aproximació al Tirant lo Blanc*, p. 281, objecta que «si pels anys 1450 i 1451 l'infant Ferran pogué, molt hipotèticament, considerar-se amb gran optimisme "rei expectant" de Nàpols, això hagué d'esdevenir-se deu anys abans de la data que es llegeix a la dedicatòria del *Tirant*, novel·la on Martorell manifesta la seva simpatia per Ferran de Nàpols, el fill il·legítim del Magnànim i successor seu a Nàpols, cosa que està en plena contradicció amb la hipòtesi que suposa que el regne del qual l'infant portuguès pogués ésser "rei expectant" fos el napolità».

ca. En aquest sentit, la versió portuguesa anunciada sols es pot entendre com una atenció vers la llengua del destinatari, Ferran de Portugal.

L'epíleg de la novel·la ens reserva, però, una sorpresa: «Aquí feneix lo llibre del valerós e estrenu cavaller Tirant lo Blanc, príncep e Cèsar de l'Imperi grec de Constentinoble, lo qual fon traduït d'anglés en llengua portuguesa e aprés en vulgar llengua valenciana, per lo magnífic e virtuós cavaller Mossén Joanot Martorell, lo qual per mort sua, no en pogué acabar de traduir sinó les tres parts. La quart part, que és la fi del llibre, és estada traduïda, a pregàries de la noble senyora Dona Isabel de Lloris, per lo magnífic cavaller Mossén Martí Joan de Galba». El problema que es planteja és el següent: Joanot Martorell afirma a la dedicatòria, com ja hem vist, que ell és l'únic autor del *Tirant* el 1460. Ara bé, en el colofó se'ns diu que la quarta part (i el llibre no és dividit en parts) va ser acabada per Martí Joan de Galba. Qui té raó? Pel que fa a la transmissió del manuscrit —que no s'ha conservat— del *Tirant lo Blanc*, sabem que Galba el va tenir a les seves mans perquè el llibre va servir com a penyora perquè pogués fer un préstec de cent rals a Martorell a l'inici del 1464. En morir aquest sense haver satisfet el deute, Galba va decidir apropiar-se del manuscrit i fer-lo imprimir per mirar d'obtenir-ne algun guany.

Segons Martí de Riquer,[11] no hi ha contradicció entre la dedicatòria i l'epíleg, de tal manera que el *Tirant lo Blanc*, des de la dedicatòria fins al darrer capítol, és obra de Joanot Martorell, que va variar al llarg de la novel·la aspectes de redacció i de llenguatge, sobretot a la darrera part, molt més abarrocada, com si hagués seguit les modes literàries de la València dels

11. Martí de Riquer, *Aproximació al Tirant lo Blanc*, p. 285-297.

anys seixanta del segle XV, que conduiran l'estil de l'obra cap a la «valenciana prosa». Així, la intervenció de Galba es limita a una lleugera revisió i molt hipotèticament a mínimes intromissions. Els «estampadors», que tenien prou avançada la composició del *Tirant* quan morí Galba, devien observar petites esmenes i arribaren a la conclusió equivocada que aquest havia continuat el llibre en la seva darrera part i que així havia de constar en l'epíleg.

En canvi, estudiosos com Joan Coromines[12] i, darrerament, Curt J. Wittlin[13] consideren, seguint raonaments estilístics, que Galba preparà el manuscrit per a la impremta (i dividí la novel·la en capítols), tot introduint-hi, progressivament i seguint l'esquema de Martorell, frases o apartats sencers, inspirats o plagiats d'autors contemporanis com Joan Roís de Corella. Unes interpolacions que destaquen pel seu estil retòric i ampul·lós, que, si bé ja es troba a les primeres pàgines del llibre —en els discursos i parlaments de la cort d'Anglaterra—, és a partir de les descripcions del Nord d'Àfrica, la «quarta part» —que Galba s'atribueix com a pròpia—, quan s'intensifica. Tot i que els darrers estudis es decanten cap a la hipòtesi de Martorell com a autor únic de la novel·la, aquesta qüestió encara avui dia no té una solució definitiva.

Fortuna editorial i versions de la novel·la

El *Tirant* va ser una novel·la d'èxit quan aparegué el 1490 a València, ja que el 1497 se'n va haver de realitzar una nova

12. Joan COROMINES, «Sobre l'estil i manera de Martí Joan de Galba i el de Joanot Martorell», dins *Lleures i converses d'un filòleg*. Barcelona, Club Editor, 1971, p. 363-378.

13. Curt J. WITTLIN a «Dels manuscrits a l'edició: el Tirant, elaborat per Martorell el 1460 usant materials preexistents, revisat després en "valenciana prosa" per Galba», p. 203-224.

edició a Barcelona.[14] Aquest any Jaume Gasull a *Lo Somni de Joan Joan* reprodueix la conversa d'unes dames que testimonien l'èxit de la novel·la, equiparada als *Salms* i als versos de Joan Roís de Corella:

—Digau, senyora:
i vós, que sou gran oradora
e gran legista,
que al·legau tant lo Salmista
i lo *Tirant*
(perquè esta i jo estam altercant),
¿digau-nos com
lo déu d'Amor ha nom de nom?
—Digau-us-ho ella,
que del senyor Mossén Corella
llig los més dies
totes les poesies.

L'auge del Renaixement europeu va obrir les portes a la novel·la, mentre que el seu èxit, entre els coetanis, anava desapareixent. El 1511 se'n va fer una versió al castellà, amb el títol de *Los cinco libros del esforçado e invencible cavallero Tirante el Blanco de Roca Salada, cavallero de la Garrotera,* impresa a Valladolid per Diego de Gumiel, i que, segurament, va ser l'edició que llegí Cervantes i que elogià a la primera part de *El ingenioso hidalgo Don Quijote de la Mancha* (1605). Així, el «cura de la aldea» comenta a propòsit de la novel·la: «Dádmele acá, compadre; que hago cuenta que he hallado en él un

14. De la primera edició, que s'exhaurí en menys de sis anys, se'n van tirar 715 exemplars i de la segona 300. Martí de Riquer, *Aproximació al Tirant lo Blanc*, p. 241, ha calculat que aleshores la població del Principat, el Rosselló i els regnes de València i Mallorca era d'uns 650.000 habitants, cosa que suposava un llibre cada 909 habitants.

tesoro de contento y una mina de pasatiempos. [...] Dígoos verdad, señor compadre, que por su estilo, es éste el mejor libro del mundo: aquí comen los caballeros y duermen y mueren en sus camas, y hacen testamento antes de su muerte, con estas cosas de que todos los demás carecen.» I no oblidem que, al final de la segona part, don Quixot, des del llit, fa testament. Cervantes descobria dos dels punts més originals de la novel·la: el realisme i l'humorisme.

A Itàlia, tingué una difusió més àmplia: el 1501 se'n realitzà una primera versió, avui perduda, feta per Niccolò di Correggio; en canvi, una segona s'imprimí, a càrrec de Lelio di Manfredi, a Venècia el 1538 i es reeditಠel 1566 i el 1611. Ludovico Ariosto adaptà, en el cant cinquè de l'*Orlando furioso* (1516), l'episodi en què la Viuda Reposada maquina tota la ficció de Lauseta per tal de fer creure a Tirant que Carmesina li és infidel, i Mateo Bandello, a *Le novelle*, també el recollí; a partir de la traducció francesa, Shakespeare l'adaptà a *Much ado about nothing* (*Molt soroll per no res*) i Edmund Spenser a *Faerie Queen* (*La reina de les fades*). La Il·lustració francesa mostrà un cert interès per l'obra: el 1737 se'n realitzà una traducció resumida per part del comte de Caylus, reeditada el 1775, que devia gaudir d'una certa fama, ja que hi trobem referències en l'obra del pensador Jean-Jacques Rousseau. Darrerament s'ha traduït, i amb notable èxit, a altres llengües com el romanès (1978), l'anglès (1984), el finès (1987), l'holandès (1988), etc.

Pel que fa a les edicions catalanes, el *Tirant lo Blanc* no fou reeditat fins al segle XIX, per Marià Aguiló, en quatre volums que van aparèixer entre el 1873 i el 1903. S'ha de remarcar que l'edició que apareix a la col·lecció «Els Nostres Clàssics» (1924-1929), a cura de Josep M. Capdevila, no conté l'obra íntegra sinó que és un intent no gaire reeixit de restituir el text que va escriure Martorell, esporgant, en conseqüència, les interpolacions atribuïdes a Galba. El 1947, a l'Editorial Selecta, aparegué l'edició de Martí de Riquer, considerada durant molts anys la millor de totes i reeditada el 1969, el 1970, el 1979 i el 1982, i que es va beneficiar de les esmenes que hi realitzà Joan Coromines. El 1990, amb motiu del cinquè centenari de la publicació de la novel·la, va aparèixer l'edició crítica coordinada per Albert Hauf que fixa, de manera definitiva, el text.

Pel que fa al terreny de les adaptacions, Joan Sales realitzà una versió infantil del *Tirant lo Blanc* el 1954 i una peça teatral, *Tirant lo Blanc a Grècia. Òpera bufa*, en vers i amb volguts anacronismes, estrenada el 1958 i publicada el 1972. Maria Aurèlia Capmany també ens va oferir una versió teatral el 1972, el guió d'un còmic, conjuntament amb Andreu Martín, el 1982, i una adaptació en prosa per a un públic juvenil el 1989. També cal esmentar les aportacions de Josep Maria Benet i Jornet que, a la *Història del virtuós cavaller Tirant lo Blanc* (1989), va recrear, per al món de l'escena, l'obra de Martorell; i d'Oriol Vergés, que va fabular sobre la biografia de l'autor a *En Joanot i en Tirant, de cavaller a cavaller* (1990). Aquest mateix any, la revista valenciana *El Temps* va editar un nou còmic basat en la novel·la.

Estructura

La història de *Tirant lo Blanc* està construïda seguint l'estructura pròpia de les novel·les de cavalleries: al voltant d'un personatge principal, que esdevé l'eix conductor de l'obra, es van encaixant una sèrie d'episodis que, d'una banda, amplien el contingut del llibre i, de l'altra, li donen continuïtat.

La primera edició, com ja s'ha assenyalat, no va dividir el conjunt de la novel·la en parts i és la versió castellana del 1511 la primera que fragmenta el corpus narratiu. Així, la primera part corresponia als capítols I-XCIX, la segona als capítols C-CXVI, la tercera als capítols CXVII-CCXCVIII, i la quarta als capítols CCXCIX-CDLXXXVII. Aquesta divisió coincideix, en bona part, amb els cinc nuclis episòdics que tenen en comú els llocs geogràfics on es desenvolupen els fets:

— cap. I-XCVII: l'acció transcorre a Anglaterra, on Tirant assoleix fama com a cavaller participant en les lluites cortesanes i cavalleresques. Els 39 primers capítols són una reelaboració del *Guillem de Varoic*, que és alhora, com ja hem comentat, una prosificació del poema anglonormand *Guy de Warwick*.

— cap. XCVIII-CXIV: situats en escenaris marítims (regne de Sicília i l'illa de Rodes), Tirant es consagra com un hàbil almirall. Cal destacar també les escenes cortesanes que narren els amors entre Felip i Ricomana a la cort de Sicília.

— cap. CXV-CCXCVII: ambientats a l'imperi bizantí (històricament conquerit pels turcs el 1453) on el protagonista esdevé un cabdill ardit i victoriós en batalles de terra ferma contra els turcs, alhora que es desenvolupen els seus amors amb la princesa de l'Imperi, Carmesina, amb la participació de dos personatges decisius: Plaerdemavida, que els afavoreix, i la Viuda Reposada, que intenta fer-los fracassar.

— cap. CCXCVIII-CDVII, on l'heroi, que ha naufragat a les costes de Tunis es converteix en un dirigent de les tropes nord-africanes i assoleix la conversió de nombrosos sarraïns.

— cap. CDVIII-CDLXXXVII, que enllacen amb la tercera part, Tirant retorna a l'imperi bizantí, l'allibera definitivament dels turcs, es casa formalment amb Carmesina i esdevé emperador fins a la seva mort.

Pel que fa a la divisió del llibre en capítols i les rúbriques que els encapçalen, cal atribuir potser aquesta responsabilitat a Galba. Aquest va partir d'un aspecte secundari a l'hora de dur a terme la divisió: fer-los començar amb un llarg i retòric parlament després de la frase «féu principi a paraules de semblant estil».

Temàtica i valors

Un dels qualificatius que s'han aplicat al *Tirant lo Blanc* —i que ha tingut més fortuna— és el de novel·la *total.* Encunyat per Mario Vargas Llosa, l'obra desenvolupa tant els temes que caracteritzen el gènere: la guerra, l'amor, els costums socials... com els procediments i els mètodes narratius que utilitzen per compondre-la. Una novel·la a la qual, citant Vargas Llosa, «totes les definicions li convenen, però cap no l'abasta»,[15] perquè Martorell va voler escriure una ficció a imatge i semblança de la realitat; una visió, en definitiva, globalitzadora i total. Així, la podem qualificar com a:

— *cavalleresca*, perquè se centra en la biografia d'un cavaller, de qui descriu els combats individuals i les estratègies militars amb tota mena de detalls. Un cavaller imaginari, però ni fantàstic ni idealitzat, que pel seu valor aconsegueix alliberar l'imperi grec dels turcs i convertir els mahometans del Nord d'Àfrica. A més, Martorell aprofita la seva experiència com a cavaller per traslladar-la a la novel·la: així, les batalles es guanyen gràcies a l'enginy i a l'astúcia —i perquè no dir-ho, gràcies a alguna traïció— més que no pas a la força física, fet que devia sorprendre el lector de la seva època. Igualment, els esdeveniments de la novel·la són explicats a través de la lògica i la raó, sempre dins els límits de la versemblança, i no mit-

15. Mario Vargas Llosa, *Lletra de batalla per Tirant lo Blanc*, p. 25.

jançant la fe i els seus misteris: els motius pels quals Tirant venç tots els cavallers amb qui s'enfronta a la cort d'Anglaterra (capítol LXIII); l'enginyós procediment amb què un mariner al servei del protagonista cala foc a una nau genovesa (capítol CVI); o, malgrat no pertànyer pròpiament a la temàtica cavalleresca, el sistema de miralls preparat per la Viuda Reposada per enganyar el nostre heroi (capítol CCLXXXIII). Una novel·la cavalleresca que permet a Martorell de traçar una línia divisòria contra els juristes i els notaris (com es veu al capítol XLI, on són penjats a la forca sis juristes «fins que hagueren trameses les miserables ànimes en infern»), representants d'una classe emergent com era la burgesia. I aquest és el motiu, no exempt d'una certa nostàlgia, pel qual Martorell atorga tanta importància a la descripció d'aquest estament cavalleresc, al qual, no oblidem-ho, ell pertany.

— *històrica*, perquè en podem identificar la geografia (Anglaterra, retratada amb exactitud, com correspon al coneixement directe que l'autor en tenia; Sicília, ben coneguda pels seus contemporanis i, tal volta, per ell mateix; Grècia, descrita a partir de fonts literàries i el Nord d'Àfrica, presentat a partir de lectures i de la precisa cartografia catalana i mallorquina) i, alhora, documentar-ne alguns persontatges (el rei Escariano presenta trets de Prest Joan de les Índies, Ciprès de Partenó coincideix amb un cavaller que serví Alfons el Magnànim...) i episodis que hi apareixen (la novel·lització del setge de Rodes, que es narra als capítols CV-CVI, està inspirada en el que el 1444 dugueren a terme les forces egípcies; val a dir que entre els assetjats hi havia el corsari valencià Jaume de Vilaregut, amic de Martorell, a qui segurament proporcionà informació de primera mà per descriure l'esdeveniment). Tot plegat respon a la realitat dels segles XIV i XV, malgrat que a vegades Martorell, per subratllar similituds entre elements aparentment allunyats, proporciona noms catalans a personatges anglesos o bizantins, o senzillament introdueix topònims inexistents: una certa inversemblança que confirma al lector que allò que està llegint no és una crònica sinó una ficció. I la prova definitiva d'aquesta apreciació la trobem quan Tirant evangelitza el Nord d'Àfrica i converteix al cristianisme una sèrie de regnes que han romàs per sempre mahometans; l'autor intenta recollir uns anhels utòpics de tots els cristians: la conversió dels infidels al cristianisme i la recuperació de la ciutat de Constantinoble, que el 1453 havia caigut en mans dels turcs.

— *social,* perquè apareixen representants de nombrosos estrats socials (reis, nobles, servents, esclaus...), per la mostra de costums i usos típics de l'època (menjars, vestits...), així com el relleu que assoleix qualsevol mena de cerimonial. Un món, el de la cort, que bascula entre la brillantor i la misèria, la magnificència i la corrupció moral. I Martorell, per dur a terme aquesta operació, trasllada a Constantinoble el viure i l'enraonar de les cases senyorials de la València del seu temps.

— *eròtica*, per la gran importància que prenen l'amor i el sexe; uns episodis amorosos tan variats que arriben a constituir un autèntic retaule eròtic (desfloraments, adulteris, «voyeurisme»...), oferts amb total llibertat. Importància especial tenen els episodis dels matrimonis secrets, les «bodes sordes», primerament entre Diafebus i Estefania (capítols CLXII-CLXIII) i, posteriorment, entre Tirant i Carmesina (capítols CCLXXI-CCLXXII); uns jocs amorosos sense acompliment total.[16] Cal afegir que les relacions amoroses són observades des de tots els angles i amb imparcialitat per part del narrador; també s'ha de remarcar el paper preponderant atorgat a l'alcavoteria, pràctica en la qual Plaerdemavida és una peça clau. Martorell, en resum, ens parla del sexe des d'una perspectiva que podem qualificar de vitalista, un tret que podem aplicar a altres aspectes de l'existència humana que reflecteix la novel·la.

— *psicològica,* per l'aprofundida ànalisi dels personatges, que no responen a cap dels arquetips prefixats a l'època, aspectes que ja comentarem més endavant.

Pel que fa referència a les tècniques narratives, que aproximen *Tirant lo Blanc* als mecanismes de la novel·la moderna, cal remarcar el procediment dels vasos comunicants (capítols CXVI-CXIX) que destria el relat en quatre nivells: retòric (quan la narració es pura *veu*), objectiu (les accions), subjectiu (els sentiments) i simbòlic o mític (la intemporalitat); i el de la capsa xinesa (els capítols CLXII-CLXIII suara esmentats), que altera la linealitat temporal i canvia el punt de vista de la narració. O bé, la interferència entre els amors de Tirant i Carmesina, així com els d'altres parelles de la cort grega, amb la descripció dels esdeveniments militars; tot plegat, fa l'efecte que Martorell ha volgut alternar les dues temàtiques per tal de mantenir l'atenció del lector.

Breu: el *Tirant* és una obra de ficció, però plena de matisos i de trets reals i històrics que fan que aquesta ficció adquireixi

16. En la vida ordinària, com en la novel·la, els matrimonis clandestins o secrets eren molt freqüents, amb el risc que això suposava per a les donzelles que s'hi avenien, ja que, a vegades, el cavaller no volia mantenir la seva paraula, com va ser el cas, recordem-ho, de Damiata Martorell.

un to de versemblança. Un realisme que el distancia de tota pretensió utòpica o al·legòrica, que podríem trobar en Ramon Llull. Una obra que representa, en definitiva, un trencament amb la narrativa anterior, i que incorpora el món real a la ficció: una societat que ha abandonat, de manera gairebé definitiva, els seus ideals medievals (religió, cavalleria) i els ha substituït per uns de burgesos, moderns, (plaer, raó, humor). Martorell, tal com afirma Martí de Riquer, «no pretén de fer arqueologia ni narrar fets i aventures situats al passat, ans novel·litzar la societat contemporània».[17]

Personatges

El tractament dels personatges per part de Martorell és un aspecte digne de ser remarcat ja que esdevé tota una novetat en desvincular-se dels convencionalismes i de les estereotipades conductes que trobem a les figures de la literatura cavalleresca medieval. Així, la conducta que manifesten no respon a cap arquetipus prefixat, evoluciona al llarg de la narració i és una mostra de la complexitat psicològica de l'ésser humà. A més, els personatges són presentats des d'un punt de vista objectiu, malgrat que Martorell prengui partit pels cristians, a vegades de manera descarada, tot i que no s'està de mostrarne de malvats, com és el cas del Duc de Macedònia.

L'exemple més evident és Tirant, personatge dotat d'una gran riquesa psicològica. Es tracta d'un cavaller fort i valent, que no s'espanta davant les empreses més arriscades, que lluita a les batalles amb enginy i és ferit diverses vegades. A més, pertany al llinatge de Roca Salada, descendent del pare del mític rei Artús, una nissaga de significació literària prou cone-

17. Martí DE RIQUER, *Pròleg* a Joanot MARTORELL / Martí Joan DE GALBA, *Tirant lo Blanc*, volum I, p. 13-14.

guda. Ara bé, en el terreny amorós es mostra tímid, vulnerable, i el seu enamorament el fa caure, sovint, en un estat melancòlic que provoca l'oblit dels seus deures militars. Al principi és un misogin que es burla dels enamorats («bé són folls tots aquells qui amen», afirma al capítol CXXII), però en veure la princesa Carmesina tot ell es trasbalsa i, malgrat presumir de conquistador, en realitat és un tímid. Només cal recordar les reprensions de què és objecte per part de Plaerdemavida («Tirant, Tirant, jamés en batalla sereu ardit ni temut si en amar dona o donzella una poqueta de força no hi mesclau», li diu al capítol CCXXIX). A més, a causa de l'amor, sofreix humorístics accidents com el trencament d'una cama i la subsegüent equivocació que pateix Hipòlit en confondre la seva veu amb la d'una donzella (capítols CCXXXIII-CCXXXIV). La seva mort, gens heroica, al llit, d'una malaltia suposadament pulmonar, i després d'haver fet testament, culmina aquest procés de desmitificació, que, alhora, simbolitza el punt i final de l'estament cavalleresc. No en va Hipòlit, referint-se al protagonista, havia sentenciat al capítol CCXCI: «Si aquest cavaller mor, tota la cavalleria del món serà morta.»

Per crear el personatge de ficció de Tirant lo Blanc, Martorell va tenir present diverses figures històriques, un exemple més del caràcter versemblant de la novel·la. Primerament, el cap dels almogàvers, Roger de Flor, que el 1302, tal com ho recull Ramon Muntaner a la seva *Crònica*, es posà al servei de l'emperador de Grècia, esdevingué, com Tirant, Cèsar de l'Imperi, es casà amb Maria, neboda de l'emperador, i fou assassinat a Andrinòpolis, ciutat on Tirant contreu la malaltia que posa fi a la seva vida. Segonament, el cabdill romanès Joan Hunyadi, que derrotà els turcs entre 1448 i 1456 i que era anomenat a Catalunya «lo comte Blanc», corrupció de *valac*; a València se celebraren festes d'acció de gràcies per les seves gestes, cosa que testimonia que era molt conegut a l'època i, a més, a la seva bandera hi duia un corb, com Tirant. Tercerament, Geoffroy de Thoysy, cavaller borgonyó vinculat a Alfons el Magnànim, que fins i tot formula, segons informen les cròniques coetànies, el mateix vot que Tirant de ser el primer cavaller a combatre i el darrer a pujar a la nau, tal com es narra al capítol CXIII, durant el setge de Rodes, origen del conflicte entre Tirant i Ricard, un personatge a qui coneix durant una campanya contra els moros i que esdevindrà un dels seus amics més fidels. I, finalment, Pedro Vázquez de Saavedra, militar d'origen gallec o castellà que va socórrer l'imperi grec el 1443, considerat, tal volta, com el model viu més real: com Tirant realitzà les primeres armes en festes celebrades a Anglaterra, decidí acudir en ajut de l'emperador de Bizanci i navegà per la Mediterrània i les costes del Nord d'Àfrica combatent els turcs. En definitiva, el protagonista de la novel·la va ser confegit a partir de la realitat que envoltava Martorell amb els trets més acusats dels militars que conegué o dels quals tingué notícia.

Els altres personatges també presenten aquesta complexitat psicològica: els emperadors de Constantinoble trenquen amb la imatge noble i solemne que puguin suggerir, ja que si l'emperador manté diàlegs eròtics amb una minyona de palau com Plaerdemavida i persegueix rates espasa en mà i amb camisa de dormir (capítol CCXXXIII), l'emperadriu comet adulteri amb Hipòlit, de clares ressonàncies incestuoses ja que li recorda el seu fill mort. La Viuda Reposada també és un altre personatge digne d'anàlisi: la dida de Carmesina és una dona de moral rígida i severa que s'enamora de Tirant i, com a conseqüència d'això, es trastorna; des d'aquest moment, l'únic propòsit que guiarà la seva vida és el de separar-lo de la princesa; descobertes les seves intencions, acabarà suicidantse. Un altre cas interessant és el de Plaerdemavida, minyona astuta i desvergonyida que practica l'alcavoteria, però que, alhora, satisfà la seva sexualitat contemplant l'activitat amorosa dels altres, com s'observa a l'episodi de les «bodes sordes». Per últim, cal esmentar la princesa Carmesina, potser el personatge de menys complexitat psicològica de la novel·la, si el contrastem amb tota la resta, ja que l'única idea que sembla moure-la —a banda de l'amor per Tirant— és la preservació de la seva virginitat; no podem oblidar, però, que es tracta d'una donzella de catorze anys.

Les fonts literàries

Martorell era un home de moltes i diverses lectures. Aquest fet es reflecteix en el *Tirant lo Blanc,* on trobem la presència de fragments de significatives obres literàries, de diversa extensió, que van des de la lleu reminiscència fins a diversos paràgrafs. Uns mal anomenats «plagis» —sobretot pel matís pejoratiu que du implícit aquest mot— perquè, si bé en els nostres dies aquest concepte pressuposa la idea d'autoria, a l'edat mitjana qualsevol persona se sentia més o menys legitimada per aprofitar dins la seva obra materials i continguts procedents d'altres.

Podem resseguir, en el *Tirant lo Blanc*, la presència textual de fonts catalanes com el *Llibre de l'orde de cavalleria* de Ramon Llull en els fragments inicials de la novel·la; *Los dotze treballs d'Hèrcules* d'Enrique de Villena a la dedicatòria; *La faula* de Guillem de Torroella; la *Crònica* de Ramon Muntaner; *Lo somni* de Bernat Metge; el *Plant dolorós de la reina Hècuba,* la *Lamentació de Biblis* i la *Història de Jàson i Medea,* tots tres de Joan Roís de Corella, un dels autors més pouats per Martorell; *Lo Crestià* de Francesc Eiximenis; alguns versos de Cerverí de Girona o d'Ausiàs March, o passatges que ens remeten als sermons de Sant Vicent Ferrer; de poetes i narradors italians com Petrarca, Dante, Boccaccio, d'aquest darrer, especialment, la *Fiammetta* i el *Decameron*; peces castellanes com el *Libro de los exemplos por A, B, C,* escrit per Clemente Sánchez de Vercial, les epístoles pseudoovidianes de Juan Rodríguez del Padrón o el romancer; obres de gran èxit a l'època com les *Històries troianes* de Guido delle Colonne, traduïdes al català per Jaume Conesa, el *Tresor* de Brunetto Latini amb una versió al català a càrrec de Guillem de Copons o el *Voyage d'autre mer* de sir John Mandeville; i, finalment, textos clàssics de procedència llatina com les *Heroides* d'Ovidi, l'*Eneida* de Virgili o les *Tragèdies* de Sèneca.[18] Uns manlleus de textos romànics i llatins que Martorell sovint emprava a partir de les traduccions catalanes coetànies que «no aporten —comenta Isabel Grifoll— únicament materials per al debat o farciment sinó que es converteixen en veritables pedreres per a la creativitat».[19] No podem tampoc oblidar, en aquest procés de construcció de la novel·la, els «autoplagis» o, per dir-ho en altres mots, l'aprofitament de les seves lletres de batalla i d'altres documents jurídics relacionats amb la vida cavalleresca del segle XV. En definitiva, dins el *Tirant lo Blanc,* hi trobem fusionats amb molta habilitat els grans noms de la literatura catalana amb els d'abast universal.

Llengua i estil

D'antuvi, cal comentar que l'afirmació que trobem, tant en el pròleg com en l'epíleg, sobre el fet que el *Tirant* és escrit en

18. Sobre la presència d'alguns dels autors esmentats dins el *Tirant lo Blanc* és aconsellable la lectura dels estudis d'Albert G. Hauf, Josep Pujol i Curt J. Wittlin citats a la bibliografia.

19. Isabel GRIFOLL, «Introducció» a Joanot MARTORELL, *Tirant lo Blanc.* Barcelona, Biblioteca Hermes, 1998, p. 43.

«llengua vulgar valenciana» s'ha d'interpretar en el sentit que la novel·la és escrita en el romanç vulgar de València, com ha posat de relleu la crítica solvent, ja que incorpora trets lingüístics valencians que responen a la parla viva de la València del seu temps (i que obeeixen a la pruïja realista de Martorell). També cal tenir present que els models lingüístics procedents de la Cancelleria Reial —i que van tenir el seu màxim apogeu entre el 1370 i el 1410, aproximadament— havien caigut en descrèdit. Hi trobem, d'aquesta manera, característiques pròpies del dialecte valencià tant morfològiques (sufixos en *-ea*: *bellea, riquea*; presència de la desinència *e* en el present d'indicatiu: *done, pense...*) com lèxiques (*eixir, espill...*). A més, cal assenyalar en el text la presència d'arabismes (*albarà, cuscussó...*), de castellanismes (*estrado, superbo...*) i de gal·licismes procedents de l'àmbit de la cavalleria (*sarjant [servent], porsavant [patge]...*), de la mateixa manera que hi ha un refús gairebé total pels arcaismes.

Un altre aspecte a destacar de la prosa del *Tirant lo Blanc* és la presència de dos estils ben diferenciats. El primer és un estil culte, retòric i barroc, subjecte als cànons de la prosa renaixentista i als de l'anomenada «valenciana prosa», utilitzat en els parlaments, els diàlegs i les lamentacions, sense arribar, però, als nivells qualitatius de Joan Roís de Corella. Aquest estil es desenvolupa a la València de la segona meitat del segle XV i consisteix a ampliar i a ornamentar la frase catalana sobre el model de la llatina, amb recursos sintàctics com poden ser els hipèrbatons o l'abundància de les perífrasis, especialment les verbals, o bé la utilització de nombrosos llatinismes. Val a dir que aquest estil sembla reflectir el fet que l'alta societat valenciana del segle XV es complaïa en aquesta expressió solemne i pomposa.

El segon estil, que podem qualificar de col·loquial i que és el reflex de la parla viva de la ciutat de València, es percep en els diàlegs breus i directes, en els refranys, en les expressions col·loquials, en els jocs de paraules i en l'ús de metàfores procedents del món de la cavalleria i aplicades als diversos episodis amorosos. Un estil on no apareix, però, cap paraula obscena ni grollera, aquella mena de mots que els humanistes anomenaven «grossers e pagesívols».

Així mateix, cal remarcar, com un dels punts més rellevants del *Tirant lo Blanc*, la presència de l'humor i de la ironia, dos elements més del realisme que impregna la novel·la i que difícilment trobem en un llibre de cavalleries, caracteritzats per la seva seriositat. Ambdós aspectes es troben travats de manera especial en diversos esdeveniments que tenen lloc a la cort de Constantinoble (per exemple, en algunes de les escenes amoroses entre Tirant i Carmesina, com la que es narra al capítol CCXXX), en el nom d'alguns personatges (el mariner Cataquefaràs o el rei Veruntamen) i, sobretot, en la concepció de personatges com Felip (que passa de ser un simple beneit a un rei responsable) o Plaerdemavida, que esdevé el motor de nombrosos episodis humorístics. De tota manera, val a dir que la cavalleria és quelcom molt seriós per a Martorell ja que el nostre autor tenia la consciència ben clara de pertànyer a l'estament que considerava més important de la societat. Tal com afirmen Manuel Llanas i Ramon Pinyol: «El *Tirant*, obra cavalleresca, és ple d'humor i d'ironia, si bé hi ha dos aspectes sobre els quals no es permet ni la més lleu broma: la cavalleria i la guerra.»[20]

20. Manuel LLANAS i Ramon PINYOL, «Estudi introductori» a Joanot MARTORELL, *Tirant lo Blanc a Constantinoble*. Barcelona, Edicions 62, 1981, p. 11.

La nostra edició

La tria que oferim reprodueix, íntegrament, els capítols que el Departament d'Ensenyament de la Generalitat de Catalunya ha proposat com a lectura per a l'assignatura de Literatura Catalana de Batxillerat. Per tal de facilitar-ne la comprensió i, alhora, amb la intenció de poder seguir el fil argumental de la novel·la, hem incorporat en cursiva resums de la resta de capítols. El text segueix el que van fixar Albert G. Hauf i Vicent Josep Escartí a la seva edició crítica del *Tirant lo Blanch*, publicada el 1990 als volums 7 i 8 de la col·lecció «Clàssics Valencians», editats per la Conselleria de Cultura, Educació i Ciència de la Generalitat Valenciana. Un text que ha estat sotmès a una regularització ortogràfica, seguint la normativa actual,[21] tenint present que els destinataris d'aquesta edició són estudiants de batxillerat i no especialistes en l'obra. A més, s'ha tingut present l'edició de Martí de Riquer i Maria Josepa Gallofré, publicada als volums 99 i 100 de «Les Millors Obres de la Literatura Catalana», d'Edicions 62 i «La Caixa»; i la de Víctor Gómez, que es troba als volums 23, 24 i 25 de la «Biblioteca d'Autors Valencians» d'Edicions Alfons el Magnànim. Al text s'hi han afegit notes a peu de pàgina, que no exhaureixen, ni de bon tros, la gran riquesa cultural que posseeix l'obra de Martorell. Aquestes notes fan referència a:

21. Hem accentuat, però, el text del *Tirant* a la valenciana, seguint l'edició crítica de la novel·la preparada per Albert G. Hauf i Vicent Josep Escartí. Tal com afirma el mateix Hauf a la introducció «es tracta de l'obra mestra escrita per un valencià de la ciutat de València».

1. Formes verbals i nominals infreqüents o arcaiques.
2. Expressions, frases fetes o paràgrafs de difícil comprensió.
3. Personatges, termes o conceptes de caràcter històric i/o cultural.

És inexcusable advertir que tant en l'anotació del text, com les idees contingudes en aquesta introducció, s'ha procurat tenir en compte moltes de les interpretacions donades pels editors anteriors de la novel·la.

El glossari de formes arcaiques o estranyes, que apareix com a complement als capítols seleccionats, recull aquelles paraules que, per una raó o altra, no figuren al *Diccionari de la llengua catalana* de l'Institut d'Estudis Catalans. També pot consultar-se el *Diccionari del català antic*, de Mercè Costa i Maribel Tarrés, publicat el 1998 per Edicions 62, que inclou, a més, els paradigmes verbals i les formes verbals irregulars més utilitzades en la llengua antiga. Unes propostes de treball, sobre el context cultural en què va ser escrit el *Tirant lo Blanc* i sobre la novel·la mateixa, tanquen aquesta edició.

Finalment, voldria expressar el meu agraïment a Josep Agustí, Carme Calderó, Teresa Pallàs i Llorenç Soldevila, que han tingut l'amabilitat de llegir de manera atenta l'original del pròleg, les notes i les propostes de treball que conformen el volum, i fer-ne valuosos comentaris que han contribuït a millorar els plantejaments i els continguts inicials. Per tot plegat, els dono públicament les gràcies i els faig partícips dels encerts i de la utilitat a les aules d'aquesta nova edició del *Tirant lo Blanc*. No cal dir, però, que tots els errors que s'hi puguin trobar són només responsabilitat meva.

La present edició contempla la relació de capítols de lectura obligatòria que figuren en la Resolució del Departament d'Ensenyament de juny de 2002 que, respecte a la de juny de

1999, ha estat reduïda. Pel que fa referència a l'edició anterior, s'han revisat l'estudi introductori, la bibliografia i l'anotació dels capítols; així mateix, s'han introduït noves propostes de treball.

JOSEP CAMPS I ARBÓS
Mollerussa, octubre de 1999

J. C. A.
Mollerussa, juliol de 2003

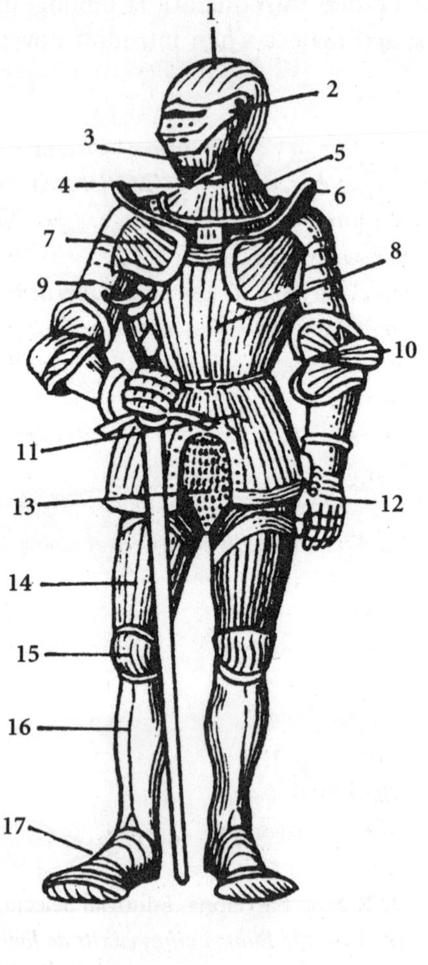

1-4 *el casc;* **1** *el bacinet;* **2** *la visera;* **3** *la bavera;* **4** *la gola;* **5** *la gorgera;* **6** *la cresta de l'espatllàs;* **7** *el plastró;* **8** *l'armadura de pit;* **9** *el guardabraç;* **10** *la colzera;* **11** *el faldatge;* **12** *el guantellet (la manyola);* **13** *l'ausberg (la cota de malles);* **14** *el cuixot;* **15** *la genollera;* **16** *la gambera;* **17** *el sabató.*

Bibliografia

Per tal de facilitar la consulta de qualsevol títol he dividit aquesta bibliografia en tres parts. La primera recull les principals edicions completes del *Tirant lo Blanc*. La segona inclou una tria de les antologies i de les adaptacions que s'han dut a terme sobre la novel·la, realitzades amb uns objectius que van des de la divulgació escolar a la recreació literària. La tercera presenta una selecció dels estudis més importants que s'han realitzat sobre l'obra i que, alhora, són plenament accessibles al lector actual. Una bibliografia molt més extensa es pot trobar a:

BELTRAN, Rafael i IZQUIERDO, Josep. «Bibliografia d'estudis sobre *Tirant lo Blanc*», dins *Llengua & Literatura*, volum 7. Barcelona, Institut d'Estudis Catalans, 1996, p. 345-405.

ALEMANY FERRER, Rafael. *Guia bibliogràfica de la literatura catalana medieval.* Alacant: Universitat d'Alacant / Departament de Filologia Catalana, 1997, p. 125-148.

a) Edicions de l'obra completa

MARTORELL, Joanot; GALBA, Martí Joan DE. *Tirant lo Blanc.* Edició a cura de Martí de Riquer. Barcelona, Editorial Selecta, 1947.

MARTORELL, Joanot. *Tirant lo Blanc i altres escrits de Joanot Martorell.* Edició a cura de Martí de Riquer. Barcelona, Editorial Ariel, 1979.

MARTORELL, Joanot; GALBA, Martí Joan DE, *Tirant lo Blanc.* Edició a cura de Martí de Riquer amb la col·laboració de Maria Josepa Gallofré. Barcelona, Edicions 62 i «La Caixa» (MOLC, 99 i 100), 1983.

Martorell, Joanot; Galba, Martí Joan de. *Tirant lo Blanch.* Edició a cura d'Albert Hauf i Vicent J. Escartí. València, Conselleria de Cultura, Educació i Ciència de la Generalitat Valenciana, 1990.

Martorell, Joanot; Galba, Martí Joan de. *Tirant lo Blanc.* Edició a cura de Víctor Gómez. València, Edicions Alfons el Magnànim / Institució Valenciana d'Estudis i Investigació, 1990.

Martorell, Joanot; Galba, Martí Joan de. *Tirant lo Blanc.* Adaptació al català modern de Joan Pellicer i Rosa Giner. València, El Temps, 1991.

b) Antologies i adaptacions

Martorell, Joanot; Galba, Martí Joan de. *Tirant lo Blanc.* Edició a cura de J. M. Capdevila. Barcelona, Editorial Barcino, «Els Nostres Clàssics», 1924-1929 [Reimpressió, Barcelona, Editorial Barcino, 1980-1981].

Martorell, Joanot. *Tirant lo Blanc.* Adaptació de Joan Sales. Barcelona, Editorial Ariel, 1954 [Reimpressió, Barcelona, Columna, 1990].

Martorell, Joanot. *Tirant lo Blanc a Grècia. Òpera bufa.* Adaptació de Joan Sales. Barcelona, Club Editor, 1972.

Martorell, Joanot. *Tirant lo Blanc.* Adaptació de Maria Aurèlia Capmany. València, Ediorial Gorg, 1974.

Martorell, Joanot. *Tirant lo Blanc a Constantinoble.* A cura de Manuel Llanas i Ramon Pinyol i Torrents. Barcelona, Edicions 62, 1981.

Martorell, Joanot. *Tirant el Blanc.* Adaptació de Maria Aurèlia Capmany. Barcelona, Edicions Proa, 1989.

Martorell, Joanot. *Història del virtuós cavaller Tirant lo Blanc.* Versió de Josep M. Benet i Jornet. Barcelona, Edicions 62, 1989.

Martorell, Joanot. *Tirant lo Blanc.* Adaptació de Jordi Tiñena. Barcelona, Editorial Laertes, 1989.

MARTORELL, Joanot. *Tirant lo Blanc*. Edició i adaptació d'Isabel Grifoll. Barcelona, Editorial Teide, 1990.

MARTORELL, Joanot. *Tirant lo Blanc*. Adaptació de David Arnau. Barcelona, Edicions Granica, 1990.

MARTORELL, Joanot. *Tirant lo Blanc*. Adaptació de Francesc Machirant. Alzira, Edicions Bromera, 1990.

MARTORELL, Joanot. *Tirant lo Blanc a l'Imperi grec*. A cura de Montserrat Alegre. Barcelona, Editorial Barcanova, 1992.

MARTORELL, Joanot. *Tirant lo Blanc*. Edició i adaptació d'Isabel Grifoll. Barcelona, Biblioteca Hermes, 1998.

MARTORELL, Joanot. *Tirant lo Blanc*. Edició de Valerià C. Labara i Ballestar. Barcelona, Editorial Mc Graw-Hill, 1999.

MARTORELL, Joanot. *Tirant lo Blanc*. A cura de Jordi Gàlvez. Barcelona, Edicions 62, 1999.

MARTORELL, Joanot *Tirant lo Blanc*. A cura de Jordi Tiñena. Barcelona, Editorial Laertes, 1999.

c) **Estudis**

AA.DD. *Tirant lo Blanc, Circulart*, núm. 21. Barcelona, Departament d'Ensenyament, març de 1990.

AA.DD. *Tirant lo Blanc. Cinc-cents anys, Cultura*, núm. 11. Barcelona, abril de 1990.

AA.DD. *Tirant lo Blanc, 500 anys, Butlletí dels Mestres*, núm. 227. Barcelona, Departament d'Ensenyament, abril de 1991.

ALEMANY FERRER, Rafael. «Al voltant dels episodis africans de *Tirant lo Blanc* i *Curial e Güelfa*». Dins AA.DD. *Actes del Col·loqui Internacional Tirant lo Blanc*. Barcelona, Publicacions de l'Abadia de Montserrat, 1997, p. 219-229.

ALONSO, Dámaso. «*Tirant lo Blanc*, novela moderna», dins *Revista valenciana de filología*, I, 1951, p. 179-215. Reproduït dins *Obras completetas*, volum VIII. Madrid, Editorial Gredos, 1985, p. 499-536.

BADIA, Lola. «El *Tirant* en la tardor medieval catalana», dins AA. DD., *Actes del Symposion Tirant lo Blanc*. Barcelona, Quaderns Crema, 1993, p. 35-99.

BELTRAN, Rafael. «*Tirant lo Blanc*: evolució i revolta de la narració de cavalleries». València, Institució Alfons el Magnànim / Diputació de València, 1983.

BELTRAN, Rafael. «*Tirant lo Blanc* i la biografia cavalleresca», dins AA. DD. *Actes del Symposion Tirant lo Blanc*, p. 101-132.

BOHIGAS, Pere ed. *Tractats de cavalleria*. Barcelona, Editorial Barcino, «Els Nostres Clàssics», 1947.

CINGOLANI, Stefano M. «Clàssics i pseudoclàssics al *Tirant lo Blanc*. Reflexions a partir d'unes fonts de Martorell», dins *Boletín de la Real Academia de Buenas Letras de Barcelona*, 1995-1996, p. 361-388.

CHINER, Jaume J. *El viure novel·lesc. Biografia de Joanot Martorell*. Alcoi, Editorial Marfil, 1993.

CÒNSUL, Isidor; GADEA, Ferran. *Tirant lo Blanc. Guia de lectura*. Barcelona, Edicions de La Magrana, 1990.

COROMINES, Joan. «Sobre l'estil i manera de Martí Joan de Galba i el de Joanot Martorell», dins *Lleures i converses d'un filòleg*. Barcelona, Club Editor, 1971, p. 363-378.

ESPADALER, Anton M. «L'heroi i l'amor», dins *Seminari El Gust per la Lectura. Curs 1989.1990*. Barcelona , Departament d'Ensenyament de la Generalitat de Catalunya, 1990, p. 45-56.

ESPADALER, Anton M. «Paraula de Joanot Martorell: sobre els principis estètics del *Tirant lo Blanc*», dins AA.DD., *Actes del Symposion Tirant lo Blanc*, p. 261-271.

FERRÀ, Miquel. *Tirant lo Blanc, la vida cavalleresca i les Illes*. Palma de Mallorca, Conselleria de Cultura, Educació i Esports del Govern Balear, 1990.

Fuster, Joan. «Lectors i escriptors en la València del segle xv», dins *Obres completes*, volum I. Barcelona, Edicions 62, 1968, p. 317-390.

Fuster, Joan. «Consideracions sobre el *Tirant*», dins *Actes del Novè Col·loqui Internacional de Llengua i literatura catalanes (Alacant/Elx, 9-14 de setembre de 1991)*, volum II. Barcelona, Publicacions de l'Abadia de Montserrat, 1993, p. 5-25.

Gadea, Ferran. «Joanot Martorell, Tirant lo Blanc, cavallers a la defensiva», dins AA.DD., *Actes del Symposion Tirant lo Blanc*, p. 273-300.

Gimferrer, Pere. «Lectura de *Tirant lo Blanc*», dins AA.DD., *Actes del Symposion Tirant lo Blanc*, p. 301-316.

Giner, Josep; Montesinos, Josep; Martí, Josep. *Tirant i el seu temps*. València, Conselleria de Cultura, Educació i Ciència de la Generalitat Valenciana, 1990.

Guia i Marín, Josep. *De Martorell a Corella: descobrint l'autor del Tirant lo Blanc*. Catarroja, Editorial Afers, 1996.

Hauf, Albert G. «Artur a Constantinoble. Entorn d'un curiós episodi del *Tirant lo Blanc*», *L'Aiguadolç*, 12-13, 1990, p. 13-31.

Hauf, Albert G. «*Tirant lo Blanc:* algunes qüestions que planteja la connexió corelliana», dins *Actes del Novè Col·loqui Internacional de Llengua i literatura catalanes (Alacant/Elx, 9-14 de setembre de 1991)*, volum II, p. 69-116.

Hauf, Albert G. «Tres cartes d'amor: contribució a l'estudi del gènere epistolar en el *Tirant lo Blanc*», dins AA.DD. *Actes del Symposion Tirant lo Blanc*, p. 379-409.

Llanas, Manuel; Pinyol, Ramon. «Tirant lo Blanc» dins *Seminari El Gust per la Lectura. Curs 1989.1990*, p. 35-43.

Martines, Vicent. *El Tirant políglota*. Barcelona, Curial Edicions Catalanes/Publicacions de l'Abadia de Montserrat, 1977.

Martínez, Tomàs. *Un clàssic entre els clàssics. Sobre les traduccions i recepcions de l'obra de Sèneca a l'època medieval*. València / Barcelona, Institut Universitari de Filologia Valenciana / Publicacions de l'Abadia de Montserrat, 1998.

MIRALLES, Carles. «"...mas no les obres." Remarques sobre la narració i la concepció de l'amor en el *Tirant lo Blanc*», dins *Eulàlia. Estudis i notes de literatura catalana*. Barcelona, Edicions del Mall, 1986, p. 21-35.

NADAL, Josep M.; PRATS, Modest. *Història de la llengua catalana*, volum II. Barcelona, Edicions 62, 1996, p. 260-273.

PERUJO, Joan. *La coherència estructural del Tirant lo Blanc*. València, Institut de Cultura Juan Gil Albert / Generalitat Valenciana, 1995.

PUJOL, Josep. «El desenllaç tràgic del *Tirant lo Blanc*, les *Troianes* de Sèneca i les idees de tragèdia al segle XV», dins *Boletín de la Real Academia de Buenas Letras de Barcelona*, 1995-96, p. 29-66.

PUJOL, Josep. «De Guido delle Colonne a l'Ovidi epistolar: sobre el rendiment narratiu i retòric d'unes fonts del *Tirant lo Blanc*», dins *Anuari de l'Agrupació Borrianenca de Cultura*, 8, 1997, p. 133-174.

PUJOL, Josep. «Micer Johan Bocaci i mossén Joanot Martorell: presències del *Decameron* i de la *Fiammeta* al *Tirant lo Blanc*», dins *Llengua & Literatura*, volum 9. Barcelona, Institut d'Estudis Catalans, 1998, p. 49-100.

PUJOL, Josep. *La memòria literària de Joanot Martorell*. Barcelona, Curial Edicions Catalanes / Publicacions de l'Abadia de Montserrat, 2001. (Inclou la bibliografia més recent sobre *Tirant lo Blanc*).

RENEDO, Xavier. «De libidonosa amor los efectes», *L'Avenç*, 123, 1989, p. 18-23.

RIQUER, Martí DE, ed. *Lletres de batalla, cartells de deseiximents i capítols de passos d'armes*, tres volums. Barcelona, Editorial Barcino, «Els Nostres Clàssics», 1963-1968.

RIQUER, Martí DE. «Joanot Martorell i el *Tirant lo Blanc*», dins *Història de la literatura catalana*, volum II. Barcelona, Editorial Ariel, 1964, p. 632-721.

RIQUER, Martí DE. *L'arnés del cavaller. Armes i armadures catalanes medievals*. Barcelona, Editorial Ariel, 1968.

RIQUER, Martí DE. *Aproximació al Tirant lo Blanc*. Barcelona, Quaderns Crema, 1990.

RIQUER, Martí DE; VARGAS LLOSA, Mario. *El combate imaginario: las cartas de batalla de Joanot Martorell*. Barcelona, Editorial Seix Barral, 1972.

ROMEU, Josep. «Ficció que féu la reprovada Viuda a Tirant. Comentaris al capítol 283 de *Tirant lo Blanc*», dins Narcís Garolera, ed., *Textos literaris catalans. Lectures i interpretacions*, volum I. Barcelona, Columna Edicions, 1994, p. 125-138.

TURRÓ, Jaume. «Una cort a Barcelona per a la literatura del segle XV», *Revista de Catalunya*, núm. 163 (juny de 2001), p. 97-123.

VARGAS LLOSA, Mario. *Lletra de batalla per Tirant lo Blanc*. Barcelona, Edicions 62, 1969.

WITTLIN, Curt J. *De la traducció literal a la creació literària*. València / Barcelona, Institut Universitari de Filologia Valenciana / Publicacions de l'Abadia de Montserrat, 1995.

ITINERARIS DE TIRANT LO BLANC

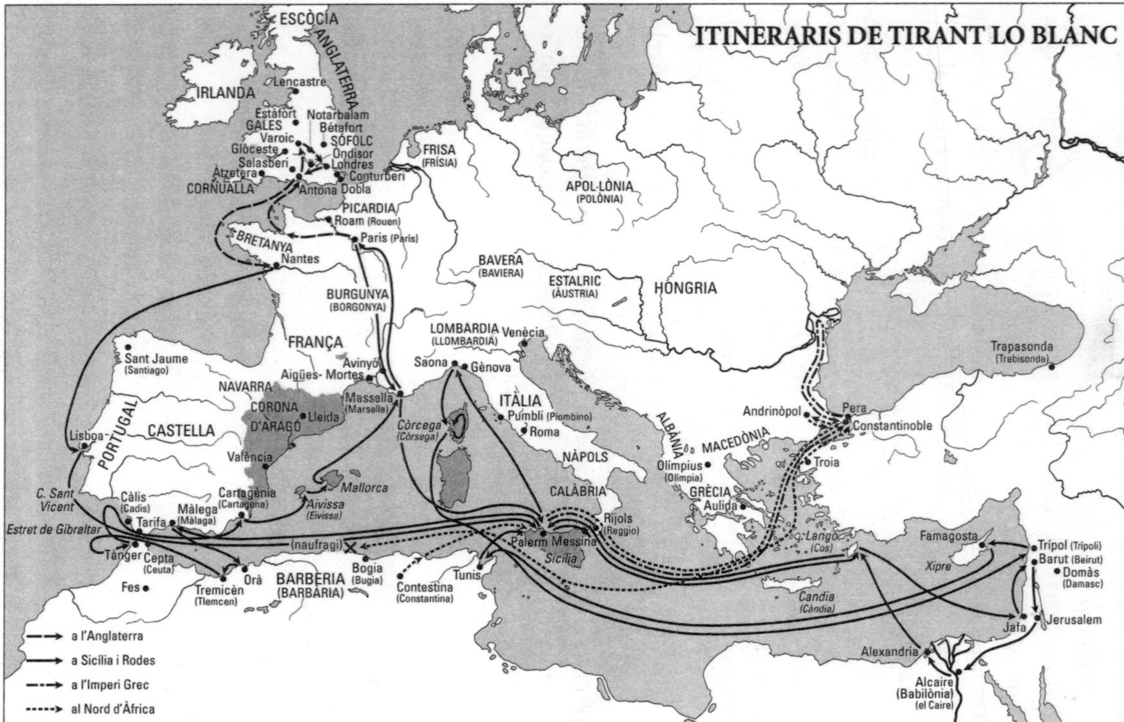

Tirant lo Blanc

Una tria

[Resum I-IX]

En la «fèrtil, rica i delitosa» illa d'Anglaterra, hi habitava un cavaller de gran fama anomenat Guillem de Varoic. A l'edat de cinquanta-sis anys, decideix abandonar la vida de les armes i emprèn un viatge a Terra Santa per redimir-se dels seus pecats. Allí, fa creure a tothom que ha mort i així podrà retornar secretament a Anglaterra i establir-se a les terres de Varoic per dur a terme una vida ermitana fins a la fi dels seus dies, tot vivint de l'almoina i sense ser reconegut per ningú, ni tan sols per la seva muller ni pels seus antics vassalls. Aleshores, un estol de moros, comandat per Abraïm, rei de la Gran Canària, amenaça d'envair l'illa. El rei anglès, després de ser derrotat en nou batalles consecutives, es refugia al castell de Varoic. En aquesta fortalesa se li apareix una donzella que li ordena que si vol salvar el regne ha de nomenar capità del seu exèrcit el primer captaire que vegi. L'endemà, Guillem, que ha baixat a la ciutat a captar, es troba el rei, que li demana que accepti el comandament de les forces angleses. Davant la seva insistència, Guillem li diu el següent:

Capítol X

La resposta definitiva que l'ermità féu al Rei

—A tu, Rei prudentíssim, jove, qui has viscut en benaventurada vida, mèritament s'esguarda en l'execució de les obres virtuoses subtilment mires; e a mi, vell, seguint les regles de cavalleria, ab grandíssim perill gloriosa fama atenga. Als vells animosos, basta que sens fer lletgea de covards actes sostinguen la primera que en la joventut, ab excés de perillosos treballs, guanyaren. E posat cas veritat les tues piadoses paraules advoque raonablement, han tengut en mi força les tues doloroses llàgremes, ans que mon deliber, no essent a tu publicat justament, m'hagués obligat a l'execució de tal empresa. ¡Oh entrestit Rei! I en tan poca esperança tens ta vida? Estutja aqueixes llàgremes a menys desitjada fortuna que aquesta. Puix veig que tes pregàries són tan humils e justes, per amor d'Aquell per qui m'has conjurat e per amor de tu, qui est mon natural senyor, jo só content d'obeir los teus manaments e entendre ab summa diligència en la lliberació de tu e de ton regne, e em dispondré, si mester serà, d'entrar en batalla, així vell com me só, per defendre la cristiandat e aumentar la santa fe catòlica, e per baixar la supèrbia de la mafomètica[1] secta, ab pacte tal que ta excel·lència se regesca a mon consell, car ab lo divinal adjutori jo et daré gloriosa honor e fer-te he vencedor de tots los teus enemics.

1. *mafomètica*: mahometana.

»Respòs lo Rei:

—Pare reverent, puix me feu tanta gràcia, jo us promet, a fe de rei, que no passaré un punt[2] l'ordinació vostra.

—Ara, senyor —dix l'ermità—, com seràs de fora, en la gran sala, mostra als cavallers e a tot lo poble la tua cara alegre e molt contenta, e ab gran afabilitat parlaràs a tots, e al dinar menja bé e dóna't plaer, e mostra molt més alegria de la que acostumat havies, per ço que tots aquells qui tenen l'esperança perduda la puguen recobrar; car lo senyor o lo capità, per gran adversitat que li vinga, no deu mostrar la sua cara trista per no esmaiar la sua gent. E fes-me dar unes vestidures de moro e veuràs lo que jo faré; car anant a la Casa Santa de Jerusalem fui en Alexandria, e en Barut[3] me fonc mostrada la llengua morisca,[4] perquè aturí grans dies ab ells, e aprenguí dins Barut fer magranes[5] de certs materials compostes, que estan sis hores en poder-se encendre, e com són enceses bastarien a tot lo món a cremar, que com més aigua hi llencen, més s'encenen, que tota l'aigua del món no les bastaria apagar, si ja no les apaguen ab oli e ab resina de pi.

—Cosa és de gran admiració —dix lo Rei— que ab oli e ab resina de pi s'hagen apagar, e no ab altra cosa, car jo creia que l'aigua apagava tots los focs del món.

—No, senyor —dix l'ermità—; si la senyoria vostra me dóna llicència que vaja fins a la porta del castell, jo portaré sol un material e ab aigua clara o ab vi encendreu una antorxa.

2. *passaré un punt*: trigaré.

3. *Barut*: Beirut, ciutat de Síria.

4. *llengua morisca*: llengua dels moros, és a dir, l'àrab.

5. *magranes:* granades d'artilleria. Es tracta de l'anomenat «foc grec», una tècnica incendiària que a l'Edat Mitjana s'utilitzava, especialment, en les batalles navals. Les magranes que es descriuen estan compostes de salnitre, fòsfor i calç viva, i cremen quan entren en contacte amb l'aigua.

—Per la mia fe —dix lo Rei—, molt hauré singular plaer de veure-ho.

E l'ermità prestament anà a la porta del castell per ço com a l'entrar hi havia vista calç viva, pres-ne una poca gleva e tornà on era lo Rei; e pres una poca d'aigua e llançà-la-hi dessús, e encés ab una palleta una candela. Dix lo Rei:

—Jo jamés haguera pogut creure experiència tal si de mos ulls no ho hagués vist. Ara no tinc res per impossible que los hòmens no sàpien fer. En especial tals sabers cauen en gents qui van molt per lo món; e prec-te, pare reverent, me faces gràcia de dir-me totes les coses necessàries per aquest fet de les magranes, del què hi és mester.

—Jo, senyor —dix l'ermità—, les iré a comprar, per ço com sé millor conèixer los materials si són bons, per ço com jo les he fetes moltes voltes de les mies mans. E com seran fetes, jo, senyor, iré tot sol devers lo camp dels moros, e prop la tenda del rei jo posaré les magranes; e com vendrà quasi l'hora de la mitja nit, les magranes seran enceses, e tots los moros cuitaran devers aquella part per apagar lo foc; e la tua senyoria estarà armat ab tota la tua gent. Com veuràs lo gran foc, ab tota la gent fir sobre ells, e faç certa la senyoria tua que deu mília dels teus basten a desconfir cent mília dels altres. Car jo puc dir ab tota veritat a l'excel·lència tua, que trobant-me en Barut, viu un altre cas semblant d'un rei contra altre e, ab l'ajuda de Nostre Senyor Déu e per consell meu, la ciutat fonc lliberada dels enemics, e lo rei qui estava dins la ciutat fonc vencedor, e l'altre, qui el tenia assetjat, fonc vençut. E la senyoria tua deu fer son poder, e qualsevulla cavaller, de saber coses per a ofendre sos enemics e defendre sos amics.

Capítol XI

Les gràcies que lo Rei d'Anglaterra fa a l'ermità

Plagueren a l'entrestit Rei les avisades paraules de l'ermità e féu-li infinides gràcies de la sua graciosa proferta, e pres en si molt gran alegria. Coneixent que lo consell que li dava era de virtuós cavaller, acceptà aquell ab molta benignitat e prestament féu fer tot lo que l'ermità havia ordenat.

E com hagueren dat fi a llur raonament, lo Rei isqué en la gran sala e mostrà la sua cara a la gent, molt alegre, e lo seu gest, que paria tenir molt gran ànimo. Tots los cavallers estaven admirats com veien al Rei tenir tanta contentació, car molts dies eren passats que no l'havien vist riure, ne la sua cara alegrar-se.

L'ermità, qui s'era partit del Rei, poc espai passà que fon tornat de comprar les coses necessàries per a les magranes, e dix al Rei:

—Senyor, un sol material nos manca, emperò jo sé que la Comtessa ne té. Com son marit Guillem de Varoic era viu ne tenia molt, per ço com serveix a moltes coses.

Dix lo Rei:

—Ara vull que los dos hi anem a la Comtessa per haver-ne.

Lo Rei tramés a dir a la Comtessa com volia anar a parlar ab ella. E eixint la Comtessa de la sua cambra, véu-se lo Rei davant ab l'ermità.

—Comtessa —dix lo Rei—, per vostra gentilesa e virtut

feu-me gràcia que em doneu un poc de sofre viu, d'aquell que té a foc que no es pot cremar, d'aquell que lo Comte, vostre marit, tenia e en les antorxes, per gran vent que fes, apagar no es podia.

Respòs la Comtessa:

—¿Qui ha dit a vostra senyoria que mon marit Guillem de Varoic sabia fer tals antorxes ab tal llum?

—Comtessa —dix lo Rei—, aquest ermità que ací és.

E la Comtessa prestament anà a la cambra de les armes e portà'n tant que lo Rei ne fonc molt content.

Com lo Rei fonc tornat en la gran sala e lo dinar era ja prest, lo Rei pres per la mà a l'ermità e posà's en la taula, e féu seure l'ermità al costat seu, fent-li aquella honor que ell era mereixedor.

Estaven admirats los servidors del Rei de la molta honor que lo Rei feia a l'ermità, e molt més estava admirada la virtuosa Comtessa, per ço com li acostumava de donar caritat e prenia molt gran plaer e consolació de parlar ab ell, com li venia a demanar almoina, que de les raons sues restava molt aconsolada. E dolia-li molt, per la molta honor que lo Rei li feia, com més caritat no li havia feta, si bé d'ell havia la natural coneixença perduda.[1] E dix a les sues donzelles les següents paraules:

—¡Oh, com estic molt enutjada de la mia gran ignorància, com no he feta molt més honor a n'aquest pobre d'ermità, car jo crec que ell deu ésser home de santíssima vida, com l'haja tengut tant de temps en la mia terra e no li he sabuda fer l'honor que ell era mereixedor! E veig ara que mon senyor lo Rei, qui és tan benigne e piadós, lo fa menjar al seu costat. A tots los dies de ma vida me dolrà la poca honor que li he feta. ¡Oh Rei virtuós, pare de misericòrdia, lo que jo he fallit ho esmenau ara!

1. *coneixença perduda*: li recordava a algú.

Capítol XII

Com lo rei anglès donà llicència a l'ermità que anàs a fer les magranes compostes

Llevant-se de taula, lo confortat rei d'Anglaterra donà llicència a l'ermità que anàs a fer les magranes, les quals en pocs dies foren fetes. E acabades aquelles, l'ermità se n'anà al Rei e dix-li:

—Senyor, si vostra senyoria me dóna llicència, jo iré per donar compliment al que és estat deliberat; l'excel·lència vostra faça posar en orde tota la gent qui té d'eixir defora.

E lo Rei dix que era molt content.

E en l'escura nit lo virtuós ermità mudà's les vestidures que tenia aparellades de moro, e per la porta falsa del castell isqué molt secretament, que per negú no fonc vist ne conegut; e posà's dins lo camp dels moros. E com a ell li paregué hora, llançà les magranes a una part del camp, prop d'una tenda d'un gran capità parent del rei moro, e com fonc quasi passada la mitja nit, lo foc fonc tan gran e tan espantable que tots n'estaven admirats de les grans flames que llançava. E lo rei e los altres moros, desarmats així com estaven, cuitaren en aquella part on era lo major foc per apagar-lo, e no el pogueren jamés apagar per molta aigua que hi llançassen, ans com més aigua hi llançaven més s'encenia.

Lo virtuós rei d'Anglaterra com véu lo gran foc, armat com estava, ab aquella poca gent que restada li era, isqué de la ciutat e ab gran ànimo ferí en los moros, e feien tan gran destrucció d'ells que era cosa d'espant, que no prenien nengú a mercé.[1]

Com lo rei moro véu tan gran foc e tanta gent sua morta, cavalcà sobre un ginet e fugí, e recollí's dins un castell que havia pres, qui havia nom Alimburg,[2] e allí féu-se fort ab tots aquells qui del camp eren campats. Fonc molt admirat ell e tots los altres moros, com eren estats així romputs, car no podien pensar quina era estada la causa de tan gran desbarat, com ells fossen cinquanta vegades més que los cristians.

Com los moros foren fugits, los cristians robaren lo camp dels moros, e fonc ja de dia clar, ab grandíssima victòria entraren dins la ciutat.

Lo rei moro, aprés passats quatre dies, tramés sos ambaixadors ab una lletra de batalla al rei d'Anglaterra, la qual era de la tenor[3] següent.

1. *nengú a mercé*: no tenir pietat de ningú.
2. *Alimburg*: fa referència al castell de Kenilworth, situat al nord de Warwick, i famós per ser la presó del rei Eduard II.
3. *Tenor*: manera d'ésser, caràcter general, tendència, tarannà, d'una persona, d'un escrit, d'un discurs, etc.

[XIII-XXVII]

En aquesta lletra de batalla, el rei de la Gran Canària repta el d'Anglaterra a un combat singular: si el primer en surt guanyador, tota l'illa restarà sota el seu poder; contràriament, si ho fos el segon, els sarraïns haurien d'abandonar Anglaterra. El monarca, atesa la seva joventut i inexperiència, renuncia a la corona en favor del comte-ermità i és aquest qui lluita contra el rei de la Gran Canària, a qui aconsegueix vèncer i, posteriorment, tallar-li el cap. Els sarraïns, però, no compleixen el pacte establert. Després de diversos episodis bèl·lics, que evidencien els coneixements militars de Guillem de Varoic, els sarraïns són derrotats de manera definitiva. Guillem es dóna a conèixer a la seva dona, que li prega que resti al seu costat, a la qual cosa ell es nega. Finalment, es retira, de nou, a fer vida ermitana, després d'haver renunciat a la corona en favor de l'antic rei.

Capítol XXVIII

Com lo rei d'Anglaterra se casà ab la filla del rei de França, e en les bodes foren fetes molt grans festes

Aflaquint de jorn en jorn e deixant-se anar los ànimos ociosos dels cavallers anglesos, molts dies eren passats en pau, tranquilitat, e repòs folgat havien. Lo virtuós rei d'Anglaterra, perquè a total oci e llanguiment no es sotsmetessen, deliberà, puix havia contractat matrimoni, de fer cridar cort general a fi que s'hi fes gran exercici d'armes. La fama fon divulgada per tots los regnes de cristians, de la grandíssima festa que lo famós Rei preparava.

Seguí's que un gentilhom, de llinatge antic e natural de Bretanya, anant en companyia de molts altres gentilshòmens qui a la gran festa anaven, aturà's més darrer de tots e adormí's sobre el rossí, fatigat del treball del gran camí que fet havia.[1] Son cavall lleixà lo camí e pres per una senda qui dreçava a la delitosa font on l'ermità estava, qui en aquell cas se delitava llegir un llibre qui és nomenat *Arbre de Batalles*,[2] e feia contínuament gràcies, com aquest llibre llegia, a Nostre Senyor Déu de

1. L'escena del jove adormit damunt del cavall és gairebé calcada de l'inici del *Libre de l'orde de cavalleria* de Ramon Llull.

2. El llibre que està llegint Guillem de Varoic és el *Llibre de l'orde de cavalleria* de Ramon Llull. Martorell, però, encobreix el nom de l'autor i el del llibre perquè Llull, al llarg de tot el segle xv, fou un autor condemnat per l'església. L'*Arbre de batalles* és una obra sobre cavalleria escrita en francès, a finals del segle xiv, per Honoré Bouvet, de la qual es va realitzar una traducció al català.

les singulars gràcies que en aquest món havia aconseguides servint l'orde de cavalleria.

Estant així, véu venir per aquell pla un home a cavall e conegué que venia dormint; lleixà's de llegir e no el volgué despertar. Com lo rossí fon davant la font e véu l'aigua, acostà-s'hi per voler beure, e perquè tenia la falsa regna en l'arçó de la sella no podia. E tant bascà, que fon forçat al gentilhom que es despertàs. E obrint los ulls, se véu davant un ermità ab molt gran barba, tota blanca, e quasi les vestidures rompudes, e mostrava's flac e descolorit. E açò causava la molta penitència que feia contínuament; e per les moltes llàgremes que els seus ulls destil·laven, li eren los ulls molt apoquits. Lo conspecte seu era d'home admirable e de gran santedat.

Lo gentilhom s'admirà de tal visió, emperò, per lo bon sentit que tenia, conegué que devia ésser algun home de santa vida qui s'era allí retret per fer penitència e salvar la sua ànima; e com a home desembolt, prestament descavalcà e féu-li gran reverència. L'ermità lo rebé ab cara afable e assegueren-se en la verd e delitosa praderia. L'ermità féu principi a tal parlar:

—Gentilhom, prec-vos per vostra cortesia e gentilesa que em vullau dir lo vostre nom, e com sou en aquest desert vengut ni per quins negocis.

No tardà gran espai que lo gentilhom respòs ab tal raonament.

Capítol XXIX

Com Tirant manifestà son nom e son llinatge a l'ermità

—Pare reverent, puix a la santedat vostra plau tant saber mon nom, jo só molt content dir-lo-us. A mi dien Tirant lo Blanc, per ço com mon pare fon senyor de la Marca de Tirània, la qual per la mar confronta ab Anglaterra, e ma mare fon filla del duc de Bretanya e ha nom Blanca; e per ço volgueren que jo fos nomenat Tirant lo Blanc.[1] Fama és per tots los regnes de cristians com lo sereníssim rei d'Anglaterra ha manada celebrar cort general en la ciutat de Londres e ha contractat matrimoni ab la filla del rei de França, qui és la més bellíssima donzella que sia en tota la cristiandat e té moltes singularitats que les altres no tenen. Entre les altres, ne puc recitar una: trobant-me jo en la cort del rei de França lo dia de Sant Miquel passat, en la ciutat de París, perquè aquell dia era estat fermat lo matrimoni, lo Rei feia gran festa, e lo Rei e la Reina e la Infanta menjaven en una taula los tres. E verdaderament vos puc dir, senyor, que, com la Infanta bevia vi vermell, que la sua blancor és tan extrema que per la gola li veia passar lo vi, e tots quants hi eren n'estaven admirats. Aprés se diu que lo Rei se vol fer cavaller e aprés farà a tots los altres cavallers qui volran

1. Martorell fa procedir Tirant de Bretanya, l'indret d'on sorgeixen els grans herois de la literatura artúrica com Artús, Lancelot... Es tracta d'una invenció típica de moltes famílies aristocràtiques que sovint recorrien a ficcions de caire llegendari per tal d'intentar mitificar els seus orígens.

rebre l'orde de la cavalleria. E jo he demanat a reis d'armes[2] e a herauts per què lo Rei no s'era fet cavaller en lo temps de la guerra que tenia ab los moros. Han-me respost que per ço com en totes les batalles que havia hagudes ab los moros era estat vençut fins que venc aquell famós cavaller vencedor de batalles, lo comte Guillem de Varoic, qui prestament destruí tots los moros e li posà tot lo regne en repòs. E més, dien que lo jorn de Sant Joan serà la Reina en la ciutat de Londres e s'hi faran de grans festes qui duraran un any e un dia.[3] E per causa d'açò som partits de Bretanya trenta gentilhòmens de nom e d'armes, disposts per a rebre l'orde de cavalleria. E venint jo per lo camí, fon sort que per, cansament de mon rossí, fui un poc restat atràs, per lo gran treball que he sostengut de les grans jornades que he fetes, per ço com partí pus tard que negú dels altres. Adormí'm anant pensant, e lo meu rossí ha lleixat lo camí real e ha'm portat davant la reverència vostra.

Com l'ermità oí parlar al gentilhom que anava per rebre l'orde de cavalleria, recordant-li l'orde quina cosa és e tot ço que pertany a cavaller, llançà un gran sospir e entrà en gran pensament, essent en record de la grandíssima honor en què cavalleria l'havia llongament mantengut. Veent Tirant lo pensament en què l'ermità estava, dix les següents paraules.

2. *rei d'armes*: persona experta en dret cavalleresc i heràldica.

3. Martorell no està exagerant, en aquest passatge. Al segle xv se celebraren festes i espectacles que van tenir una llarga durada. Així, el «Pas de la Joyeuse Garde», organitzat el 1446 pel rei Renat d'Anjou, durà quaranta dies, mentre que el «Pas de la fontaine de pleurs», defensat per Jacques de Lalaing, arribà a l'any.

Capítol XXX

Com Tirant demanà a l'ermità en què pensava

—Reverend pare, plàcia a la vostra santedat fer-me gràcia que em diga quin és lo vostre fort pensament.

Dix l'ermità:

—Amable fill, lo meu pensament és de l'orde de cavalleria e de la gran obligació en què és posat lo cavaller com haja a mantenir l'alt orde de cavalleria.

—Pare reverent —dix Tirant—, suplic a la mercé vostra que em digau si sou cavaller.

—Mon fill —dix l'ermità—, bé ha cinquanta anys que jo rebí l'orde de cavalleria en les parts d'Àfrica, en una gran batalla de moros.

—Senyor e pare de cavalleria —dix Tirant—, sia de vostra mercé dir-me, vós qui tant de temps haveu servit l'orde de cavalleria, com pot hom millor servir aquell orde, com Nostre Senyor l'haja posat en tan alt grau e dignitat.

—E com! —dix l'ermità—, ¿no saps tu qual és la regla e l'orde de cavalleria? ¿E com pots tu demanar cavalleria fins que sàpies l'orde? Car negun cavaller no pot mantenir l'orde si no el sap, e tot lo que pertany a l'orde. E negun cavaller si no sap l'orde de cavalleria no és cavaller, car desordenat cavaller és qui fa altre cavaller e no li sap mostrar los costums que pertanyen a cavaller.

Com Tirant véu que l'ermità lo reprenia ab tan justa causa, alegrà's d'alegria inestimable, e ab humil veu féu principi a tal parlar.

Capítol XXXI

Com Tirant pregà a l'ermità que li volgués dir quina cosa era l'orde de cavalleria

—¡Oh quina glòria és per a mi que la divina Bondat m'haja feta tanta gràcia que m'ha fet venir en part que puc ésser instruït del que tant lo meu ànimo ha desitjat, e per cavaller tan virtuós e de tanta singularitat, amic de Déu, que aprés que ha ben servit son orde s'és retret en lo desert, fugint als mundanals negocis del món per servir a son Creador, donant-li compte del temps que ha despés en aquest món sens fruits de bones obres! Perquè, senyor, puc dir a la mercé vostra, com jo só estat en la cort de l'Emperador, del rei de França, de Castella e d'Aragó e em só trobat ab molts cavallers, no oí jamés parlar tan altament de l'orde de cavalleria. E si la mercé vostra no ho prenia a enuig, vos hauria a molta gràcia que em diguésseu quina cosa és l'orde de cavalleria, car prou me sent dispost, e l'ànimo que m'hi basta, en complir tot ço que l'orde e la regla de cavalleria manen seguir e observar.

—Mon fill —dix l'ermità—, tot l'orde és en aquest llibre escrit, lo qual jo llig[1] algunes vegades perquè sia en record de la gràcia que Nostre Senyor m'ha feta en aquest món, per ço com honrava e mantenia l'orde de cavalleria de tot mon poder. E així com cavalleria dóna tot ço que pertany a

1. *llig*: llegeixo.

cavaller, així cavaller deu donar totes ses forces a honrar cavalleria.

E l'ermità obrí lo llibre e llegí davant Tirant un capítol en què recitava com fon trobat l'orde de cavalleria ni per quina causa fon ordenat, segons se segueix.

Capítol XXXII

Com l'ermità llegí un capítol a Tirant, del llibre nomenat Arbre de Batalles

Fallint en lo món caritat, llealtat e veritat, començà mala voluntat, injúria e falsedat, e per ço fon gran error entre lo poble de Déu, e gran confusió. E per ço que Déu sia amat, conegut, honrat, servit e temut en lo món, en lo principi fon poc estimada justícia per defalliment de caritat, per què fon necessària cosa e condecent que justícia fos tornada en sa honor e prosperitat. E per aquesta causa, de tot lo poble foren fets milenars, e de cascun miler fon elet un home més amable e de més afabilitat, més savi, més lleal, més fort, e ab més noble ànimo, ab més virtuts e bones costumes que tots los altres. E aprés, feren cercar de totes les bèsties, qual seria més bella, més corrent e que pogués sostenir major treball, e qual fos més convinent per a la servitud de l'home, e de totes, elegiren lo cavall e donaren-lo a l'home qui fonc elet de mil hòmens u. E per ço aquell home hagué nom cavaller, com haguessen ajustada la més noble bèstia ab lo més noble home. E seguint l'orde que t'he dit, aprés que fon poblada Roma per Ròmulus, qui fon lo primer rei de Roma, la qual població fonc feta a cinc mília e trenta-un anys aprés de la creació d'Adam —e de la població de Roma fins a la nativitat de Jesucrist passaren set-cents cinquanta-dos anys[1]—, e perquè fos més nomenada Roma en honor e noblesa, elegí lo dit rei Ròmulus mil hòmens jóvens d'aquells que ell conegué que serien millors en armes, e armà'ls e féu-los cavallers, e posà'ls en dignitats,[2] e donà'ls grans nobleses e que fossen capitans de les altres gents e fossen defenedors de la ciutat. E foren nomenats *miles,*[3] e açò perquè foren mil, tots fets cavallers en un temps.

Com Tirant entés que cavaller és de mil hòmens u elet, en haver més noble ofici que tots los altres hòmens, e hagué compresa la regla e orde de cavalleria, fonc posat en gran pensament, e dix:

—Glòria sia dada a tu, Senyor Déu, qui est sobirana bondat, qui m'has fet venir en part tal, que haja poguda aconseguir vera notícia de l'orde de cavalleria, lo qual llongament he servit ignorant la sua gran noblesa, e la honor e magnificència en què són posats aquells qui llealment la serveixen. E ara, ha molt més aumentat en mi lo desig e volentat d'ésser cavaller que ans no tenia.

—Amar se deu la tua persona, segons lo meu parer —dix l'ermità—, per les virtuts que de tu tinc conegudes, e per ço conec tu ésser digne de rebre l'orde de cavalleria. E no penses tu que en aquell temps fossen fets cavallers tots aquells qui ho volien ésser, ans hi foren triats hòmens forts e ab molta virtut, hòmens lleals e piadosos, perquè fossen escut e defensa de les gents simples, que negú no els fes sobres.[4] E per tal, cové al ca-

1. Ròmul i el seu germà bessó Rem són considerats els fundadors mítics de la ciutat de Roma. Més tard Ròmul assassinà Rem perquè aquest decidí trepitjar el terreny consagrat a l'edificació de la ciutat. La fundació de Roma, tal i com indica Martorell, s'inicià el 752 abans de Crist.

2. *posa'ls en dignitats*: atorgar-los dignitats.

3. *miles*: mot llatí que significa soldat i, més concretament d'infanteria, en oposició a *eques*, soldat de cavalleria.

4. *que negú no els fes sobres*: que ningú no n'abusés per la força.

valler sia més animós e més valent que tot altre, perquè puga perseguir los mals, no havent dubte dels perills que els ne puga esdevenir. E d'altra part deu ésser afable e graciós en totes coses, e comunicable a totes gents de qualsevulla condició que sien; perquè gran treball e fatiga és ésser cavaller.

—Doncs, senyor —dix Tirant—, major força e poder deu haver lo cavaller que nengú altre.

—No pas —dix l'ermità—, ans n'hi ha tan poderosos com ells, emperò cavaller deu tenir virtuts que a altre home no pertanyen.

—Per ma fe —dix Tirant—, molt desitge saber què és lo que pertany a cavaller e no a altre home.

—Mon fill —dix l'ermità—, jo vull que sàpies que, així apartat com estic, cascun dia reduesc a la mia memòria los excel·lents actes, dignes de gloriosa recordació, qui són en aquell benaventurat orde de cavalleria. Lo cavaller fonc fet en lo principi per mantenir lleialtat e dretura sobre totes coses, e no penses que lo cavaller sia de més alt llinatge eixit que los altres, com tots naturalment siam eixits d'un pare e d'una mare.

[XXXIII-LIX]

*L'ermità continua adoctrinant Tirant amb la lectura d'altres capítols de l'*Arbre de batalles, *il·lustrant-los amb exemples i al·legories sobre les peces de l'armadura, i les armes defensives i ofensives. Després li parla dels cavallers més famosos i, finalment, li regala el llibre que han estat llegint. Tirant marxa a Londres amb els seus companys i promet a l'ermità que passarà a visitar-lo quan torni per explicar-li les gestes realitzades durant les noces del rei. Una vegada s'han acabat, Tirant compleix la seva promesa i torna a visitar l'ermità. Quan aquest li pregunta quin ha estat el millor cavaller de les festes, Tirant no gosa, mig per vergonya, mig per humilitat, pronunciar el seu nom. És Diafebus, el seu cosí, qui diu a l'ermità que Tirant ha estat el millor i que el mateix rei d'Anglaterra l'ha adobat cavaller. I aprofita l'ocasió per narrar el seu primer combat singular contra el senyor de Muntalt. Com Tirant l'ha fet caure a terra i li demana que es rendeixi.*

Capítol LX

Les paraules que Tirant dix al cavaller qui es combatia, com lo tingué vençut

—«Cavaller virtuós, bé pots veure com la tua mort, o la vida, està en ma llibertat, per què mana a mi què vols que faça de tu: si vols vida o mort. Car més aconsolat seré del bé que del mal, mana a la mia mà dreta que t'haja misericòrdia e que et vulla perdonar, e que no et faça tant de mal a la tua persona com poria.

»—Més dolor tinc —dix lo cavaller— de les tues cruels paraules, abundoses d'extrema vanaglòria, que de perdre la vida, e més estime la mort que no demanar perdó a la tua superbiosa mà.

»—La mia mà ha acostumat de perdonar als hòmens vençuts —dix Tirant—, e no fer-los dan. E si tu vols, jo et perdonaré de bon cor a tot lo mal que fer-te poria.

»—¡Oh quina glòria és —dix lo cavaller qui en terra estava—, com los hòmens són vencedors per sort o per desaventura, e abundar en moltes paraules! Jo só lo cavaller de Muntalt, sens reprotxe negú, amat e temut de moltes gents. Só estat tostemps piadós e havent misericòrdia a totes gents.

»—Jo vull usar d'aqueixos actes que dits has envers tu —dix Tirant—, per la tua molta virtut e bondat. Anem davant lo Rei e, aquí, agenollat als meus peus, demanar-m'has mercé, e jo perdonar-t'he liberalment.

»Lo cavaller, ab ira mortal, féu principi a tal parlar:

»—No plàcia a Déu, ni me'n done lo poder, que jo jamés faça acte de tanta vergonya per a mi e als meus, ni en aquell egregi senyor meu lo comte Guillem de Varoic, del qual rebí aquest amargós orde de cavalleria. Per què, fes de mi tot lo que bé et vinga, que més estime bé morir que mal viure.

»Com Tirant véu la sua mala voluntat dix:

»—Tots los cavallers qui bé volen usar e seguir les armes e l'estil d'aquelles per haver renom e fama han ésser cruels e tenir cadira en mig d'infern.

»Tirà la daga e mès-li la punta en l'ull, e ab l'altra mà donàli gran colp sobre lo cap de la daga, que la hi féu passar a l'altra part. ¡Quin ànimo de cavaller fon aquest, que més estimà morir que no viure envergonyit, per no ésser blasmat dels bons cavallers![1]

»Los jutges del camp eren dotze, los sis tenien un llibre dels vencedors, los altres lo tenien dels vençuts. Aquells que morien sens que no es volien desdir, feien-los procés de màrtirs d'armes. Los qui es desdeien, feien-los altre procés de mals cavallers, vençuts e posats en gran deshonor e infàmia. E aquesta pràtica han servada fins a la fi.

»Aprés pocs dies, senyor, se seguí que la majestat del senyor Rei e de la senyora Reina estaven en gran solaç enmig de la praderia, prop del riu, dansant e fent moltes festes. E estava allí una parenta de la Reina, que era nomenada la bella Agnés, e era filla del duc de Berrí[2], que és la més agraciada donzella

1. L'honor i la fama tenien a l'època medieval una importància superior a la vida. Uns valors que s'han de defensar amb crueltat, encara que entrin en conflicte amb els de la religió cristiana.

2. *duc de Berrí*: Avui dia província de la França Central, Berry fou fins a l'any 1100 un comtat independent hereditari. Diversos membres de la casa reial francesa portaren el títol de *ducs de Berry*.

que jo jamés haja vist. És veritat que de bellea la Reina passa a totes quantes són, de gràcia e de gentil loqüela, a totes gents afable, e de grandíssima honestat, liberal més que dona que jamés haja vist, per ço com les dones la major part són avares per son natural. Aquesta galant dama, si vestia robes que valguessen lo preu d'una ciutat, no pensava sinó en donar-les, e joies e altres coses que ella tingués, tant era de gentil condició! Senyor, aquesta bella Agnés portava aquell dia en los pits un molt gentil fermall e en presència del Rei e de la Reina e de tots los cavallers, fetes les danses, Tirant s'acostà a la gentil dama, e donant del genoll en la dura terra féu principi a un tal parlar:

»—Per la coneixença que tinc, senyora, del vostre molt valer, així de llinatge com de molta bellea, gràcia e saber, e de totes les altres virtuts que en un cos més angèlic que humà trobar se deixen, vos desitge molt servir. E hauria-us a molta gràcia que la mercé vostra me volgués dar aqueix fermall que en los pits portau. E si per vostra benigna mercé me serà atorgat, jo l'accepte. E portaré aquell de grat per la honor e servir vostre, prometent e jurant sobre l'altar, e per l'orde de cavalleria, de combatre un cavaller a peu o a cavall a tota ultrança, armat o desarmat, en la millor manera que ell sabrà divisar.

»—Ah, Santa Maria val! —dix la bella Agnés—. ¿E per una cosa tan mínima e de tan poca valor voleu entrar en camp clos[3] a tota ultrança, no tement los perills de la mort e lo dan que seguir poria? Però, perquè represa no sia de dones e donzelles e dels bons cavallers dignes d'honor, de bon grat jo consentiré en presència del senyor Rei e de la senyora Reina perquè no perdau lo premi de bé a fer e de l'orde de cavalleria. Ab les vostres mans prengau lo fermall.

3. *camp clos*: espai on tenen lloc els combats entre dos adversaris o grups de cavallers amb finalitats deportives.

»Tirant fon molt content de la resposta de la bella Agnés. E per quant lo fermall estava lligat ab la cordonera del brial e no es podia llevar sens que no fos descordada, e descordant-la, per força, ab les mans li havia de tocar als pits,[4] Tirant ab la mà pres lo fermall e besà'l. Aprés donà dels genolls en la dura terra e dix:

»—Infinides gràcies, senyora, a la senyoria vostra faç del gran do que m'haveu donat, car més l'estime que si m'haguésseu dat tot lo realme de França. E promet a Déu que qui lo fermall me llevarà, la sua persona me lleixarà.

E posà'l-se alt al cap[5] d'un bonet que portava. Lo dia següent, estant lo Rei en missa, venc un cavaller francés, lo qual se nomenava lo senyor de les Vilesermes, molt valentíssim de sa persona, e en armes molt experimentat, e dix a Tirant un tal parlar:

»—Cavaller, d'onsevulla que vós siau, haveu hagut massa gran atreviment de tocar en un cos glorificat com és de la bella Agnés, e tan mala demanda jamés féu cavaller en lo món. Per què és de necessitat me doneu lo fermall de grat o de força, que de dret jo el dec haver per raó com de ma puerícia fins ara he amada, servida e venerada aquesta senyora, qui és mereixedora de tots los béns qui en lo món són. E per quant a mi és dada la glòria, perquè ab mos innumerables treballs, enuigs e pensaments, jo la m'he sabuda guanyar, per què jo tinc a cobrar lo premi del temps de ma joventut, que he perduda part d'aquella per servir a sa mercé. E si dar no el me volreu, la vida vostra serà de poca durada. Dau-lo'm ab pau ans que més mal no se'n segueixca.

4. En aquest passatge, s'insinuen ja els episodis eròtics que trobarem a la tercera part de la novel·la.

5. *posa'l alt al cap*: se'l posà al cap.

Capítol LXI

La resposta que Tirant féu al senyor de les Vilesermes quan li demanà lo fermall que la bella Agnés li havia dat

—«Gran ofensa seria per a mi —dix Tirant—, que jo donàs lo que m'és estat donat liberalment e deslligat ab les mies mans, e la promesa, fe e jurament que jo he fet. Bé seria tengut per lo més vil e abatut cavaller que jamés en lo món fos nat, e per a nàixer, e bacinet ple de foc me deurien posar sobre lo cap si jo tal cosa feia. Emperò, cavaller, vós mostrau, segons vostre mal parlar, massa gran supèrbia, e serà mester que jo la us faça abaixar.

»Lo cavaller féu demostració de voler-li llevar lo fermall, emperò Tirant fon avisat, que mès mans a una copagorja que portava, e tots los altres arrancaren. E allí fon entre ells una brega civil, emperò ans que fossen departits hi moriren dotze entre cavallers e gentilshòmens. La Reina, que estava més prop d'ells, sentí la remor e los grans crits que les gents daven, posà's enmig de la gent e departí'ls los uns dels altres. E jo us ne puc bé contar noves, que fui nafrat de quatre colps en la mia persona, e molts altres per fer-me companyia. Com lo Rei fon atés, tot fon ja pacificat. E no passaren tres dies que lo francés cavaller tramés a dir a Tirant per una lletra, que li tramés per un petit patge, que era del tenor següent.

Capítol LXII

Lletra de batalla tramesa per lo senyor de les Vilesermes a Tirant lo Blanc

—A tu, Tirant lo Blanc, qui est estat principi de la destrucció de la sang militar:

Si lo teu ànimo esforçat gosarà mirar lo perill de les armes que entre cavallers són acostumades, armat o desarmat, a peu o a cavall, vestit o despullat, en la manera a tu més segura, concorda't[1] *ab mi ab condició que l'espasa tua e la mia ajustar se puguen a mort determenada. Escrit de mà mia e segellat ab lo segell secret de mes armes.*

Lo Senyor de les Vilesermes

1. *concorda't*: posa't d'acord.

Capítol LXIII

Com Tirant demanà de consell a un rei d'armes sobre la lletra del senyor de les Vilesermes

—Llesta per Tirant la lletra, pres lo petit patge e posà'l en una cambra, e donà-li mil escuts d'or, e féu-li prometre que no en diria res a negú. Com lo patge fon partit, Tirant anà tot sol e pres a un rei d'armes e portà'l-se'n tres milles lluny d'allí, e dix-li semblants paraules:

»—Rei d'armes, per la fe que a tu és dada e per lo jurament que fist[1] lo dia que rebist aquest ofici en poder e mans del senyor Rei, de tenir secret lo que et diré, e consellar-me bé e lleialment segons que per estil e dret d'armes est obligat de fer.

»Lo rei d'armes, qui havia nom Jerusalem,[2] respòs en la següent forma:

—»Senyor Tirant, jo us promet, per l'ofici que tinc e per lo jurament que he fet, de tenir secret tot lo que per vós me serà dit.

»E Tirant li mostrà la lletra que li era estada tramesa e féu-la-hi llegir. Com l'hagué llesta, Tirant li dix:

—»Mon bon amic Jerusalem, jo tindré a molta glòria de poder complir l'apetit e voluntat d'aquell virtuós cavaller, lo

1. *fist*: vau fer

2. El nom del rei d'armes, Jerusalem, té un referent real ja que Alfons el Magnànim posseïa un rei d'armes amb el mateix nom.

senyor de les Vilesermes. E per quant jo só jove e no sé la pràtica ne l'estil de cavalleria, que ara he complits vint anys, e confiant de la vostra molta discreció, vos demane de consell perquè só cert que sou pràtic entre reis e grans senyors, e sabeu tot l'estil d'armes molt millor que negun altre. E lo que us he dit no penseu que per poc ànimo ni temor ho diga, mas pense que no fes ofensa a la majestat del senyor Rei, qui tantes d'honors me fa, per ço com ell ha ordenat en son regne lleis morals en aquest pas honrat de cavalleria. Per què no volria ésser blasmat dels bons cavallers que per aquest cas me poguessen reprotxar per defalliment negú.

»Respòs lo rei d'armes en la forma següent.

Capítol LXIV

Lo consell que Jerusalem, rei d'armes, donà a Tirant lo Blanc

—«¡Oh cavaller, jove virtuós e de bona ventura, amat de totes gents! Lo consell que la mercé vostra a mi demana jo el vos daré e jo el salvaré davant la majestat del senyor Rei e los jutges del camp. Vós, Tirant lo Blanc, podeu bé combatre aquest cavaller sens reprotxe negú ne blasme negú de Rei,[1] jutges ne de cavallers, per quant ell és requeridor e vós defenedor, ell és principiador del mal e tostemps sereu excusat. E jo prenc tot lo càrrec sobre mi; si negú vol dir res de vós, jo us salvaré la vostra honor davant tots los bons cavallers. Sabeu quan seria lo dan e culpa vostra? Si vós fósseu estat requeridor, e lo senyor Rei qui us ha dat primer que a negú l'orde de cavalleria, e mudar pràtiques e lleis en sa cort, no poseu dubte negú, vos caïeu en cas de blasme entre los bons cavallers. E per ço feu com a bon cavaller e mostrau tostemps a les gents ànimo esforçat de cavaller. E si escriptura de la mia mà vós volreu, jo la us daré, del consell que us he dat. Anau prestament a la batalla e no us faça temor la mort.

»—Molt estic aconsolat de bé a fer —dix Tirant—, del consell que dat m'haveu, per ço com me dieu que no puc ésser

1. *sens reprotxe negú ne blasme negú de Rei*: sens cap reprotxe ni cap blasme de Rei.

représ per lo senyor Rei, dels jutges ni dels cavallers. Ara vull-vos molt pregar, Jerusalem, per l'ofici que teniu, d'ésser jutge de nostra batalla, del senyor de les Vilesermes e de mi. E tot passe per la vostra mà per ço que façau ver testimoni de tot lo que passarà entre ell e mi a tots los qui us ho demanaran.

»Dix Jerusalem:

»—Jo, de concordar-vos seré molt content. Emperò jo no poria ésser jutge de vosaltres, segons requir l'ofici nostre. E dir-vos he per què: car negun cavaller, rei d'armes, heraut o porsavant que done consell, no pot ésser jutge, car gentilea poria ésser difraudada. Ni mon senyor lo rei d'Anglaterra, si és jutge d'una batalla, per ésser senyor de tots, en son consell no deu dir paraules favorables de negú. E si ho feia poria ésser dit injust jutge, e tal batalla no deuria haver lloc. Posat cas l'u fos vençut, davant l'Emperador ab testimonis dignes de fe se poria retractar tal batalla. Emperò, perquè no perdau vós o ell lo premi de la batalla, jo us hauré jutge competent, en res a vós i a ell sospitós. És de nostre ofici, rei d'armes creat, qui es nomena Clarós de Clarença,[2] home molt entés en les armes.

—»Bé el conec —dix Tirant—, e bé só content que ell ho sia, si al senyor de les Vilesermes plau, perquè és bon rei d'armes e darà la honor a aquell qui la sabrà guanyar. E vull que siau avisat de tot, ço és, com ell m'ha tramés aquesta lletra per un petit patge, e si jo li trametia la resposta per un altre semblant, llaugerament se poria saber, e la batalla no vendria a la fi que ell e jo desitjam, per què, façam així que tornem al meu alleujament, e jo dar-vos he una carta blanca, signada de mà mia e segellada de les mies armes, e vós concordau la batalla a tot avantatge seu e dan meu. E per quant ell és requeridor e jo

2. Clarós de Clarença també té un referent real: Thomas de Lancaster, fill d'Enric IV, tenia com a rei d'armes un duc de Clarence, que portava el títol, des de mitjan segle XIV, de Clarenceaux.

só request, e em dóna lo devisar de les armes, així com diu en sa lletra, jo de bon grat hi renuncie e li done facultat que ell les devise en aquella manera que a ell ben vist li serà, que no faré sinó lo que direu e ordenareu. E com més cruels les devisarà, vós les confermareu per part mia, e tant me serà major glòria.

»Tirant se'n tornà ab lo rei d'armes al seu alleujament, e féu de continent la carta blanca, ço és, signada de sa mà. E segella-la ab les sues armes, e donà-la a Jerusalem, rei d'armes. E donà-li una roba d'estat[3] que era dc brocat e forrada de marts gebelins, pregà'l que la prengués e que la portàs per l'amor sua.

»Lo rei d'armes se partí per dar compliment a la batalla, e cercà tots los estats del Rei e de la Reina. Com véu que no el podia trobar entrà dins la ciutat e trobà'l dins un monestir de frares que es confessava. Com hagué confessat, Jerusalem l'apartà e dix-li que anassen a parlar fora de l'església, car en tals llocs no és donat parlar de coses criminals. Prestament ixqueren de l'església e de lloc sagrat, e Jerusalem féu principi a tal parlar:

»—Senyor de les Vilesermes, jo per mon ofici seria molt aconsolat que pogués posar pau e bona confederació entre vós e Tirant lo Blanc. E si concordar no us voleu, veu's ací la vostra lletra e la resposta d'aquella en paper blanc segellat ab segell de les armes e signat de la sua mà, requerint-me per mon ofici jo vingués a vós per concordar la batalla, donant-me tot son poder en aquesta forma: que de les armes així ofensives com defensives, a peu o a cavall, segons la vostra lletra conté pus llargament, diu e vol, no perjudicant res de son dret com a defenedor, vos dóna poder e facultat que deviseu

3. *roba d'estat*: roba luxosa utilitzada per a les grans cerimònies.

les armes en la manera que plasent vos sia, ab què sien eguals e sens falsa maestria.[4] E la batalla sia esta nit, si ésser porà.

»—Molt só content —dix lo senyor de les Vilesermes— de la gentil pràtica de Tirant. No es deu esperar altra cosa d'ell sinó tota virtut. Jo accepte lo poder per vós a mi donat per part sua, que devise les armes e la batalla. E serà en la següent forma.

4. *falsa maestria*: falsa habilitat. En el sentit del text, fa referència a una sèrie de recursos, que podríem qualificar d'il·legals, per donar avantatge al cavaller, tot fent que les armes utilitzades fossin més perilloses.

Capítol LXV

Com lo senyor de les Vilesermes devisà les armes

—«Jo devise que la batalla se faça a peu, ab camises de tela de França, ab sengles targes de paper, e al cap un capellet de flors, sens altra vestidura neguna. Les armes ofensives, sengles coltellines genovesques, tallant cascuna a dues parts ab puntes ben agudes, de llargària de dos palms e mig, cana de Montpeller.[1] En esta manera lo combatré a tota ultrança. E estic admirat de vós, rei d'armes, com feu de la concòrdia discòrdia. Nosaltres som concords de nostra batalla, e parlau-me de pau.

»—Lo que jo he dit —dix lo rei d'armes—, hi só tengut per mon ofici: no voler la mort del cavaller qui d'honor sia.

»—Puix som concordes, e jo accepte la batalla per Tirant, par-me que siam concordes e no discordes.

»—E jo só molt content —dix lo rei d'armes— que siau concordes. Anem per haver les armes e tot açò que mester haveu ans que vinga la nit.

»De continent los dos anaren a comprar les coltellines e feren-les molt bé esmolar, e feren fer les puntes molt ben agudes. E hagueren drap de tela de França, e molt prest feren tallar e cosir les camises, e feren-les un poc llargues, e les mànegues curtes fins al colze perquè no els torbassen en lo com-

1. *cana de Montpeller*: mesura utilitzada a la Corona d'Aragó durant l'Edat Mitjana i que equivalia a 0'199 metres.

batre. Aprés hagueren un full de paper e partiren-lo per mig, e de cascun mig feren una tarja a manera d'adarga. Mirau quanta defensió podia fer mig full de paper! Com de tot hagueren compliment, dix lo cavaller al rei d'armes:

»—Vós qui haveu concordat la batalla e sou per la part de Tirant, jo no desitge haver negú per la mia sinó sol Déu e les mies pròpies mans, les quals són acostumades de llavar-se en la noble sang militar. Preneu l'una part de les armes, e la que vós deixareu, jo pendré.

»—Senyor de les Vilesermes, jo no só ací perquè haja a fer part entre cavallers dignes d'honor. Jo só obligat per mon ofici consellar e concordar a cavallers e a gentilshòmens, e no fer part neguna, car, si vós me dàveu quant teniu, jo no difraudaria ma honor ne mon ofici. E façam lo que devem fer, si no, dau-me llicència e cercau altri qui no us sia sospitós.

»—Per mon Déu e mon creador, rei d'armes, jo no he parlat a la intenció que vós ho preneu, sinó que volria que fóssem a la batalla, per ço com veig que la nit nos és veïna. Puix sou nostre jutge, feu que la fi prestament se veja.

»—Senyor, jo us diré com serà —dix lo rei d'armes—. Jo no puc ésser jutge entre vosaltres per quant jo he aconsellat a vós e a Tirant, e poria ésser reptat, si tal cosa feia, com injust jutge. Emperò jo hauré un altre jutge competent, en res no sospitós a vós ni a ell, lo qual se nomena Clarós de Clarença, rei d'armes e home molt sabent en la guerra i en armes molt destre, qui és vengut ara novament ab lo duc de Clarença, e és persona que per son ofici ans se deixaria morir que venir en res contra la honor sua.

»—De tot seré content —dix lo cavaller—, puix la cosa vinga en egualtat e sia secreta.

»—I jo us dó la fe —dix lo rei d'armes— de no manifestar aquest fet a persona del món sinó a Clarós de Clarença.

»—Ara —dix lo cavaller—, preneu les armes e portau-les a Tirant, e prenga les que millor li parran. E jo esperar-vos he en aquella ermita de Santa Maria Magdalena, per ço que, si em veia algú de ma companyia, pogués mostrar que estic ací per fer oració.

»Partí's Jerusalem, e anà a cercar Clarós de Clarença, rei d'armes, per tots los estats. Com l'hagué trobat dix-li tot lo ésser, e l'altre dix que ho faria de bona voluntat. Però l'hora era ja tarda, que el sol havia complit son viatge, e per l'escura nit no volia posar en perill dos cavallers. Mas, lo següent dia de matí, quan lo Rei seria en missa e la gent seria assossegada, que en aquella hora era content d'ésser jutge.

»Jerusalem tornà a Tirant e dix-li tot lo que era mester dir ab honestat de son ofici, e recità-li la forma de la batalla com s'havia de fer, e les armes que havia devisades. E que triàs d'aquelles dos la que millor li paregués, e que al matí, com lo Rei seria en missa, se faria la batalla.[2]

»—Puix la batalla no ha ésser esta nit —dix Tirant—, no vull tenir les armes en mon poder, car si jo el vencia o el matava no volria digués la gent que hi hagués feta alguna art en les armes, tenint-les la nit, e per açò l'havia vençut, així com feren aquells dos cavallers qui al port de la mar matà l'u a l'altre e aprés deien que ab art de nigromància era estada feta la llança ab què el matà. No les vull veure ni tocar fins en aquella hora que farem la batalla. E tornau-les al senyor de les Vilesermes, e demà, com la batalla serà, que les porte, que bé trobarà qui les pendrà.

2. Com que la batalla entre Tirant i el senyor de les Vilesermes no era aprovada pel rei i les autoritats, s'havia de dur a terme de bon matí, de manera clandestina, aprofitant que la cort era a missa. Durant el segle XV, els duels estaven condemnats per l'església i eren prohibits sovint per tal d'evitar la mort d'un dels contendents.

»Com Jerusalem oí parlar en tal so a Tirant, mirà'l en la cara e dix:

»—Oh cavaller virtuós e en armes experimentat! Si desaventura de mala sort no és contrària a la persona vostra, digne e mereixedor sou de portar corona real. Jo no puc creure que no siau vencedor d'aquesta batalla.

»Partí's lo rei d'armes de Tirant e anà a l'ermita on estava l'altre cavaller, e dix-li com l'hora era tarda e lo jutge no poria bé jutjar la batalla si de dia no era, mas que havien concertat per a l'endemà com lo Rei entraria en missa, per ço com los cavallers, los uns acompanyaven lo Rei, los altres la Reina, los altres per veure les galants dames estaven torbats. Lo senyor de les Vilesermes dix que era content.

»Los reis d'armes, bon matí perquè no fossen vists de negú, prengueren los dos cavallers e portaren-los en mig d'un bosc, que per negú no podien ésser vists. Com veren que estaven en lloc dispost, Jerusalem féu principi al següent parlar:

»—Cavallers de molta virtut, veu's ací la mort e sepultura vostra. Aquestes són les armes per aquest cavaller devisades e per Tirant acceptades. Cascú prenga la part que li plaurà.

»E posà-les en la bella herba del prat.

»—Ara —dix Clarós de Clarença—, senyors de gran noblesa e cavalleria, vosaltres sou en aquest lloc apartat que no esperau adjutori negú de parents ne d'amics; e estau en lo darrer pas de la mort, que no confiau sinó de sols Déu e de la vostra virtut. E vull saber de vosaltres a qui voleu per jutge en aquesta batalla.

»—Com! —dix lo senyor de les Vilesermes—. ¿E ja no som concordes que vós sereu?

»—E vós, Tirant, a qui voleu per jutge?

»—Jo vull aquell que lo senyor de les Vilesermes vol.

»—Puix a vosaltres plau que jo sia vostre jutge, haveu a

jurar, per l'orde de cavalleria que haveu rebut, d'estar a tota ordinació mia.

»E així lo hi prometeren e juraren. Aprés del jurament, dix lo cavaller a Tirant:

»—Preneu les armes que volreu, e aquelles que vós lleixareu, ab aquelles entraré jo en lo camp.

»—No —dix Tirant—. Vós les haveu hagudes i en nom vostre són vengudes. Preneu vós primer qui sou requeridor, e aprés jo pendré.

»E estigueren los cavallers altercant per punt d'honor. Lo jutge per cessar porfídia pres les armes: les unes posà a la part dreta e les altres a la sinestra. E pres dues palles, una llarga e l'altra curta. Dix lo jutge:

»—Qui pendrà la més llarga prenga les armes de man dreta, e qui pendrà la curta, les armes de mà sinestra.

»Com cascú hagué preses ses armes, en un punt se foren despullats tots nus, e vestiren-se les camises doloroses qui pogueren ésser dits celicis d'amargor. Lo jutge féu ralles en lo camp, e posà l'u en una ralla, e l'altre en l'altra, e manà'ls negú no es mogués fins a tant que ell ho digués. Tallaren rames d'un arbre perquè lo jutge pogués estar a manera de cadafal. Com tot fon fet, lo jutge anà al senyor de les Vilesermes e dixli paraules de semblant estil.

Capítol LXVI

Lo raonament que lo rei d'armes, com a jutge de la batalla, féu als dos cavallers

—«Jo só jutge per lo poder per vosaltres a mi dat e, per dret de mon ofici, só obligat d'amonestar e pregar-vos, e a vós primer, qui sou requeridor, que us plàcia de no voler venir en tan estret pas com és aquest. Hajau Déu davant los vostres ulls, e no vullau morir així desesperat, car bé sabeu que l'home qui la mort se procura, de justícia nostre Senyor no li perdona, e és eternalment damnat.

»—Deixem per ara aqueixes paraules —dix lo cavaller—, car cascú coneix en si lo que val ni pot fer, així en lo temporal com en lo esperitual. Feu venir a Tirant ací davant mi e per ventura porà ésser que ens concordarem.

»—No em par que demanau raó —dix lo jutge—. Vosaltres sou eguals en lo camp; com vendrà aquell a vós? Emperò vés tu, Jerusalem, e digues a Tirant si volrà venir ací per parlar ab aquest cavaller.

»Jerusalem anà a Tirant e dix-li li seria plasent d'anar fins allí. Respòs Tirant:

»—Vós qui sou fel entre nosaltres, digau-me: si lo jutge m'ho mana, que jo hi vaja, jo de bon grat hi iré. Per lo cavaller que allí està no volria donar un pas avant ni altre atràs per quant ell val.

»Jerusalem dix-li com lo jutge per dret de son ofici era obligat de fer son poder de concordar als cavallers, que no venguessen en tan gran perill. Parlà Tirant e dix:

»—Jerusalem, digau al cavaller que jo no sé causa que jo dega anar a ell. Si ell vol res de mi, que vinga ací.

»Aquell tornà la resposta. Dix lo jutge:

»—Bé em par que Tirant fa lo que fer deu. Però, cavaller, vós podeu venir fins en mig del camp e Tirant vendrà allí.

»E així fon fet. Com los dos foren presents, l'u de l'altre, lo senyor de les Vilesermes féu principi a tal parlar.

Capítol LXVII

Com fon feta la batalla de Tirant ab lo senyor de les Vilesermes

—«Si tu, Tirant, vols haver pau, amor e bona voluntat ab mi, e volràs que perdone a la tua joventut, ho faré ab condició tal que em dónes lo fermall d'aquella ínclita senyora dona Agnés de Berrí, ensems ab la coltellina que tens en la mà e la tarja de paper, perquè ho puga mostrar a les dames d'honor. Car tu saps bé que no est digne ne mereixedor de posseir cosa alguna que sia d'una tan alta e tan virtuosa senyora com aquella, per quant lo teu estat, llinatge e condició no és suficient per a descalçar-li lo tapí esquerre. Ni est per egualar-te ab mi, sinó que jo, per la mia benignitat, he volgut consentir d'egualar-te ab mi e de voler-me combatre ab tu.

»—Cavaller —dix Tirant—, no ignore la tua gentilea, qui est, què vals ni què pots fer. Emperò no som ara en temps ni lloc que hajam a venir a mèrits dels llinatges. Mas jo só Tirant lo Blanc; ab l'espasa en la mà, rei, duc, comte ne marqués refusar no em pot. Açò notori és a les gents. Emperò, en tu prestament poria hom trobar tots los set pecats mortals. E pensa que ab paraules vils e deshonestes me penses espantar e donar càrrec a mi e a ma condició? Dic-te que de tan llibert cavaller com tu est no me'n tinc per injuriat. Ni em tendria per lloat si negum bé em deies, car sentència és comuna que tant val a l'hom ésser lloat de mals hòmens com ésser lloat de males coses. Vingam a la batalla e façam lo per què hi som, e no estigam més en supèrflues paraules de poc valer, car sol un cabell de mi fos caigut en terra no el te volria haver dat ni consentiria menys que el prenguesses.

»—Puix concordar no us voleu —dix lo jutge—, ¿voleu vida o mort?

»Dix lo senyor de les Vilesermes:

»—Bé em dol la mort d'aquest jove superbo. Vingam a la batalla e cascú torne a son lloc.

»Lo jutge pujà alt en un cadafal que s'havia fet de rames e dix cridant:

»—¡Sus, cavallers! Cascú faça com a valent e bon cavaller.

»L'u anà devers l'altre com a hòmens rabiosos. Dels primers colps que es tiraren, lo cavaller francés portava la coltellina alt lo cap, e Tirant la portava damunt los pits. Com foren prop l'u de l'altre, lo cavaller francés tirà gran colp a Tirant per mig del cap, e aquell rebaté-lo-hi e contrapassà, e de revés donà-li un colp sobre l'orella, e tant com ne pres, tant li'n féu caure sobre lo muscle, quasi lo cervell li paria.[1] L'altre donà a Tirant enmig de la cuixa, que un gran pam badava la coltellada. E tornà-li'n tan prest a dar altra en lo braç esquerre que fins a l'os li aplegà. E tantes armes feia cascú que era cosa d'espant. E estaven-se tan prop, que a cascun colp que es tiraven se traïen sang, que era una gran pietat qui els veia les cruels nafres que l'u e l'altre tenien, que totes les camises eren tornades vermelles de la molta sang que perdien. ¡Tristes de les mares que parits los havien! E Jerusalem deia molt sovint al jutge si volia que els fes lleixar la batalla. E lo cruel jutge responia:

»—Lleixau-los venir a la desitjada fi de sos cruels dies.

1. *lo cervell li paria:* se li veia el cervell.

»Jo crec bé que en aquell cas cascú d'ells estimara més la pau que no la guerra. Emperò, així com aquells qui eren valentíssims cavallers e de gran ànimo, contínuament se combatien sens haver-se pietat alguna. A la fi, veent-se Tirant prop de la mort per la molta sang que perdia, acostà's tant com pogué envers l'altre e tirà-li de punta e donà-li en la mamella esquerra en dret del cor. E l'altre donà-li gran coltellada sobre lo cap, que la vista li féu perdre dels ulls, e caigué en terra primer que l'altre. E si lo francés se fos pogut sostenir com Tirant caigué, ell l'haguera pogut bé matar si hagués volgut. Emperò ell no tingué tanta virtut que no caigués de continent mort en terra.

»Com lo jutge véu estar los dos cavallers tan pacífics, davallà del cadafal e acostà's a ells, e dix-los:

»—Per la mia fe vosaltres haveu fet com a bons cavallers dignes de molta honor, e no és negú qui us puga dar càrrec.

»E va'ls senyar dues vegades a cascú. E pres dos trossos de bastons e féu-ne creus, e posà-les sobre los cossos e dix:

»—Encara veig que Tirant té un poc los ulls oberts, e si no és mort, ell n'està molt prop. Ara, Jerusalem, jo us requir que atureu ací per guardar aquests cossos e jo iré a la cort per manifestar-ho al Rei e als jutges del camp, com per dret així es devia fer.

»E trobà lo Rei que eixia de missa e en presència de tots li dix les següents paraules:

»—Senyor, certa cosa és que dos cavallers valentíssims de nom e d'armes, hui de matí eren en la cort de la majestat vostra e ara estan en tal punt que de mort no poden ésser estalvis.

»—Qui són los cavallers? —dix lo Rei.

»—Senyor —dix Clarós de Clarença—, l'u és lo senyor de les Vilesermes e l'altre és Tirant lo Blanc.

»—Molt me desplau —dix lo Rei— de semblant nova. Bo

serà que ans de dinar anem allà e vejam si els porem ajudar en res.

»—Per ma fe —dix Clarós—, l'u és passat d'esta vida. Jo pens també que l'altre li volrà fer companyia, tan mal nafrats estan.

»Com los parents e amics dels cavallers saberen tal nova, prengueren armes e a peu e a cavall, cuitam lo més que poguem. E nostre senyor Déu féu-nos gràcia que arribam primers que los altres, e trobam a Tirant tot ple de sang —no era home qui el conegués— e tenia un poc los ulls oberts.

»Com los altres veren llur senyor mort, cuitaren a gran pressa envers lo nostre cavaller per voler-li tolre la vida, e nosaltres lo defensam molt bé. Nosaltres nos fem dos parts, e posam lo cos enmig, les espatles unes envers les altres, perquè eren molts més que nosaltres. Emperò, a cascuna part que venien, trobaven gent qui els tenia cara. Ab tot açò tiraren una fletxa, ab moltes d'altres, e donà al pobre de Tirant, qui jaïa en terra.

»A poc instant aplegà lo gran Conestable armat tot en blanc, ab molta gent que portava, e departí'ns los uns dels altres. E aprés, molt prest, fon aquí lo Rei ab los jutges del camp. Com veren los cavallers, l'u mort, l'altre que paria que estigués en passament, manaren que no els llevassen d'allí fins lo consell fos tengut. E estant lo Rei en lo consell —e oint la relació feta per Clarós de Clarença i per Jerusalem, reis d'armes—, aplegà la Reina ab tots los estats, ab totes les dones e donzelles. Com veren estar així tan mal adobats los cavallers, de gran dolor e compassió llançaren dels ulls vives llàgremes, dolent-se de la mort de dos tan singulars cavallers.

«Com la bella Agnés véu estar cascú en tan trist comport, girà's devers la Reina e los estats e dix:

»—Senyors, veu's ací les honors e grans dolors.

»E girà's als parents de Tirant e dix-los:

»—Cavallers, los qui amau a Tirant, ¿e tan poc esforç mostrau devers lo vostre bon amic e parent, que així el deixau passar d'esta vida? Per culpa de vosaltres, així morrà, que jau en la terra freda e tot se dessagna. Si mitja hora està, no li restarà sang al cos.

»—Senyora, què voleu que façam? —dix un cavaller—. Que lo Rei ha manat, sots pena de mort, no sia negú qui los gos tocar ni llevar-los d'allí

»—Ai mesquina! —dix la bella Agnés—. Nostre Senyor no vol la mort del pecador, e volrà-la lo Rei? Feu-li portar un llit en què estiga la sua persona e posem-lo allí fins a tant que lo Rei haja tingut son consell, car lo vent li entra per les nafres e fa-li molt gran dan.

»De continent los parents trameteren per llit e per una tenda. E en aquest espai que ells anaven, Tirant bascava molt per les nafres, qui es refredaven, e la molta sang que perdia. E com la bella Agnés véu així fortment congoixar a Tirant, dix:

»—Per ma consciència, jo no dec ésser inculpada de pare ni de mare, de germans ni de parents, ni del senyor Rei ni de la senyora Reina, puix ho faç ab santa intenció.

»Despullà's les robes que vestia, qui eren de vellutat blanc forrades de marts gebelins, e féu-les posar en terra, e féu posar a Tirant sobre la roba. E pregà a moltes de les sues donzelles se despullassen les robes e les posassen sobre Tirant. Com Tirant sentí la calor de la roba, trobà gran remei e obrí los ulls més que ans no havia fet. E la bella Agnés assigué's prop d'ell e pres lo seu cap e posà'l sobre les sues faldes, e dix:

»—Ai trista de mi, Tirant! ¡I tan mal fermall fon aquell que jo us doní! Mal dia, mala hora e mal signe fon aquell quan jo el fiu fer e pitjor com lo us doní. E si sabés que tal cas se n'hagués a seguir, no el vos volguera haver donat per cosa en lo món. Emperò la ventura cascú la's procura, e jo, trista de mi, reste adolorida de la gran desaventura de vosaltres, car jo puc ésser dit causa de tot aquest mal. Prec-vos, cavallers, tots los qui amau gentilesa, que em porteu ací, prop de mi, lo cos del senyor de les Vilesermes, car, puix no l'he volgut amar en vida, vull-li fer honor en la mort.

»E prestament lo hi portaren, e féu-li posar lo cap sobre les sues faldes a la part sinestra, e dix:

»—Veu's ací amor e dolor. Aquest senyor de les Vilesermes que ací jau tenia de son patrimoni trenta-set castells e, en aquells, ciutats e viles forts e circuïdes de moltes torres e de bell mur. E tenia una ciutat entre les altres, que es nomena Ermes, e un fortíssim castell qui es nomena Viles, e per ço era intitulat lo senyor de les Vilesermes. Home de gran riquesa, e molt valentíssim cavaller, que valia tant com negun altre cavaller pogués valer. E confiant del seu esforçat ànimo, podeu veure lo pobre de cavaller en què és vengut, que set anys ha volguts perdre per amar-me e, a la fi, aquest és lo premi que n'ha hagut. E ha fetes de singulars cavalleries per amor mia, desitjant haver-me en sa senyoria per lícit matrimoni, ço que jamés haguera aconseguit per jo ésser de major auctoritat de llinatge e de béns de fortuna.[2] Jamés volguí adherir en cosa que fos en plaer e contentació sua, e ara lo pobre de cavaller és mort per zels, per sa gran desaventura.

»Lo Rei ixqué del consell havent rebuda plenària informació dels reis d'armes dessús nomenats e féu venir los tres ar-

2. Tal com succeeix també a l'anònima novel·la catalana *Curial e Güelfa* (1435-1462), el matrimoni entre joves de diferents classes socials no pot dur-se a terme. En aquesta obra, per tal que aquest casament es pugui realitzar, Güelfa, una dama vídua i noble, farà avançar socialment Curial, un jove sense fortuna, seguint les lleis de l'amor cortès: Curial es converteix en el vassall i Güelfa en la senyora, que disposa i mana. Podeu llegir el fragment de *Curial e Güelfa* que tracta d'aquesta qüestió a la proposta de treball 30.

quebisbes e los bisbes, ab tot lo clero, ab solemne processó de la ciutat per fer honor al cavaller mort. E los parents de Tirant feren venir metges, llit e tenda e tot lo necessari per a curar-lo. E trobaren que tenia onze nafres en la sua persona, en les quals n'hi havia quatre que eren mortals. A l'altre li'n trobaren cinc, totes mortals.

»Com Tirant fon curat e tot lo clero fon vengut, lo Rei, ab los jutges, ordenaren lo cavaller mort fos mès dins la caixa que porten los morts, molt honradament cobert ab un molt bell drap d'or que tenien per als cavallers qui morien en armes. Aprés d'ell venia Tirant, posat sobre un gran pavés e, per bé que la sua mà estigués sens útil e profit negú e no la pogués sostenir, fon determenat la hi lligassen en un bastó ab l'espasa nua en la mà, ab aquella que l'havia mort. E en tal forma anaren les creus ab lo clero, primer. E aprés venia lo mort cavaller ab tots los cavallers a peu. Aprés venia lo Rei ab tots los grans senyors de títol. Venia aprés Tirant en la forma dessús dita, ab la Reina aprés ab totes les dones e donzelles de títol e de gran estat. Aprés venia lo gran Conestable ab tres mília hòmens d'armes. E així anaren fins a l'església de Sant Jordi, e aquí li digueren la missa de rèquiem[3] ab gran solemnitat. E com posaren lo cos en lo vas, acostaren a Tirant tan prop d'ell que quasi de la mà de l'espasa senyalava que el posassen dins —si bé s'era més mort que viu—, car així era estat ordenat per los jutges del camp.

»Partint lo Rei e la Reina de l'església ab tots los altres, acompanyaven a Tirant fins al seu alleujament, ab honor excelsa que li fon feta. E cascun dia, lo Rei ab tots los estats anaven a veure a Tirant fins que hagué cobrada la primera sanitat. E tal pràtica tenien a tots los qui eren nafrats. E a

3. *missa de rèquiem:* missa de difunts.

Tirant foren donades trenta donzelles que contínuament lo servissen.

»Com hagueren posat a Tirant en lo llit era ja gran dia, e lo Rei no havia encara menjat. Digueren al rei si seria plasent a la majestat sua dinar-se primer ans que tornàs a l'església de Sant Jordi per dar la sentència al senyor de les Vilesermes. E los jutges del camp eren allí presents: digueren al Rei que sa majestat se podia bé anar a dinar, perquè migjorn era passat, que, dites vespres, porien fer los actes que restaven per fer. E així ho feren.

»E a l'hora de les vespres, lo Rei e la Reina, ab tots los estats, anaren a l'església de Sant Jordi e feren portar allí Tirant. E dites les vespres, lo Rei féu pronunciar la sentència del tenor següent.

[LXVIII-LXXXIV]

Els jutges de camp proclamen Tirant vencedor del combat. Diafebus segueix explicant a l'ermità les gestes que va realitzar Tirant durant les noces del rei d'Anglaterra: lluita sense armes contra un gos alà del príncep de Gal·les que l'escomet, i es veu obligat a matar-lo; també dóna mort a quatre cavallers que participaven d'incògnit a les festes: els reis de Frígia i Polònia i els ducs de Baviera i Borgonya. La notícia de la mort dels quatre cavallers arriba a Kirieleison de Muntalbà, vassall del rei de Frígia, que decideix venjar-lo. Abans de combatre amb Tirant, Kirieleison visita la tomba del seu senyor i experimenta un atac tan fort de dolor i d'ira que li esclata la fel i mor a l'acte. El seu germà, Tomàs de Muntalbà, el substitueix en el desafiament, però Tirant el venç i, com a penitència a la seva supèrbia, li fa prendre l'hàbit de franciscà. Diafebus acaba el seu relat explicant com el rei d'Anglaterra institueix l'orde de la Garrotera (de la lligacama).

Capítol LXXXV

Com fon instituïda la fraternitat de l'orde dels cavallers de la Garrotera[1]

—Ja era passat l'any e lo dia, e les festes eren complides de solemnizar, com la majestat del senyor Rei tramés a pregar a tots los estats que es volguessen esperar alguns dies, per ço com la majestat sua volia fer publicar una fraternitat, la qual novament havia instituïda, de vint-e-sis cavallers, sens que negú no fos reprotxe. E tots de bon grat foren contents d'aturar.[2] E la causa e principi d'aquesta fraternitat, senyor, és estada aquesta, ab tota veritat, segons jo e aquests cavallers que ací són havem oïda recitar per boca del senyor Rei mateix, com, un dia de solaç que es feien moltes danses, e lo Rei, havent dansat, restà per reposar al cap de la sala, e la Reina restà a l'altre cap ab les sues donzelles, e los cavallers dansaven ab les dames. E fon sort que una donzella, dansant ab un cavaller, aplegà fins en aquella part on lo Rei era, e, al voltar que la donzella féu, caigué-li la lligacama de la calça, e al parer de tots devia ésser de la sinestra cama, e era de cimolsa. Los cava-

1. *orde de la Garrotera:* es tracta de l'orde cavalleresc més important d'Anglaterra. Segurament va ser fundat el 1348 per Eduard III, sembla que al castell de Windsor, com una germandat noble composta pel rei i vint-i-cinc cavallers per premiar mèrits rellevants, tot volent revifar la tradició dels cavallers de la Taula Rodona. No és cert, com s'indica a la novel·la, que el seu fundador fos Enric VI ni que fos a conseqüència d'un incident amb la lligacama d'una dama.
2. *foren contents d'aturar*: estigueren contents d'aturar-se.

llers qui prop lo Rei eren, veren la lligacama que li era caiguda en terra. La donzella aquesta se nomenava Madresilva,[3] e no penseu, senyor, que aquesta fos més bella que altra, ni res de tot lo que mostrava fos gentil: mostra una poca de parenceria, és un poc desembolta en lo dansar i en lo parlar, canta raonablement, emperò, senyor, trobar s'hi han d'estes tres-centes més belles e més agraciades que aquesta. Mas l'apetit e voluntat dels hòmens són repartits en moltes maneres. Un cavaller d'aquells qui estaven prop del Rei, li dix:

»—Madresilva, les armes de vostra cama haveu perdudes. Par-me que hajau tengut mal patge, que no les vos ha sabudes lligar.

»Ella, un poc vergonyosa, deixà's de dansar e tornà per cobrar-la, e un altre cavaller fon més prest que no ella e pres-la. Lo Rei, qui véu la lligacama en poder del cavaller, prestament lo cridà e dix-li que la hi lligàs en la cama, sobre la calça, a la part sinestra, davall lo genoll. Aquesta lligacama ha portat lo Rei passats quatre mesos, e jamés la Reina li dix res. E com lo Rei més s'abillava, de millor voluntat la portava a vista de tot lo món. E no fon negú, en tot aquell temps, tingués atreviment de dir-lo-hi, sinó un criat del Rei qui era molt afavorit, qui véu que massa durava. Un dia que estava sol ab ell li dix:

»—Senyor, ¡si la majestat vostra sabia lo que jo sé, e la murmuració de tots los estrangers, e del vostre regne mateix, e de la Reina e de totes les dones d'honor!

»—Què pot ésser? —dix lo Rei—. ¡Digues-m'ho prestament!

»—Senyor, jo us ho diré. Que tots estan admirats d'una tan gran novitat com vostra altesa ha volgut fer d'una mínima e dejecta donzella e de baixa condició, entre les altres molt poc

3. *Madresilva*: aquest nom prové d'una epístola, d'inspiració ovidiana, escrita per Juan Rodríguez del Padrón a inicis del segle xv.

estimada, que l'altesa vostra ne porte senyal en la persona vostra, a vista de tot lo món tan llong temps. Ja bastaria que fos Reina o Emperadriu per fer tanta menció d'ella. E com, senyor! ¿No trobarà vostra altesa en aquest vostre regne donzelles de major auctoritat en llinatge i en bellea, en gràcia i en saber e complides de moltes més virtuts? E les mans dels reis, qui són molt llargues, que apleguen lla on volen![4]

»Dix lo Rei:

»—¡Doncs la Reina està d'açò mal contenta, e los estrangers e los del meu regne n'estan admirats? —Dix tals paraules en francés: —*Puni soit qui mal y pense!*[5] Ara jo promet a Déu —dix lo Rei—: jo instituiré e faré sobre aquest fet un orde de cavalleria, que, tant com lo món durarà, serà en recordació aquesta fraternitat e orde que jo faré.

»E en aquell punt se féu deslligar la cimolsa, que no la volgué més portar, ab molta malencolia que li restà, emperò no en féu demostració alguna.

»Aprés, senyor, complit de fer les festes així com dit he a la senyoria vostra, féu la següent ordinació:

»Primerament, fos feta una capella sots invocació del benaventurat senyor Sant Jordi, dins un castell qui es nomena Óndisor,[6] ab una gentil vila que hi ha, la qual capella fos feta a manera de cor d'església de monestir de frares, e a l'entrant de la capella, a man dreta, fossen fetes dos cadires, e a la part sinestra altres dos, e d'allí avall, en cascuna part fossen fetes onze cadires, e fins que fossen en nombre de vint-e-sis cadi-

4. *E les mans dels reis qui són molt llargues, que apleguen lla on volen*: que les mans dels reis són tan llargues que arriben allà on volen.

5. *Puni soit qui mal y pense*: que sigui castigat que malpensi. Un lema que té ressons trobarescos ja que s'intueix la presència d'una mena de *lausengiers* (envejosos).

6. *Óndisor*: Windsor. El castell fou manat construir per Guillem I d'Anglaterra, el Conqueridor, i ampliat en època d'Enric I i d'Enric III. La reina Victòria, al segle passat, el convertí en la residència favorita dels reis anglesos.

res. E en cascuna que segués un cavaller, e sobre lo cap alt de la cadira, tingués cascún cavaller una espasa molt ben daurada, e la coberta de la baïna fos de brocat o de carmesí, brodada de perles o d'argenteria, de ço que a cascú millor li parega, la més rica que cascú puga fer. E al costat de l'espasa cascú tinga un elm, a manera fet d'aquells que junyen e que el puguen tenir d'acer ben febrit o de fusta ben daurat. E sobre l'elm estiga lo timbre de la divisa que volrà, e en les espatles de la cadira, en una planxa d'or o d'argent, sien pintades les armes del cavaller, e allí estiguen clavades.

»Aprés diré a la senyoria vostra les cerimònies que s'han de fer en la capella. Ara diré los cavallers qui foren elets. Primerament, lo Rei elegí vint-e-cinc cavallers e ab lo Rei foren vint-e-sis. Lo Rei fon lo primer qui jurà de servar totes les ordinacions en los capítols contengudes, e que no fos cavaller negú qui demanàs aquest orde que el pogués haver. Tirant fon elet lo primer de tots los altres cavallers, per ço com fon lo millor de tots los cavallers. Aprés fon elet lo príncep de Gales, lo duc de Betafort, lo duc de Lencastre, lo duc d'Atzètera, lo marqués de Sófolc, lo marqués de Sant Jordi, lo marqués de Belpuig, Joan de Varoic, gran Conestable, lo comte de Nortabar, lo comte de Salasberi, lo comte d'Estafort, lo comte de Vilamur, lo comte de les Marches Negres, lo comte de la Joiosa Guarda, lo senyor d'Escala Rompuda, lo senyor de Puigverd, lo senyor de Terranova, Misser Joan Stuart, Misser Albert de Riusec. Aquests foren del regne. Los estrangers foren lo duc de Berrí, lo duc d'Anjou, lo comte de Flandes, e foren tots en nombre de vint-e-sis cavallers.[7]

7. Alguns dels vint-i-sis cavallers que esmenta Martorell han estat identificats amb autèntics cavallers anglesos de l'orde de la Garrotera. I l'autor, a més, inclou, al costat d'aquests personatges històrics, cavallers catalans o valencians, com els marquesos de Sant Jordi o de Belpuig, per confirmar al lector que allò que llegeix no és una crònica sinó una ficció.

»Senyor, a cascun cavaller que volien elegir per posar en l'orde de la fraternitat, feien-li aquesta cerimònia: prenien un arquebisbe o bisbe e daven-li los capítols de la fraternitat closos e segellats, e trametien-los al cavaller que volien elegir que fos de la llur germandat, e trametien-li una roba tota brodada de garroteres e forrada de marts gebelins, e un manto llarg, així com la roba, fins als peus, forrat d'erminis, qui era de domàs blau, ab un cordó tot de seda blanca per lligar alt, e les ales del manto podien llançar sobre los muscles e mostrava's la roba e lo manto. Lo capiró era brodat e forrat d'erminis. La brodadura era tal com la garrotera, qui estava feta en semblant forma, ço és, d'una correja de cenyir ab cap e ab sivella, així com moltes dones galanes e d'honor porten en les cames per tenir les calces e, com han ensivellada la garrotera, donen una volta de la correja sobre la sivella retent nu, e lo cap de la correja penja quasi fins a mitja cama, e en mig de la garrotera estan escrites aquelles mateixes lletres: *Puni soit qui mal y pense.* La roba, lo manto e lo capiró, tot és brodat de garroteres, e cascun cavaller és tengut tots los dies de sa vida de portar-la, així dins ciutat o vila on estiga com defora, e en armes o en qualsevulla manera que sia. E si per oblit, o no la volgués portar, qualsevulla rei d'armes, heraut o porsavant qui el veurà anar sens la garrotera, té potestat absoluta que li pot llevar la cadena d'or del coll, o lo que portarà al cap, o l'espasa o lo que portarà, encara que sia davant lo Rei o en major plaça que sia. E cascun cavaller és tengut, per cascuna vegada que no l'aportarà, dos escuts d'or dar-los al rei d'armes o a l'heraut o al porsavant, e aquell és tengut, d'aquests dos escuts, l'u donar en qualsevulla capella de Sant Jordi per a cera, e l'altre escut és per a ell, perquè hi ha tengut esment.

»E aquell bisbe o arquebisbe o altre prelat té d'anar com ambaixador de la fraternitat, e no del Rei, e porta lo cavaller en una església, qualsevulla que sia, e si de Sant Jordi n'hi ha, allí van dretament, e lo prelat fa'ls posar la mà sobre l'ara de l'altar e diu-los les següents paraules.

[LXXXVI-XCVII]

Diafebus acaba d'explicar a l'ermità els capítols de l'orde de la Garrotera. Després, Tirant i els seus amics s'acomiaden de l'ermità i marxen d'aquella terra.

Capítol XCVIII

Com Tirant ab sos companyons partiren de l'ermità e tornaren en llur terra

Tirant ab sos companyons per ses jornades caminaren tant que arribaren en la ciutat de Nantes. Com lo duc de Bretanya sabé que Tirant venia ab la sua parentela, ixqué'ls a rebre ab tots los regidors de la ciutat e ab gran cavalleria, e feren-li la major honor que fer pogueren per ço com era estat lo millor cavaller de tots los que eren estats en les grans festes d'Anglaterra. E lo Duc afavoria'l molt e li dava de sos béns, e Tirant era tengut en aquella terra en molt bona opinió de totes les gents.

E estant un dia Tirant ab lo Duc e ab molts altres cavallers solaçant e parlant, vengueren dos cavallers de la cort del rei de França, e lo Duc los demanà si en la cort hi havia noves negunes. Digueren los cavallers:

—Senyor, sí, car nova hi ha certa que, com los templers foren morts e destruïts, fon instituït un altre orde, qui es nomena de Sant Joan de Jerusalem[1]. E com Jerusalem fon perdut, aquests poblaren l'illa de Rodes, e restà buit lo temple de Salamó. E de grecs e de moltes altres nacions fon poblada aquesta illa de Rodes, com fon molt fortificada la ciutat e lo castell. E venint en notícia del soldà d'Alcaire, desplagué-li molt que

1. L'orde cavalleresc de l'Hospital, anomenat també de Sant Joan, es fundà el 1098 amb la finalitat de protegir els cavallers que visitaven Terra Santa.

crestians haguessen poblada aquella illa, e lo Soldà cascun any feia los aparells per poder-la haver.[2] E los genovesos, sabent tal nova que lo Soldà feia gran aparell, veent lo port ésser molt bo e la terra fructífera e de moltes mercaderies abundosa, e per quant ells ab llurs naus van molt sovint en Alexandria e en Barut, que els vendria molt bé tinguessen allí aquell bon port e bona retreta, fon posat en consell davant lo Duc e lo consell deliberà com ab poca dificultat se poria pendre la ciutat e lo castell. E havent-ho deliberat, ho posaren en obra, que armaren vint-e-set naus de molta gent e bona. E a l'entrada de la quaresma ne trameteren tres, e passats quinze dies ne trameteren cinc faent demostració que volien allí adobar e mostrar carena.[3] Aprés mitjant quaresma ne trameteren altres tantes. E feren-ho en tal forma que lo dia de Rams foren totes les vint-e-set naus en vista de Rodes, plenes de molta gent e de poca mercaderia, e fengien que les unes anaven en Alexandria e les altres en Barut; les altres se detenien voltejant dins mar perquè de terra no fossen vistes. E acostant-se lo Divendres Sant, totes les naus foren dins lo port de Rodes, esperant lo Divendres Sant, com en aquell dia havien de pendre la ciutat e lo castell, per ço com en aquell dia dins lo castell tenen moltes relíquies, e qui hi ou aquell dia lo divinal ofici, guanya indulgència plenària a pena e culpa per molts papes atorgada. Entre les altres relíquies tenen una espina de la corona de Jesucrist, e aquella espina, en aquella hora que la hi posaren al cap, floreix, e està florida fins en aquella hora que Jesucrist reté l'esperit. Aquella espina és de junc marí, e és d'aquelles que li entraven dins lo cap e li tocaren al cervell. E cascun Divendres Sant la mostren e la tenen a vista de tothom.

2. L'episodi fa referència a un episodi real de l'Europa de l'època com fou el setge de Rodes per part de les tropes del Soldà d'Egipte el 1444.

3. *mostrar carena*: tombar l'embarcació per netejar-la o reparar-ne el fons.

»E los mals crestians de genovesos, sabent la pràtica del Mestre de Rodes e de sa religió, ab consentiment de dos genovesos cavallers de l'orde, qui estaven dins lo castell, los quals prengueren totes les nous de les ballestes e posaren-n'hi d'altres que eren de sabó blanc e de formatge,[4] per ço que en lo temps de la necessitat ajudar no se'n poguessen. E lo Mestre e tota sa religió no hi hagueren jamés pensat, ans certament los hagueren tots presos e morts.

»Mas Nostre Senyor algunes vegades permet algun gran pecat per major benefici.[5] Dins aquella ciutat estava una galant dama, la qual per la sua molta bellea de molts cavallers de l'orde era festejada, e, per la molta virtut sua, negú no tenia res en ella. En especial l'amava un cavaller qui es nomenava frare Simó de Far, natural del regne de Navarra. Aquesta dama, al parer de les gents, se mostrava d'honestat excelsa. Seguí's que un escrivà de la nau del capità dels genovesos era eixit en terra e véu la gentil dama e enamorà's molt d'ella. E congoixat d'amor infinida, va a parlar ab la senyora e diu-li com ell té molt bon grat d'ella, e que la prega que li faça tanta gràcia que li done la sua amor, que ell li darà tant de sos béns que en serà molt contenta. E de continent presentà-li un diamà e un robí que valien cinc-cents ducats. E mès la mà en una botgeta que portava en la cinta e tragué una gran grapada de ducats e llançà'ls-hi en la falda, que tota la feren alegrar. Passades moltes paraules entre ells, ell obtingué tot lo que vol-

4. La nou de la ballesta és un peça de metall o de qualsevol altra matèria dura, fixada a la meitat de l'arbrer (el mànec que aguanta la ballesta) i que serveix per a mantenir-lo tensat abans de disparar. Si se substituïa per matèries toves, com el formatge o el sabó, l'arma quedava inutilitzada.

5. L'episodi que se'ns narrarà a continuació és, de fet, una història curta, semblant al model establert, tant temàtic com tècnic, pel *fabliau* francès o el *novellino* italià. Aquest darrer gaudia d'un gran èxit gràcies al *Decameron* de Boccaccio.

gué; e açò fon lo Dijous de la Cena.[6] La gentil dama, perquè pogués haver d'ell molt més, li féu grans festes mostrant-li amor infinida.

»—Ara —dix lo genovés—, puix jo he hagut de vós tot lo que volia, jo us promet demà en aquell dia dar-vos la més rica casa de tota aquesta ciutat, ab tot lo moble, perquè siau la més rica dama e més benaventurada de totes.

»—Ai, mesquina! —dix ella—. ¿Ara que haveu hagut de mi lo que volíeu, vos voleu burlar de mi ab prometences impossibles que no es poden fer? Anau ab la pau de Déu, e no em vingau pus en casa.

»—Oh senyora! —dix l'escrivà—. Jo em pensava haver conquistat un regne, e tenia'm per lo més benaventurat home del món pensant que la vida vostra e la mia seria tota una, e que los cossos no es poguessen separar sinó per mort natural, e fer-vos la més rica senyora de tota l'illa, ¿e vós me dau comiat? E no pense la vostra galant persona que ho haja dit per burlarme de vós, que us ame més que a la vida mia, sinó que ab tota veritat vos parle. E d'ací a demà, per tot lo dia, no hi ha tant, que en veureu l'experiència verdadera.

»—Si lo vostre verdader parlar fos ab efecte, deixant paraules colorades, e alguna cosa en bé venir s'espera, dir-m'ho deuríeu, puix tanta amor dieu que em portau, perquè lo meu esperit ne restàs aconsolat. Emperò vosaltres, genovesos, sou gent desconeixent, que sou tals com los àsens de Sòria,[7] que van carregats d'or e mengen palla. E per ço crec que tot deu ésser burla e no ho dieu sinó per enganar-me.

»—Senyora, si vós me prometeu de tenir-me secret, jo us ho diré.

6. *Dijous de la Cena*: Dijous del Sant Sopar o Dijous Sant.

7. Són, en realitat, ases de Síria, país que a l'Edat Mitjana era molt important perquè pel seu territori transitaven ases carregats amb or cap al nord d'Àfrica.

»E la gentil dama lo hi promés. E lo genovés li dix tota la veritat del fet com se tenia de fer.

»Com l'escrivà fon partit de la dama, ella tramés al castell un fadrí ben entés e discret. E trobà lo Mestre en l'església ab tots los frares que oïen los fasos.[8] Lo fadrí parlà ab lo Simó de Far e féu-lo eixir fora de l'església e dix-li les següents paraules:

»—Senyor Comanador, ma senyora vos prega que, si d'ella jamés esperau haver compliment del que desitjau, encara que siam en dies de Passió, que de continent, totes coses lleixades, siau ab ella; que ab molta humilitat vos espera e desitja-us servir de cosa que jamés vos oblidarà.

»Lo cavaller, mogut més d'amor que de devoció, lleixà lo servei de Nostre Senyor, e tan secretament com pogué se n'anà a la casa de la senyora, la qual, com lo véu, lo rebé ab molta amor abraçant-lo, e pres per la mà s'assegueren en l'estrado. E la senyora, ab veu baixa, féu principi a semblants paraules:

»—Cavaller virtuós, perquè tinc conegut la molta amor que em portau e los treballs que haveu sostenguts per voler obtenir lo que de mi desitjau e jo, volent guardar la honor e fama que deu resplandir en les dones d'honor, no he volgut jamés admetre les vostres pregàries, ara, perquè tals treballs ne l'amor que em portau sia sens premi, ni em tingau per ingrata, vos vull premiar de dues coses: la primera és que só contenta de servir-vos de tot lo que a mi sia possible per lo molt merèixer vostre; la segona, vos he fet venir en tal dia perquè la necessitat ho requir, per manifestar-vos la dolor inestimable que la mia ànima sent, que freda suor corre per lo meu cos d'un terrible espant que tinc davant los meus ulls, e açó per causa del gran perdiment del Mestre de Rodes e de tota la reli-

8. *fasos*: matines dels tres darrers dies de Setmana Santa.

gió e, aprés, de tot lo poble d'aquesta ciutat. E no donant-vos més espai sinó fins a demà, que el sermó sia acabat, que tota la vostra religió serà perduda.

»—Senyora de molta estima —dix lo cavaller—, molta glòria és per a mi que de tan poca servitud que us he feta obtinga tan gran premi com és d'acceptar-me per servidor, la qual gràcia estime més que si m'haguésseu fet monarca del món. E suplique a la vostra gentilea voler-me manifestar tal cas perquè per mitjà meu puga ésser restaurada la nostra religió e no plàcia a la virtut divina que es segueixca un tan gran dan. E besant-vos les mans vos suplique que haja de vós alguna doctrina perquè veja si en aquest fet algun remei s'hi porà dar. Car, sobre totes les dones d'honor, deveu ésser exalçada. E per ma part vos ofir,[9] encara que ja sia tot vostre, la persona e los béns e honor.[10]

»Molt restà contenta l'agraciada senyora de les paraules del cavaller e recità-li llargament tot lo que l'escrivà li havia dit. Com lo cavaller oí semblants paraules recitar, estigué molt admirat pensant en la gràcia que la divina Providència li havia fet en fer-li revelar un tan gran secret. E donà dels genolls en la dura terra per voler besar los peus e les mans a la virtuosa senyora, e ella no ho comportà, e prengué'l del braç e alçà'l de terra e abraçà'l e besà'l d'amor virtuosa. Lo cavaller, per la necessitat gran que lo cas requeria d'avisar-ne lo Mestre perquè hagués temps de proveir en los remeis, pres graciós comiat de la gentil dama. La nit era ja escura e lo castell tancat: no tement los perills que seguir li'n poguessen, fon a la porta del castell e tocà grans colps. Los cavallers qui feien la guaita alt en la muralla del castell demanaren qui era lo qui de tan gran

9. *ofir*: ofereixo.

10. Cal fer notar que, tot i la seva aparença de virtuosa, la dama atorga els seus favors a canvi del diners.

pressa tocava. E lo cavaller nomenant-se Simó de Far, que l'hi obrissen. Digueren los de la guaita:

»—Vés-te'n, malvat! ¿No saps los perills e dans que t'estan estotjats si lo senyor Mestre sap que en aquesta hora tu est fora del castell? Torna-te'n e per lo matí poràs entrar a ton plaer.

»—Jo só ben cert de tot lo que vosaltres me dieu —dix Simó de Far—, mas a mi cové en tot cas del món d'entrar esta nit dins lo castell, per què us prec molt afectuosament que digau al senyor Mestre que em faça obrir, car no tem ni vull tembre negun perill que seguir-me puga.

»Una de les guaites anà a l'església, e trobà lo Mestre qui estava prop del moniment dient ses hores. Com sabé que Simó de Far a tal hora era fora del castell, dix ab gran ira:

»—Jo li promet, si Déu me deixa veure lo matí, li faré dar tal disciplina que a ell serà castic e als altres serà exemple. Oh del mal frare que així deixa la religió! Des que jo só mestre no he vist ni sabut que negú sia a tal hora fora del castell. Anau e digau-li que esta nit no pot entrar, mas que demà haurà la bona estrena.

»E lo Mestre tornà en sa oració, e la guaita se'n tornà ab la resposta. Com Simó de Far oí tals raons, humilment tornà a pregar als cavallers que la guaita feien volguessen tornar a dir al senyor Mestre que l'hi fes obrir, que l'entrada sua era de gran necessitat, e aprés que l'hagués oït li donàs la penitència que mereixia. Per tres voltes lo hi tornaren a dir, e lo Mestre en nenguna manera no l'hi volia fer obrir. E estava allí un cavaller molt antic,[11] qui dix al Mestre:

»—Senyor, ¿per què vostra senyoria no dóna audiència a aquest frare Simó de Far? A vegades se segueixen coses en una

11. *antic*: ancià.

hora que no s'esdevé en mil anys. Aquest cavaller ja sap la pena que li va en lo que ha comés. No el tingau per tan foll que sens causa ell vulla entrar en aquesta hora, puix al matí poria entrar segurament. Per què tendria per bo que, guardades les portes, e dalt per les torres, les guardes estiguen armats e ben proveïts de grosses canteres. Car, senyor, jo he vist en mon temps, si no haguessen oberta la porta del castell a l'hora de la mitja nit, lo castell de Sant Pere[12] se perdia, per la gran multitud de turcs que hi vengueren a hora incogitada. E hora per hora, lo Mestre, que Déus haja, lo socorregué, e lo castell fon delliurat dels enemics.

»Lo Mestre, per les paraules de l'antic cavaller, fon content que l'hi obrissen, e manà que les portes fossen ben guardades e la muralla, e feren-lo entrar, lo qual venia ab la cara molt alterada. Com lo Mestre lo véu davant si, li dix:

»—¡Oh mal frare e pijor cavaller, no tement Déu ni l'orde en què est posat, que en les hores indispostes e no honestes per a frares de religió ésser fora del castell! Jo et daré la penitència que est mereixedor. Veniu vosaltres, ministres de la justícia, e posau-lo en lo carçre, e no li doneu a menjar sinó quatre onces de pa e dues d'aigua.

»—La senyoria vostra —dix lo cavaller— no ha acostumat de condemnar a negú sens que no sia oït. E si la raó que daré de mi no basta a rembre la pena, jo vull rebre ab paciència la pena doblada.

»Dix lo Mestre:

»—No et vull oir, sinó que mane que lo manament meu sia executat.

»—Oh senyor! —dix lo cavaller—. ¿E així seré jo vilment tractat que no em voleu oir? Jo em pens que no passaran vint-

12. *lo castell de Sant Pere*: fortificació que es troba a l'illa de Rodes.

i-quatre hores que la senyoria vostra me volria haver oït e haver-me donat la millor comanda de tota la religió, car no us hi va sinó la vida, la dignitat e que es perda tota la religió. Aprés, si lo que jo diré no és veritat, no vull altra menys pena sinó que em façau llançar dins mar ab una mola al coll, e jo vull morir màrtir per mantenir la nostra religió.

»Lo Mestre, qui véu que lo cavaller tant se justificava, manà que el lleixassen e dix:

»—Ara veurem què sabràs dir.

»—Senyor —dix lo cavaller—, no és cosa que a dir faça en públic.

»Lo Mestre féu apartar tota la gent, e lo cavaller féu principi a tal parlar.

Capítol XCIX

Com lo Mestre de Rodes, ab tota la religió, fon delliurada per un cavaller de l'orde

—«Senyor, per la immensa e divina clemència e bondat de nostre senyor Déu és estada feta a la nostra religió la major gràcia que jamés fes a negú, car demà la senyoria vostra fóra mort, e tots nosaltres, e destruït tot lo nostre orde, la ciutat e tot lo poble robat, dones e donzelles deshonrades, e tot posat en total destrucció. E per açò, senyor, só jo vengut a tal hora per informar-me bé d'aquest fet, no tement negun perill per salvar la vida de la senyoria vostra e de tots los frares de la religió. E si de tal cosa punició mereixc, jo la comportaré ab molta paciència, car més estime morir que si la religió s'havia de perdre.

»—Prec-te, fill —dix lo Mestre—, que em digues la forma ni com se devia fer, car jo et promet a fe de religiós que la pena que devies haver se convertirà en gran augment de la honor tua e exalçament, car aprés de mi jo et faré lo major de tot lo nostre orde.

»E lo cavaller donà del genoll en terra e besà-li la mà. Aprés dix:

»—La senyoria vostra deu saber com dos frares de la nostra religió, genovesos, nos tenen venuts, car a consell d'aquests són vengudes aquestes naus d'aquests malvats genovesos ab gran multitud de gent e ab poca mercaderia. E aquests traïdors que tenim dins lo castell han feta una gran maldat, que de la cambra de les armes han llevades totes les nous de les ballestes e han-n'hi posades de sabó blanc e de formatge perquè en la necessitat no ens ne pugam ajudar. E demà, qui és lo Divendres de Passió, han elets los més forts e disposts hòmens de totes les naus per entrar dins lo castell. E cascú d'aquests portarà una ballesta desencavalcada, que ara novament han trobat, que no està lligada lo braç ab l'asbrer ab fil, com acostumen les altres d'estar, mas ab l'estrep vénen tan justes e ab un petit pern s'encavalquen molt bé. E cascú portarà espasa e secretament armat, portant sobre les armes clotxes negres, llargues fins en terra. E vendran de dos en dos ab excusa d'adorar la Creu e per a oir l'ofici perquè negú no n'haja notícia. E com hi haurà prou gent, que lo divinal ofici se farà, fàcilment poden eixir de l'església, e ab ajuda dels dos frares, qui tendran ja la torre de l'homenatge presa, daran entrada als altres, e pendran les altres torres que prop los estan. E ans que la senyoria vostra n'hagués sentiment, fóra presa la mitat del castell. E de mort o de pres no podíeu ésser estalvi, e tots nosaltres ab vós ensems.

»—Puix així és —dix lo Mestre—, anem secretament a la cambra de les armes e veurem primer si és veritat açò de les ballestes.

»E trobaren que de cinc-cents ballestes ensús que hi havia no en trobaren sinó tres que tinguessen nous, sinó de sabó o de formatge. Lo Mestre en aquell punt estigué esbalaït e conegué que lo cavaller li havia dita veritat e, prestament, féu ajustar consell de cavallers e féu pendre los dos frares genovesos. E lo Mestre, volent-los fer turmentar, atorgaren com tenia de morir lo Mestre e tota la religió sens mercé neguna. Prengueren-los e llançaren-los en un sòl de torre[1] on havia moltes serps e escurçons e altres vils animals.

1. *sòl de torre*: lloc subterrani situat sota una torre per a servir de presó.

»En tota la nit negú no dormí, ans secretament doblaren les guaites. E triaren cinquanta cavallers jóvens e disposts per dar recapte als que vendrien. E tots los altres s'armaren perquè, si havien mester socors, que els poguessen ajudar. Al matí, com hagueren obertes les portes, los genovesos començaren a venir de dos en dos; e venien demostrant que deien hores. Havien a passar tres portes. La primera era tota oberta, ab dos porters que la guardaven. A les altres portes no podien entrar sinó per la portelleta poca. E com eren dins lo gran pati, davant l'església, estaven allí los cinquanta cavallers, ben armats, qui els prenien, els desarmaven e, sens tocar de peu en terra, los llançaven en sitges fondes, uns sobre altres. E encara que cridassen no ho podien oir los de defora. D'aquesta ventura moriren mil trescents setanta-cinc genovesos aquell dia, e si més n'hi fossen entrats, més n'hi foren morts. Lo capità, que estava defora, véu que tants genovesos eren entrats e que no n'eixia negú: prestament se recollí en les naus. Lo Mestre, qui véu que més gent no entrava, féu eixir fora del castell la major part dels cavallers e manà'ls que tants com ne trobassen que els prenguessen. E en aquella jornada fon feta gran destrucció dels genovesos.

»Lo capità, de continent que es fon recollit, féu recollir tota la sua gent e féu dar vela a les naus, faent la via de Barut, perquè sabien que lo Soldà era aquí. Lo capità fon davant ell e recità-li tot lo fet que li era seguit en Rodes; hagueren consell entre ells, a instància e requesta dels genovesos, e fon concordat per tots que lo Soldà en persona passàs en l'illa de Rodes ab lo major poder que pogués, que en les sues naus porien passar en dos o en tres viatges. Lo Soldà féu posar en orde vint-e-cinc mília mamelluts[2] e tramés-los en la dita illa.

2. *mamelluts*: mamelucs. Soldats de la guàrdia personal dels soldans d'Egipte des dels temps de Saladí.

»Com les naus tornaren, passà lo Soldà ab trenta-tres mília moros. Les naus anaven e venien, que passats cent cinquanta mília combatents se trobaren dins l'illa. Com l'hagueren tota destruïda, d'un cap fins a l'altre, posaren lo siti sobre la ciutat, e les naus guardaven lo port perquè no hi entràs vitualles. E cascun dia daven tres combats al castell: u per lo matí, altre al migjorn e l'altre ans del sol post. E los de dins defenien-se molt virilment com a cavallers, emperò estaven ab congoixa perquè els fallien les vitualles e vengueren en gran necessitat, que havien de menjar los cavalls, los gats, fins a les rates. Lo Mestre, veent-se en tan gran necessitat, tramés per tots los mariners e pregà'ls molt que donassen orde que un bergantí pogués passar entre les naus. Prestament los mariners forniren lo bergantí de totes coses necessàries. Lo Mestre féu lletres al Papa, a l'Emperador e a tots los reis e prínceps de crestians, notificant-los la grandíssima necessitat en què era posat, pregant-los que el volguessen subvenir.

»Partí lo bergantí una nit que plovia e feia molt gran fosca: passaren que no foren gens sentits. E per son discurs, donaren les lletres. E cascun príncep los feia bona resposta, emperò l'ajuda era molt tarda. E aquestes lletres eren vengudes al rei de França, qui proferí molt e féu poc.[3]

Totes aquestes raons que dites he, recitaren los cavallers qui de la cort del rei de França eren venguts al duc de Bretanya. E lo Duc mostrava dolre's molt del Mestre e de la religió dient, allí presents tots, moltes virtuoses paraules, entre les quals en especial dix que trametria ambaixadors al rei de França, que si ell volia trametre socors al gran Mestre de Rodes e li seria plasent que ell hi anàs per capità, ho faria de molt bona voluntat e hi despendria de ço del seu dos-cents mília escuts.

3. *qui proferí molt e féu poc*: va prometre molt i va fer poc. Només el duc Felip de Borgonya va respondre a la crida d'auxili dels assetjats de Rodes.

L'endemà per lo matí tingué consell, e foren elets quatre ambaixadors: un arquebisbe e un bisbe, un vescomte e, lo quart, fon Tirant lo Blanc, per ço com era bon cavaller e de la fraternitat de la Garrotera. Com los ambaixadors foren davant lo rei de França, explicaren llur ambaixada. Dix-los que al quart dia los retria resposta e passà més d'un mes ans que d'ell poguessen saber lo que deliberava de fer. Com hagué prou estat, dix-los que per al present ell no podia entendre en tals fets, com fos ocupat en altres negocis que li anava més interés. Los ambaixadors se'n tornaren ab la resposta.

Com Tirant sabé que tanta morisma estava sobre Rodes e que negú no els socorria, parlà ab molts mariners demanant-los de consell si seria possible que ell los pogués socórrer. E digueren-li que, si ell hi anava, així com deia, ell los poria bé socórrer e poria entrar dins lo castell de Rodes, no envers la part del moll, mas a l'altra part.

Tirant, ab voluntat del Duc e ab llicència e voluntat de son pare e de sa mare, comprà una grossa nau e féu-la molt bé armar e proveir de moltes vitualles. Seguí's que, per la coneixença que Tirant havia ab los cinc fills del rei de França, e lo menor de tots havia nom Felip, qui era un poc ignorant e tengut en possessió de molt grosser,[4] e lo Rei per causa d'açò ne feia poca estima e la gent no en feien neguna menció d'ell, e un gentilhom qui el servia, sabent que Tirant anava ab una nau en Rodes e per passar en Jerusalem, havent desig gran d'anar en aquelles terres, dix a Felip les següents paraules.

4. *grosser*: persona simple amb una escassa intel·ligència natural. Aquest terme s'oposava, durant l'Edat Mitjana, al de *subtil*, que designava les persones que tenien una poderosa intel·ligència innata. Altres àrees semàntiques que cobria l'antinòmia *grosser/subtil* eren l'estil de vida, l'alimentació, la beguda o el vestir.

[C-CXVII]

Les paraules que diu Tirant acaben per convèncer Felip, que es decideix a acompanyar-lo a Rodes. Naveguen fins a Lisboa, on són rebuts pel rei de Portugal. Posteriorment, en passar per l'estret de Gibraltar, són atacats per diverses naus morisques i genoveses. Aconsegueixen arribar fins a Palerm, on els reben el rei de Sicília i la seva filla, la infanta Ricomana. Felip s'enamora de Ricomana i ella el correspon però alhora es malfia de la seva beneiteria, que Tirant procura encobrir en tot moment.

A Palerm es reben notícies de la situació de Rodes. Tirant decideix partir immediatament acompanyat del rei de Sicília. Gràcies al seu enginy, l'heroi aconsegueix escapar del bloqueig del port i arribar a la ciutat, on descarrega aliments per als assetjats. El Mestre de Rodes explica als nouvinguts totes les penalitats per les quals han hagut de passar.

Gràcies a la valentia i a l'enginy d'un mariner de Tirant, s'aconsegueix calar foc a la nau del capità dels genovesos, cosa que provoca el pànic de tot el seu estol. El Soldà, creient que els assetjats estaven ben proveïts d'aliments, aixeca el setge per tornar l'any vinent. Quan les tropes morisques es troben a punt de partir, Tirant decideix atacar-les. L'enfrontament és favorable als cristians que causen una gran mortaldat i foragiten els vaixells enemics.

El Soldà, de retorn a la seva terra, és destituït pels seus propis vassalls, per inepte, i tancat en una gàbia de lleons, els quals l'acaben devorant. El nou Soldà no torna a posar en perill l'illa de

Rodes. Tirant emprèn viatge cap a Terra Santa, on allibera molts cristians captius que passaran a formar part del seu exèrcit i, seguidament, torna a Sicília.

A Palerm, uns ambaixadors del rei de França concorden el matrimoni entre Felip i Ricomana. La infanta, de tota manera, segueix malfiant-se del príncep francès i fa venir un savi filòsof i endeví de Calàbria abans de prendre una decisió definitiva. Aquest és empresonat per haver matat un rufià en el transcurs d'una batalla. Durant el captiveri demostra les seves habilitats responent amb encert cadascuna de a les qüestions que li plantegen i, a més, revela que el rei de Sicília és fill d'un forner i no pas del rei Robert. Posat en llibertat, dóna la seva opinió a Ricomana sobre Felip: es tracta d'un home ignorant i avar que, malgrat tot, arribarà a ser rei. La infanta, encara no gaire convençuda, ordena posar en una cambra del palau on ha de dormir Felip dos llits: un de molt luxós i un altre de petit i humil, mentre que ella, d'amagat, guaitarà quin dels dos tria. Felip, a la cambra, decideix cosir la seva mitja i, per això, demana fil i agulla. Resolt a dormir en el llit humil, perd l'agulla i buscant-la acaba per desfer-lo. I, per no haver de tornar-lo a fer, es decanta per dormir en el llit luxós. Ricomana treu de la prova una conclusió del tot errada que, tanmateix, acaba tenint com a conseqüència l'acceptació immediata del matrimoni amb Felip.

Després de la cerimònia, Tirant i els seus companys decideixen participar, conjuntament amb els reis de França i de Sicília en una expedició contra els moros. Finalitzada aquesta, Tirant viatja a Bretanya per veure els seus pares. I d'allí s'embarca novament cap a Sicília. A Palerm, el rei rep un missatge de l'emperador de Constantinoble en que l'informa que els turcs assetgen l'imperi i li demana que Tirant passi al seu servei. Ràpidament l'heroi es dirigeix cap a Constantinoble on l'Emperador el rep amb grans honors i el nomenà capità dels seus exèrcits. La cort és presa d'una gran tristesa, tant per les amenaces dels infidels com per la mort del príncep hereu; i ho demostra el fet que l'Emperadriu i la infanta Carmesina es passen el dia tancades en una habitació a les fosques. Tirant entra a la cambra i ordena que s'obrin les finestres per poder afrontar la situació amb optimisme.

Capítol CXVIII

Com Tirant fon ferit en lo cor ab una fletxa que li tirà la deessa Venus perquè mirava la filla de l'Emperador

Dient l'Emperador tals o semblants paraules, les orelles de Tirant estaven atentes a les raons, e los ulls, d'altra part, contemplaven la gran bellea de Carmesina. E per la gran calor que feia, perquè havia estat ab les finestres tancades, estava mig descordada mostrant en los pits dues pomes de paradís que crestallines parien, les quals donaren entrada als ulls de Tirant, que, d'allí avant, no trobaren la porta per on eixir, e tostemps foren apresonats en poder de persona lliberta, fins que la mort dels dos féu separació.[1] Mas sé-us bé dir, certament, que los ulls de Tirant no havien jamés rebut semblant past, per moltes honors e consolacions que s'hagués vistes, com fon sol aquest de veure la Infanta.

L'Emperador pres per la mà a sa filla Carmesina e tragué-la fora d'aquella cambra. E lo Capità pres del braç a l'Emperadriu e entraren en una altra cambra molt ben emparamentada e tota a l'entorn historiada de les següents amors.[2]

1. Els pits de Carmesina esdevenen un element emblemàtic en la relació entre Tirant i la infanta, una part de l'anatomia femenina a la qual Martorell dóna un interès molt especial, com ja hem vist en l'episodi de la bella Agnés. Val a dir que Martorell, en aquest punt, s'aparta de la tradició trobadoresca on s'explicita que és a través dels ulls per on s'inicia l'amor.

2. Aquests dos paràgrafs inicials, l'edició crítica de la novel·la, realitzada per Albert G. Hauf i Vicent J. Escartí, els inclou en el capítol CXVII.

De Floris e de Blanxesflors, de Tisbe e de Píramus, d'Eneas e de Dido, de Tristany e d'Isolda, e de la reina Ginebra e de Lançalot, e de molts altres, que totes llurs amors de molt sobtil e artificial pintura eren divisades.[3] E Tirant dix a Ricard:[4]

—No creguera jamés que en aquesta terra hagués tantes coses admirables com veig.

E deia-ho més per la gran bellea de la Infanta. Emperò aquell no ho entés.

Tirant pres llicència de tots e anà-se'n a la posada, entrà-se'n en una cambra e posà lo cap sobre un coixí als peus del llit. No tardà molt que li vengueren a dir si es volia dinar. Dix Tirant que no, que lo cap li dolia. E ell estava ferit d'aquella passió que a molts engana. Diafebus, que véu que Tirant no eixia, entrà en la cambra e dix-li:

—Capità senyor, prec-vos per amor mia que em digau lo vostre mal quin és, car si per mi vos porà ésser donat algun remei ho faré ab molt bona voluntat.

—Cosí meu —dix Tirant—, lo meu mal a present no fretura vós saber-lo. E jo no tinc altre mal sinó de l'aire de la mar[5] qui m'ha tot comprés.

3. Es tracta de parelles d'enamorats cèlebres de la literatura antiga i medieval, caracteritzades per les dificultats que van sofrir per dur a terme els seus amors o per les desgràcies que aquests arrosseguen. Floris i Blancaflor són dos joves obligats a separar-se a causa de les seves religions; Píram i Tisbe, procedents de les *Metamorfosis* d'Ovidi, són dos joves amants, l'amor dels quals acaba de manera tràgica per culpa de les seves famílies; Dido, reina de Cartago, tal com es narra a l'*Eneida* de Virgili, se suïcida davant la indiferència d'Eneas; Tristany i Isolda, l'esposa del seu oncle, es veuen condemnats a un amor desastrós pel fet d'haver begut, per error, un elixir d'amor; finalment, Lancelot és un cavaller que s'enamora de Ginebra, la muller del rei Artús, i l'adulteri entre ambdós provocarà la destrucció del món artúric. Les pintures de l'habitació anticipen el tràgic finals dels amors entre Tirant i Carmesina.

4. *Ricard:* personatge que Tirant coneix durant una campanya contra els moros i amb el qual l'unirà una gran amistat.

5. Martorell juga amb la semblança homofònica entre dues expressions: el *mal de mar* (el mareig que provoca la navegació) i el *mal d'amar* (mal d'amor). Tirant ha caigut pres d'una profunda malenconia.

—Oh Capità! ¿E de mi vos voleu cobrir, que de tots quants mals e béns haveu tenguts, jo en só estat arxiu, e ara de tan poca cosa me bandejau de vostres secrets? Digau-m'ho, jo us clam mercé, e no em vullau amagar res que de vós sia.

—No vullau més turmentar la mia persona —dix Tirant—, que jamés sentí tan greu mal com lo que ara sent, que em farà venir prest a mort miserable o a glòria reposada si fortuna no m'és contrària, car la fi de totes aquestes coses és dolor per aquella amor que és amarga.

E girà's de l'altra part, de vergonya, que no gosà mirar a Diafebus en la cara, e no li pogué eixir altra paraula de la boca sinó que dix:

—Jo ame.

Acabant-ho de dir, dels seus ulls destil·laren vives llàgremes mesclades ab sanglots e sospirs. Diafebus, veent lo vergonyós comport que Tirant feia, conegué la causa per què Tirant reprenia a tots los de son llinatge e encara a aquells ab qui tenia amistat. Com venia cas que parlaven d'amors ell los deia: «Bé sou folls tots aquells qui amau. ¿No teniu vergonya de llevar-vos la llibertat e de posar-la en mans de vostre enemic, qui us lleixa ans perir que haver-vos mercé?»,[6] faent de tots una gran burla. Emperò jo veig que ell és vengut a caure en lo llaç en lo qual humana força no basta a resistir.

E pensant Diafebus en los remeis que a tal mal se requiren, ab gest piadós e afable, féu principi a un tal parlar.

6. Cal fer notar la misogínia de Tirant —«bé sou folls tots aquells qui amen», arriba a afirmar— abans de conèixer la Princesa, fet que provoca un canvi en la seva actitud. Es tracta d'un episodi que palesa la complexitat del personatge de Tirant i la seva conducta imprevisible.

[CXIX-CXXV]

Diafebus es converteix en el confident dels problemes sentimentals de Tirant, que pateix una profunda malenconia. Intenta arranjar la situació parlant amb Carmesina, que també s'ha enamorat d'ell, cosa que confessa a la seva donzella i cosina, Estefania. Paral·lelament, s'inicien els preparatius per a la batalla contra els turcs. Durant una reunió del consell de l'Imperi, hi ha qui s'oposa a la capitania de Tirant perquè és estranger i prefereixen el Duc de Macedònia, padrastre d'Estefania, però l'Emperador i Carmesina, que ha passat a ser anomenada princesa i no infanta, el defensen. Carmesina, a més, li recomana que es malfiï del Duc de Macedònia ja que sospita que ha estat el culpable de la mort de l'hereu. Tant l'Emperador com la seva dona observen preocupats com Tirant segueix tan aclaparat per la tristesa. Finalment, l'Emperador l'interroga sobre les causes del seu mal, i Tirant li respon:

Capítol CXXVI

Com Tirant satisféu en les raons que l'Emperador li demanava

—No seria cosa neguna en lo món, senyor, per fort que fos, que jo no manifestàs a la majestat vostra per la molta amor e voluntat que tinc de servir-vos. Per bé que sia cosa de gran dolor, jo vull obeir lo manament que em fa l'altesa vostra. Car jo viu a la sereníssima senyora Emperadriu e l'excelsa Princesa, les dues lla en taula posades, e sentí un fort e profunde sospir que la senyora Emperadriu llançà: pensí que sospirava per aquell que havia parit. En aquell cas, la mia ànima, de pietat, sentí dolor inestimable. Fiu vot dins mi mateix: per ço com lo sospir de la dita senyora no fon manifest a negú, així volguí fer lo meu vot; que no vingués a notícia de negú de que, cativada ma honor e fama, desitge la venjança e jamés la mia ànima no haurà repòs fins a tant que la mia mà dreta sangonosa e cruel haja fet morir aquells qui malament escamparen la sang d'aquell gloriós e estrenu cavaller, lo Príncep fill vostre.

Ab los ulls corrents vives llàgremes, lo benigne senyor regracià a Tirant la molta amor que li mostrava. E Tirant, que el véu així plorar, mudà-li altres raons de plaer perquè la dolor li passàs.

E anant parlant de moltes coses aplegaren a la ciutat de

Pera,[1] qui distava de la ciutat de Constantinoble tres milles. La qual ciutat era ornada de molt singular palau, de molts bells jardins e delitosos e de molts bells edificis, e era en extrem rica perquè era port de mar e cap de mercaderia. Com ho hagueren bé tot mirat, dix l'Emperador:

—Capità, jo us vull dir aquesta ciutat quant és antiga, car trobareu que aquesta ciutat ha gran temps que fon edificada e fon poblada de gentils qui eren gent idòlatre, e aprés gran temps de la destrucció de Troia, foren convertits a la santa fe catòlica per un noble e valentíssim cavaller nomenat Constantí,[2] e aquest fon mon avi. E lo pare d'aquest fon elet emperador de Roma, e era senyor de tota la Grècia e de moltes altres províncies, segons copiosament recita la sua història. Car com fon guarit de la gran malaltia que tenia per Sant Silvestre, féuse crestià, e féu-lo Papa, e donà-li tot l'Imperi de Roma que fos de l'Església. E ell tornà-se'n en Grècia, e fon emperador de Grècia. Aprés d'aquest, succeí son fill Constantí, qui fon mon avi. E per tots los regnes e terres de l'Imperi fon elet per Papa en totes les sues terres, e Emperador. E per ço com tenia molta humanitat e era home molt benigne, moltes gents d'estranyes terres se vengueren a poblar ací, e no cabien en aquest ciutat. Llavors mon avi edificà la nostra ciutat de molt nobles edificis, e posà-li nom Constantinoble. E d'aquí avant fon nomenat emperador de Constantinoble.

1. *Pera*: es tracta, avui dia, d'una zona del barri de Galata, separada del centre de Constantinoble pel Corn d'Or, el seu port natural. Durant l'època medieval s'hi va permetre la instal·lació de bases comercials als estrangers i, en particular, als genovesos.

2. L'Emperador fa referència a Constantí I, dit el Gran, que promulgà el 313 l'edicte de Milà, pel qual la religió cristiana gaudia de les mateixes llibertats i dels mateixos drets que la pagana. El 330 consagrà Constantinoble, construïda damunt l'antiga Bizanci, com a capital de l'Imperi, amb idèntics privilegis que l'antiga Roma.

Com foren partits de Pera e tornats en Constantinoble fon ja nit escura. Tirant pujà ab l'Emperador a la cambra de l'Emperadriu e aquí parlaren de moltes coses, e Tirant mostrava la sua cara no molt alegre. Com li paregué hora, pres llicència de l'Emperador e de les dames e tornà-se'n a sa posada. Lo següent dia la Princesa passava gran pena del que Tirant havia dit per ço com la sua ànima no estava prou reposada per les paraules que li havia oïdes dir, si bé l'Emperador los dix totes les raons que eren passades entre ells.

Al matí, estant l'Emperador en missa ab totes les dames, Tirant entrà per l'església e féu sa oració. Aprés entrà dins la cortina de l'Emperador e dix-li:

—Senyor, les galeres estan en orde per partir e anar en Xipre per portar vitualles, si vol la majestat vostra que parteixquen. Dix l'Emperador:

—Jo volria que fossen ja cent milles dins mar.

E Tirant se'n tornà prestament al port per fer-les partir. Com la Princesa véu que Tirant se n'anava, cridà a Diafebus e pregà'l molt digués a Tirant, de part sua, com fos dinat que vingués tantost, com ella tenia gran desig de parlar ab ell, e que aprés dansarien.

Com Tirant ho sabé, prestament pensà lo que era, e féu comprar lo més bell espill que pogueren trobar e posà'l-se en la mànega. Com li paregué hora, anaren al palau e trobaren a l'Emperador ab la filla a raons. Com l'Emperador los véu venir, manà que fessen venir los ministres, e davant ell dansaren per bon espai. E l'Emperador, com hagué un poc mirat, retragué's en la sua cambra. E la Princesa se lleixà de continent de dansar e pres a Tirant per la mà e assigueren-se en una finestra. E la Princesa començà a fer principi a un tal parlar:

—Cavaller virtuós, molta compassió tinc de vós, del mal

que us veig passar, per què us prec que em vullau manifestar lo mal o lo bé que la vostra virtuosa persona sent. Car tal mal porà ésser que jo per l'amor vostra ne pendré ma part, e si és bé, jo seré molt aconsolada que tot sia vostre. Així feu-me gràcia de prestament voler-m'ho dir.

—Senyora —dix Tirant—, mal vull al mal com ve en temps de bé, e molt pus mal com per ell perd lo bé. E de tal mal jo no en faria part a vostra altesa, que més l'amaria tot per a mi que no fer-ne part a negú. E de semblants paraules no se'n deu més parlar. Parlem, senyora, d'altres coses que sien de plaer e d'alegria, e lleixem les de passió que turmenten l'ànima.

—Certament no és cosa neguna —dix la Princesa—, per cara que a mi fos, e vós la volguésseu saber que jo de bon grat no la us digués. E vós, a mi, dir no m'ho voleu. Per què us torn a pregar, per la cosa que més amau en aquest món, que vós m'ho digau.

—Senyora —dix Tirant—, per mercé vos suplic no em vullau fer tan fort conjuració, que tal, senyora, m'haveu posat al davant, que tot quant sé en aquest món vos diré. Senyora, lo meu mal prest serà dit, mas jo só cert que prestament serà en les orelles de vostre pare e açò serà la causa de la mia mort. E si no ho dic també de dol e d'ira tinc de morir.

—¿E pensau vós, Tirant —dix la Princesa—, que les coses que s'han a tenir secretes jo les volgués dir al senyor mon pare ni a neguna altra persona? No penseu que jo vaja vestida d'aqueixa color que vos pensau, per què no tingau temor de dir-me tot vostre fet, car jo el tindré tancat dins lo meu retret secret.

—Senyora, puix l'altesa vostra me força de dir-ho, no puc més dir sinó que ame.

E no dix pus, sinó que baixà los ulls en les faldes de la Princesa.

Capítol CXXVII

Com la Princesa conjurà a Tirant que li digués qui era la senyora qui ell tant amava

—Digau-me, Tirant —dix la Princesa—: si Déu vos lleixe obtenir lo que desitjau, dieu-me qui és la senyora qui tant de mal vos fa passar, que, si en cosa neguna vos hi poré ajudar, ho faré de molt bona voluntat, car molt me tarda de saber-ho.

Tirant posà la mà en la mànega e tragué l'espill, e dix:

—Senyora, la imatge que hi veureu me pot donar mort o vida. Mane-li vostra altesa que em prenga a mercé.[1]

La Princesa pres prestament l'espill e ab cuitats passos se n'entrà dins la cambra pensant que hi trobaria alguna dona pintada, e no hi véu res sinó la sua cara. Llavors ella hagué plena notícia que per ella se faïa la festa, e fon molt admirada que sens parlar pogués hom requerir una dama d'amors.

E estant ella ab aquest plaer del que havia vist fer a Tirant, vengueren la Viuda Reposada e Estefania e trobaren la Princesa molt alegre, ab l'espill en la mà, i elles li digueren:

—Senyora, d'on haveu hagut tan galant espill?

E la Princesa los recità la requesta d'amors que Tirant li havia feta e dix que jamés no havia oït dir a negú:

—Ne en quants llibres he llests d'històries no he trobada tan graciosa requesta. ¡Quanta és la glòria del saber que tenen

1. *prenga a mercé*: tenir pietat.

los estrangers! Jo em pensava que lo saber, la virtut, la honor e gentilea, que tota fos en la nostra gent grega. Ara conec que n'ha molt més en les altres nacions.

Respòs la Viuda Reposada:

—Ai, senyora, e com vos veig caminar per lo pedregal! Que l'un peu va tan avant que l'altre no el pot aconseguir. Veig les vostres mans de pietat plenes, e los ulls atorguen ço que los altres volen. Digau-me, senyora, ¿és justa cosa ni honesta que la vostra altesa faça tanta festa com feu a un servidor de vostre pare, lo qual ha rebut quasi per amor de Déu en sa casa e és estat llançat per aquell famós rei de Sicília, ab gent replegadissa, ab robes d'or e de seda manllevades? ¿E per tal home com aquest voleu perdre la perpetual fama de vostra honesta pudicícia, no podent viure en hàbit de donzella ni com a filla d'Emperador, de la qual persecució e infàmia ne serien leses les orelles dels oïnts? Deixau l'honestat a part posada, e gloriejau-vos del que deuríeu abominar, la qual cosa tota donzella se deu llunyar de tals inconvenients qui porten ab si vergonya, com molts magnats e grans senyors, reis, e fills d'aquells, per lleal matrimoni desitgen ab vós ésser ajustats, e aquells haveu denegats fins ací ab paraules de falsa hostalera, e haveu decebut, e enganau cascun dia a vostre pare, e no us voleu acostar a la vera execució del vostre bé, honor e fama, e voleu abandonar e oblidar lo deute que deveu a natura. E més vos valria morir o no ésser eixida del ventre de vostra mare, que tal infamia vingués a notícia de les gents d'honor. E si us ajustau ab ell per amor no lícita, què diran de vós? E si per lícit matrimoni vos ajustau ab ell, feu-me gràcia del títol que té, de duc, comte o marqués, o de rei. No us vull dir més, car no só dona que em contente de paraules on és dubtosa l'execució d'honestat. Voleu que us diga ab tota veritat? En negun temps no haveu sabut honestat ni honor de quina color van vestides. Aquesta és la poca coneixença que vós teniu, e molt millor vos seria, ma filla, morísseu amant honestat que vergonyosament viure. E donà fi en son parlar.[2]

La Princesa estigué molt alterada de les paraules que la Viuda li havia dites, e quasi plorant se n'entrà en lo seu retret, e Estefania aprés d'ella, dient-li que no es devia tant congoixar, aconhortant-la en la millor manera que podia.

—¿No és fort plaga aquesta —dix la Princesa—, que jo sia subjugada al pare e a la mare e, encara, sens causa neguna sia represa per la dida qui m'ha alletada? ¿Què faria ella si m'hagués vista fer alguna cosa deshonesta? Jo crec que ab crida ho haguera publicat per tota la cort e encara per la ciutat. Esperança tinc en Déu que la sua malvada llengua deshonesta e maldient, acompanyada d'injurioses blasfèmies, que jo li'n faré passar condigna pena.

—¿Qui em faria a mi estar —dix Estefania—, per temor de pare, de no dansar e festejar segons a nosaltres, donzelles cortesanes, és dat, com sia cosa acostumada? Com les donzelles estant en cort, se tenen a molta glòria que sien amades e festejades, com tinguen tres maneres d'amor, ço és, virtuosa, profitosa e viciosa. La primera, que és virtuosa e honorosa, és quan algun gran senyor, infant, duc, comte o marquès, qui serà molt favorit e cavaller molt virtuós, si aquest tal ama una donzella, a ella li és molta d'honor que totes les altres sàpien que aquest dansa o juny o entra en batalla per amor d'ella, e fa fets honorosos de renom e fama. Ella lo deu amar perquè és virtuós e d'amor virtuosa. La segona és profitosa, e aquesta és quan algun gentilhom o cavaller d'antic llinatge e molt vir-

2. Val a dir que la Vídua Reposada, antiga dida de la Princesa, no complirà aquestes paraules ja que s'enamorarà de Tirant fins a perdre el seny. Així, malgrat presentar-se com a defensora dels interessos de Carmesina, l'únic que li interessa és aconseguir, per a ella sola, l'amor de Tirant.

tuós, amarà una donzella e ab donatius la induirà a sa voluntat, e no l'amarà sinó per son profit. Tal amor a mi no plau que, tan prest com lo profit cessa, l'amor defall. La terça és viciosa, com la donzella ama lo gentilhom o cavaller per son delit, lo qual serà fart de raó ab les paraules molt afables que vida vos donen per un any, emperò, si d'allí avant passen, e poden aplegar al llit encortinat e los llançols bé perfumats, e tota una nit d'hivern poden estar, tal amor com aquesta me par molt millor que neguna de les altres.[3]

Com la Princesa oí així parlar a Estefania de tan bona gràcia, pres-se a son riure e passà-li gran part de la malenconia que tenia.

—Esperau un poc, senyora —dix Estefania—, encara vos vull més dir de tres articles de la fe, los quals vostra altesa no sap ni ha per ventura jamés oïts dir. La bona condició de nosaltres, per gràcia de Déu és tal que, si los hòmens la sabien, ab menys treball induirien les donzelles a llur voluntat si servaven aquest orde. Totes nosaltres som naturalment de tres calitats, e per lo meu mal conec lo de les altres. La primera, totes som cobdicioses; la segona, goloses; la terça, luxurioses. En lo primer article, l'home de bon sentiment deu treballar en conèixer la dona que ama quala d'aquestes tres calitats li plau més. Car si és més cobdiciosa, e posat cas que sia enamorada d'altri, e vós li donau més que l'altre, per la cobdícia lleixarà aquell e amarà a vós. En aquesta manera la fareu desenamorar d'aquell qui primer amà, e amarà a vós; aprés que sou passat a ella, vos darà lo vostre, e tot lo seu. Si és golosa, trameteu-li presents de moltes

3. En aquest didàctic discurs, construït seguint els recursos dels sermons dels predicadors, Estefania explicita tres tipus d'amor: l'honest i el profitós és propi de la naturalesa masculina, mentre que el viciós és aquell en què la dona pren la iniciativa. I aquest darrer tipus és el que ella defensa, perquè sent una donzella i no una dona casada, pot acceptar-se.

maneres de llepolies e de fruites novelles, e del que ella més se delita. Si és luxuriosa, com parlareu ab ella, no li parleu sinó del mester de ço que ella s'alta. E encara tenen una altra major bondat, que les qui són casades, si s'enamoren de negú no volen haver amistat ab home qui sia millor que son marit, ni egual, ans nos baixam a més vils que ells no són e som enganadores de nostra honor e de la corona d'honestat. Com la dona ix del ventre de sa mare, en lo front porta escrit, ab lletres d'or: *Castedat.* Açò jo davant altri no gosaria dir, mas acuse a mi mateixa primera que a neguna de les altres. Emperò mirau la comtessa de Miravall com li pres[4] que cometé adulteri e hagué la pena que mereixia. Car en fe e seguretat sua, dormint lo marit en lo llit, ella posà en la cambra un gentilhom, e no dels millors, de qui ella era enamorada. Lo Comte despertà's e no es trobà la muller al costat. Dreçà's en lo llit e sentí remor en la cambra. Llevà's corrent e donà grans crits, e pres una espasa que tenia al cap del llit. La Comtessa apagà la llum. Lo fill, qui dormia en una recambra, saltà del llit e encés una antorxa, e entrà en la cambra del pare. Lo gentilhom qui véu lo fill ab la llum, donà-li ab l'espasa per lo cap e matà'l. E lo Comte matà al gentilhom e a la Comtessa, e foren pagats de llur maldat.[5]

E estant elles en aquestes raons, l'Emperadriu demanà de sa filla on era, que molt havia que no l'havia vista. Ella ixqué en la sala e trobà allí a l'Emperadriu, que li demanà de què tenia tan vermells los ulls.

—Senyora —dix la Princesa—, lo cap hui tot lo dia me fa mal.

Féu-la seure en les sues faldes, e estava-la besant moltes voltes.

Lo següent dia dix Tirant a Diafebus:

4. *com li pres*: que li esdevingué.

5. La lliçó que s'ha d'extreure d'aquest exemple és que l'amor viciós és del tot condemnable en una dona casada.

—Parent e germà, prec-vos que aneu al palau e posau en raons a la Princesa, e vejau si poreu sentir de sa altesa com ha pres lo fet de l'espill.

E Diafebus hi anà prestament e trobà l'Emperador que entrava en missa. Com fon acabada, Diafebus s'acostà a la Princesa i ella demanà-li què era de Tirant.

—Senyora —dix Diafebus—, partit és de la posada per anar a seure en la cadira del juí.

—¡Si sabésseu —dix la Princesa— quin joc me féu lo dia passat! Ab un espill me requerí d'amors, mas deixau-lo'm veure, que jo li diré coses que no hi pendrà gens de plaer.

—Ai senyora bona! —dix Diafebus—. Tirant ha portat ací flames de foc i no n'hi ha trobades.

—Sí —dix la Princesa—, mas lla la llenya és de malves e, per l'aigua que ha passat, tota és tornada humida. Mas ací n'hi trobareu, en aquest palau, de majors e de millors, i escalfa molt més que vós no dieu. És d'una llenya qui ha nom Llealtea, la qual és molt tendra e seca e dóna repòs ab alegria a qui escalfar s'hi pot.

—Senyora, façam així com vos diré —dix Diafebus—, si a la vostra celsitud vendrà en plaer. Prengam de les vostres, qui són bones i seques, e de les nostres, qui són molles e humides, e façam de tot una massa a semblança e factura vostra e del virtuós Tirant.

—No! —dix la Princesa—, que dos extrems no estan bé en una.

E burlaren així fins que foren tornats en la cambra. Diafebus pres comiat e tornà-se'n a la posada, e recità a Tirant tot lo parlament que havia tengut ab la Princesa.

Com foren dinats, e Tirant conegué que l'Emperador devia dormir, ell e Diafebus anaren al palau. E d'una finestra Estefania los véu venir; ab cuitats passos ho anà a dir a la Princesa:

—Senyora, ja vénen los nostres cavallers.

E la Princesa ixqué en la cambra de parament. Com Tirant véu a sa senyora, féu-li molt gran reverència humiliant-se molt a ella. E la Princesa li reté les saluts ab la cara no prou afable ni segons havia acostumat. Tirant, no prou content del gest de sa senyora, ab veu baixa e piadosa li dix lo següent parlar:

—Senyora de totes perfeccions complida, suplic a l'excel·lència vostra voler-me dir lo vostre pensament, que a mi par que dies ha no he vist fer tal comport a l'altesa vostra.

—Lo meu comport —dix la Princesa— no és de plaure a Déu ni menys al món. Emperò, puix la sort vos ha portat en fer aquest novell cas, vos diré la causa per on lo vostre poc saber e bondat se mostraran.

[CXXVIII-CLVI]

La Princesa, tot i estar enamorada de Tirant, el reprèn per la seva gosadia, malgrat que el cavaller insisteix en la sinceritat del seu amor i acaba marxant. Aleshores Carmesina, penedida, envia Estefania a la cambra de Tirant perquè el consoli i, poc després, hi va ella mateixa, acompanyada de la seva donzella Plaerdemavida i li demana disculpes per les paraules que li ha adreçat.

Mentrestant, l'exèrcit imperial sofreix serioses derrotes a causa de la ineptitud del Duc de Macedònia. Tirant es trasllada al front i aconsegueix derrotar els turcs, demostrant a bastament el seu talent militar. El Soldà tramet una lletra a Tirant on li demana una treva de sis mesos, cosa a la qual es nega, en contra de l'opinió del Duc de Macedònia, ja que pensa que l'exèrcit turc es troba molt debilitat. La batalla contra els enemics segueix al castell de Malveí, el fill del senyor del qual, anomenat Hipòlit, farà gran amistat amb Tirant. Aquest pretén ensarronar els turcs fent-los creure que l'exèrcit de l'emperador ha estat derrotat. El Duc de Macedònia, ressentit per la bona fortuna de l'heroi, enganya la cort amb el resultat de les batalles, fins que arriba Diafebus, encarregat de transmetre notícies i enviar presoners a l'Emperador, fet que demostra que Tirant ha obtingut una altra victòria. A més, amb l'ajuda de Plaerdemavida, Diafebus s'enamora d'Estefania i les relacions amoroses que mantenen ambdós són segellades amb un matrimoni secret.

De nou al camp de batalla, el rei d'Egipte repta Tirant a un combat a ultrança que ha d'acabar amb la vida del cavaller encara que sigui a traïció. Tirant, malgrat les advertències d'un espia, accepta el repte. A més, és confirmat com a capità pels nobles grecs, davant les injúries del Duc de Macedònia. Mentrestant, l'Emperador, acompanyat per Carmesina i Estefania, decideix anar al camp de batalla. Els acompanyen un exèrcit de reforç, comandat pel duc de Messina, que ha tramès Felip, coronat rei de Sicília a causa de la mort del seu sogre. La batalla contra els turcs és imminent.

Capítol CLVII

Com lo Soldà ordenà les sues hosts, e com comencà la batalla

Vist lo Soldà que los crestians li havien parada batalla, ordenà prestament la sua innumerable host. E féu posar tota la gent d'armes en orde, ço és, tots los qui portaven llances e pavesos posaren primers, ab grans pavesos de barrera que tenien, e bancs pitjats e semblants coses: d'açò feren devantera. Aprés de les llances venien los ballesters e arquers. Aprés d'aquests venien los crestians qui lo sou havien pres del Gran Turc,[1] ab los cavalls molt bé encobertats e ab grans penatxos; e aquests estaven ben quinze passes lluny dels ballesters. Los turcs venien los més darrers de tots, e tenien parades més de quatre-centes bombardes. Feien compte que almenys ab les bombardes matarien passats set-cents hòmens. Com totes les batalles foren en orde, lo rei d'Egipte tramés a dir a Tirant, per un trompeta, li regraciava la promesa que li havia tenguda, e que ell lo mataria o l'apresonaria en aquell dia, e faria fer una imatge tota d'or e, com haguessen presa la ciutat de Constantinoble, la faria posar sobre lo portal de la dita ciutat; e que prestament li faria tastar la sua llança a l'amargor a què sap. Tirant li respós que ell era content que la hi fes tastar, que ell portava tant sucre que no sentiria neguna amargor, mas que no perdonaria en dar-li batalla, que en aquell dia la sua sang

1. *los crestians qui lo sou havien pres del Gran Turc:* es tracta de cristians mercenaris.

dolorosa seria escampada. E Tirant tornà amonestar la sua gent, e aconsellar que tinguessen lo cor ferm, e féu apartar a tots la temor, convertint lo llur ànimo en gran esperança d'obtenir victòria. Los turcs despararen una bombarda, e passà alt, que no tocà negú. Tirant, en lo braç, portava lligada una petita atxa ab un cordó de seda, i en la mà portava una petita bandera, e féu senyal ab aquella. E lo duc de Pera, qui tenia lo cap de l'ala, voltà tota la gent fins al mig, on estaven les banderes, voltant, a manera de cercle redó, les espatles envers los enemics, tostemps ab orde e a pas a pas. E l'altre cap de l'ala, on era lo duc de Sinòpoli, estigué tostemps segura. Com lo duc de Pera hagué feta tota la volta, se mès en orde. Tirant féu senyal ab la petita bandera, e llavors, lo duc de Sinòpoli[2] girà per aquell orde mateix. Llavors tingueren la cara girada devers la muntanya, lla on era Diafebus, e les espatles envers los enemics. Prengueren-se a córrer a galop tirat, e tostemps en bell orde, que no passava més l'un cap de rossí que l'altre.

Los turcs, com lo veren així anar, prengueren-se a cridar grans crits:

—Ja fugen, ja fugen!

Los de peu llançaren los pavesos, los altres les llances, los altres les ballestes, per córrer detràs los enemics crestians. Los de cavall, qui més podia córrer, aquell se pensava més guanyar. E aquells qui portaven los cavalls encobertats, llançaven les cobertes perquè anassen pus llaugers. E Tirant adés adés se girava, e veia venir tota la gent, uns aprés d'altres, e tots desbaratats. E per ço ell no curava de res, sinó anant corrent i en orde. E aquells qui tenien[3] bons cavalls, fins a dar-los de les llances per los costats, aplegaven.

2. *Sinòpoli:* ciutat de la regió italiana de Reggio-Calàbria. Durant el regnat d'Alfons el Magnànim, al segle xv, formà part del regne de Nàpols.

3. *e aquells qui tenien:* es refereix als turcs, els més ràpids dels quals ferien amb llances els costats dels cristians.

Com l'Emperador, qui en les torres estava, qui veia venir la gent fugint, bé es pensava que la batalla fos perduda. E tota aquella nit les donzelles no s'eren despullades, fent grans pregàries ab gran devoció, suplicant al Vencedor de batalles e a la sua sacratíssima Mare que donàs victòria als crestians.

Com Tirant véu tota la gent de peu que restava molt atràs e havien passat lo lloc on Diafebus estava, llavors Tirant alçà la bandera que portava, e tothom s'aturà. E cascuna esquadra s'apartà per si, llunyant-se l'una de l'altra un tir de pedra. Los turcs, com veren que los altres s'eren aturats, tengueren-se molt per decebuts. Tirant ordenà que lo duc de Pera ferís primer; e ab molt gran ardiment se posà en mig dels enemics combatent molt virtuosament. Com lo Capità véu que los enemics aplegaven e reforçaven de gent, féu ferir l'esquadra de son germà lo marqués de Sant Jordi. Aprés ferí lo duc de Sinòpoli. Adés una esquadra, adés altra. E feien la major mortaldat de gent, que era cosa de gran admiració.

Com Tirant véu que casi la meitat de la sua gent havia ferit, e tostemps anaven guanyant, e véu Tirant, en la pressa de la gent, lo rei de Capadòcia[4] venint matant e destroint molts crestians —e conegué'l en la cimera, que portava un lleó tot d'or ab una petita bandera—, pres una llança grossa e deixà's anar devers ell. E lo Rei, com lo véu així venir envers ell, no li falsà gens la cara,[5] ans l'esperà molt de bon grat. E tan gran fon l'encontre que los dos se donaren, que ells e los cavalls n'anaren per terra. Cascú se llevà, molt valentment, tiraren les espases e afrontaren-se donant-se grans colps. Mas la pressa de la gent era tanta, que no es podien bé combatre,

4. *Capadòcia*: regió de l'Àsia Menor, limitada al sud per les muntanyes del Taure, a l'est per l'Éufrates, al nord per riu Halis, i a ponent per la regió dels llacs de Pisídia i Licaònia.

5. *no li falsà gens la cara*: no l'ignorà.

que los uns ajudaven als altres. Però los turcs feren gran esforç e pujaren lo Rei a cavall a despit dels crestians. Pírimus se posà davant lo Rei perquè Tirant pogués pujar a cavall e, tant lo tenien a prop fent tostemps armes, fins que ferí l'esquadra del comte Plegamans, e passaren en aquella part on era lo Capità. E ajudaren-li, que pujà a cavall en les anques del senyor d'Agramunt,[6] e aquell lo tragué de la pressa de la gent. E per ço com molts cavalls anaven solts, que havien perdut llur senyor, prengueren-ne u e donaren-lo al Capità. E ell prestament tornà dins la batalla, e ab la petita atxa que portava en lo braç lligada, lla on ell feria bé podien dir que lo colp que ell dava era mortal, que en terra prenia sa posada. E ell feia la batalla ab poder d'altri e a perill de sa persona, e si vencés era victoriós a la pàtria e adqueria per a si molta honor e glòria.

Lo Capità manà ferir totes les esquadres, les unes a la part dreta, les altres a la sinestra, e totes vengueren a ferir al través. Véreu llavors anar bacinets per terra e cavallers morts e nafrats, d'una part e d'altra. Açò era una gran admiració de veure. Tirant tornà a ferir: adés era en un lloc, adés era en altre. E no combatia en un lloc sol, mas en molts, e socorria lla on mester ho havia.

Lo rei d'Egipte, per sa bona ventura, véu a Tirant que combatia molt bravament. Isqué un poc de la batalla, e lo rei de Capadòcia e lo rei d'Àfrica isqueren ab ell. E pregà'ls lo rei d'Egipte que deixassen tots los altres e no curassen sinó de matar a Tirant. E concordes tornaren a la batalla. E estant Tirant combatent, vengué lo duc de Macedònia a les espatles de Tirant, de part detràs, e tirà-li ab l'espasa una estocada, e

6. Plegamans i Agramunt són dos topònims de la geografia catalana, el primer situat al Vallès Oriental (Palau de Plegamans) i el segon a l'Urgell.

donà-li davall lo bacinet, e tota la punta li mès en lo coll. Açò veren Hipòlit e Pírimus, e a grans crits cridaren:

—Oh traïdor de Duc! ¿Per què vols ab tració matar un dels bons cavallers del món?

E tal fe donaren de si. Los tres reis, cascú havia presa sa llança en la mà, e tant feren e tant treballaren, que veren a Tirant. E tots tres dreçaren envers ell. Però no el pogueren encontrar sinó lo rei d'Egipte e lo rei de Capadòcia. L'encontre fon tan fort que ell e lo cavall caigueren en terra; lo cavall tenia set ferides.

E lo rei d'Àfrica encontrà al duc de Macedònia, lo qual combatia prop de Tirant. Tan gran encontre li donà per mig dels pits, que la llança li passà a l'altra part. E fon llança mortal, qui el pagà de les sues maldats.

Com Tirant fon en terra, molt hagué a fer de poder-se llevar per ço com lo cavall tenia sobre la cama. Ab tot açò ell féu tan gran esforç de si, que ell se llevà de peus. E caigué-li la bavera del cabasset que portava, car allí fon encontrat ab l'una llança; e l'altra l'encontrà en lo guardabraç esquerre. E si no fossen estades les sues fels armes, ell fóra mort aquella vegada. Com lo rei d'Egipte lo véu en terra, volgué descavalcar prestament. Com tingué la cama damunt los arçons de la sella, venc lo senyor d'Agramunt e encontrà'l en mig de la cuixa, e passà-la-hi de l'altra part. Ell sentí molt gran dolor de la ferida, e caigué en terra mal son grat. Com Tirant lo véu així estés en terra, cuità devers ell, però no hi pogué aconseguir, tanta era la pressa de la gent. Com lo Rei se fon llevat, pres una llança que trobà en terra, e mès-se a poc a poc entre la gent. E acostà's tant envers Tirant e tirà-li un bot de llança,[7] e per ço com no tenia bavera donà-li en mig de la galta e derrocà-li

7. *tirà-li un bot de llança*: li donà un cop de llança.

quatre queixals, de què perdé molta sang. Però ell feia tostemps armes, que gens per açò no n'estava. Hipòlit, que el véu estar a peu i en tal punt, acostà's tant que aplegà a ell e descavalcà tan prest com pogué. E dix:

—Mon senyor, per Déu vos prec que cavalqueu ací.

E Tirant combatia envers lo cap de l'ala, car a poc a poc anava defugint de la pressa de la gent. Ell cavalcà e dix a Hipòlit:

—E tu què faràs?

Respòs aquell:

—Senyor, estalviau la vostra persona, que encara que a mi maten, per amor de vostra senyoria jo hauré la mia mort per ben espletada.

Tirant tornà a la batalla cercant lo rei d'Egipte si el poria trobar. E aquell, per dolor de la nafra, era eixit de la batalla. Com Tirant véu que no el podia trobar, feia contínuament armes contra los altres. E fon fort aprés bon espai[8] que anava combatent per la batalla, s'encontrà ab lo rei de Capadòcia. E lo Rei, qui el véu féu, la sua via, e ab l'espasa tirà-li a la mà de l'atxa e nafrà'l un poc. E Tirant acostà's tant a ell, e donà-li ab l'atxa damunt lo cap, que li enclotà lo bacinet e, esmortit, lo féu caure en terra. Tirant prestament descavalcà e tallà-li les corretges del bacinet.

Aplegà un cavaller qui ab alta veu e piadosa cridà:

—Senyor, per mercé no vullau matar lo Rei, car ell és mortalment nafrat, e puix és mortal e vençut, per la vostra benignitat, dau-li un poc d'espai de vida, car prou teniu que siau vencedor.

Dix Tirant:

8. *E fon fort aprés bon espai*: I després de molta estona.

—¿Quina és la raó que et mou que tu vulles exercir gràcies de pietat envers aquest nostre públic enemic, qui ab tanta crudelitat, en sola confiança de sa virtut e de ses armes, ha fet son poder de dar-me la mort? Doncs, justa cosa és que sia punit segons ell volia fer de nosaltres. No és ara temps sinó de crueldat, car la nostra victòria està en sola potència de la virtut de nosaltres, e no en los mèrits de la virtut de la mia potència.

Emperò ell li desféu lo bacinet, e tallà-li lo cap.[9] L'atxa de Tirant entre les altres era ben coneguda, la qual estava tota vermella e rajant sang dels hòmens que mort havia.[10] E la terra era coberta de cossos morts e tota vermella de la molta sang que s'hi era escampada. Tirant tornà a cavall. E com los turcs veren mort lo tan valentíssim Rei, vengueren gran multitud sobre ell e feren molt gran esforç per poder-lo matar. E fon malament nafrat, e derrocat del cavall. E prestament se llevà Tirant, no gens esmaiat de la caiguda ne temerós de les nafres, ans a peu se mès en la pressa de la gent fent moltes armes. E per ajuda dels seus tornà a pujar a cavall.

Aquesta fon molt fort e aspra batalla. E tant com la batalla fon major, aitant fon més clara la glòria sua. E continuant tostemps la batalla, era ja quasi hora de vespres.

Diafebus maleïa Tirant que en aquell lloc l'havia mès, e deia:

9. Tirant es mostra al llarg de la batalla com un guerrer pràcticament invencible, però alhora humà (pateix cansament, ferides), i que segueix fidelment les regles de la cavalleria en no perdonar la vida als vençuts, com ja havíem vist al capítol LX.

10. La descripció de la destral de Tirant està inspirada en la de l'espasa d'Aquil·les, tal com la descriu Guido delle Colonne en el llibre XXVI de les seves *Històries troianes*; una obra que va aconseguir a la Baixa Edat Mitjana una gran difusió i va ser traduïda al català, entre 1367 i 1374, per Jaume Conesa. Així, s'insinua l'excepcional personalitat militar de Tirant en comparar-la amb un heroi mitològic.

—Ell vol tostemps per a si totes les honors, e no en vol fer part a negú. Ací m'ha deixat com si no fos bo per a res. Per mon Déu, jo vull haver part de la honor. Anem —dix aquest—, firam enmig de la gent, e no temam los perills que seguir se poden!

Ixqué de la celada on estava e ferí ab molt gran ardiment. Com los turcs veren eixir tanta gent —los quals se pensaven que no n'hi havia més—, esmaiaren-se molt. Lo Soldà se n'ixqué un poc de la batalla, i era nafrat, mas no molt. Dix als seus:

—Jo veig venir la nostra gent a menys. Jo delibere ans fugir que morir.

Com Tirant véu lo Soldà e la sua gent ab les banderes fugir, cuità envers aquella part, e llevà'ls les banderes, e anaren a l'encalç matant molta gent. Durà aquesta batalla del matí, com lo sol eixia, fins a tres hores passat migdia. Tanta era la multitud de la morisma, que los crestians eren cansats de matar tants moros. E fon tan assenyalat aquest singular dia, e de tanta gràcia, que durà l'encalç, ab l'escalfament de la victòria, tres llegües, seguint e matant tostemps turcs. Car en aquest cas Tirant poguera ésser dit rei de batalles e cavaller invencible, que així com la pròspera fortuna havia acostumat de favorir los turcs contra los crestians, la divina Providència l'havia feta voltar per aumentar la glòria de Tirant.

E cansats de matar, —l'hora era ja tarda—, aplegà lo Capità ab la més gent en una ciutat, la qual solia ésser del marqués de Sant Jordi, e d'allí tenia ell lo nom de marqués; e tot ho havia perdut. E aquella ciutat era estada donada al rei d'Egipte, e tenia-la tostemps molt ben proveïda. Com lo rei d'Egipte véu aquell dia la batalla perduda, fugí així com los altres feien. E tanta era la dolor que passava de la nafra de la cuixa, que hagué a lleixar la companyia del Soldà e aturà's allí, car per anar a la ciutat de Bellpuig,[11] on anava lo Soldà, per força tenien a passar per allí. E per la ciutat ésser molt fort e ben proveïda, e per la dolor qui el turmentava, ell se n'entrà dins. Com Tirant aplegà, era quasi nit escura. Alleujaren-se allí en los camps fins l'endemà. E aquella nit tots los que foren nafrats foren curats, e molts que en moriren aquella nit. Car jamés era estada en aquella plaja oriental tan aspra e tan mortal batalla, car en aquell dia restaren moltes dones viudes e moltes donzelles òrfenes de pares, però restaven ab esperança d'ésser lliberades del jou de servitud.

L'endemà Tirant féu armar tota la gent, e donaren lo combat a la ciutat. E los turcs se defenien meravellosament perquè hi havia molt bona gent de dins. E havien-los donat quatre combats, que no havien pogut res fer. Lo marqués de Sant Jordi, veent açò, vogí tota la ciutat. E com fon a la porta de la jueria, cridà a un jueu que havia nom don Jacob. Com lo jueu sentí la veu del Marqués, conegué que era son senyor. Corrent davallà e obrí-li la porta. Entraren prestament dins la ciutat, e ja havien presa més de la mitat d'aquella, que lo rei d'Egipte ne los altres moros no ho sabien. Lo Marqués tramés a dir al Capità que no el calia més fatigar en combatre, que ja la ciutat era presa, que entràs per lo portal de la jueria. Tirant entrà per aquella part e, com ell fon dins la ciutat, lo Marqués ab la sua gent ja havien desconfits tots los turc e apresonat lo rei d'Egipte, que estava combatent d'una verdesca així nafrat com estava. Com los turcs veeren los crestians dins, tots se tingueren per perduts. Com lo Marqués tingué lo Rei pres, tramés a dir al Capità que vingués per degollar son enemic, lo rei

11. Bellpuig és un vila que pertany a la comarca de l'Urgell i, des del segle XI, fou el centre de la baronia de Bellpuig. Martorell modifica lliurement la geografia perquè sap que cap lector mínimament informat es creurà les dades que ofereix ja que està fent novel·la, ficció, i no història, realitat.

d'Egipte. E lo Capità respòs que per cosa en lo món ell no mataria home qui fos pres. Sabuda per lo Marqués la resposta del Capità, pres al Rei per los cabells, e passà-li lo coltell per lo coll.

Aprés que la ciutat fon presa, trobaren-la molt ben proveïda de moltes vitualles. Dix lo Marqués:

—Senyor Capità, puix Déu nos ha feta gràcia que havem vençuda la batalla e presa aquesta ciutat, ací ens porem fer forts, car, posat cas los enemics nos vinguessen al dessús, destapant les séquies e l'aigua vaja solta per los camps, no és home en lo món hi puga entrar e, si hi entren, que en puguen eixir. E si ells haguessen hagut temps de poder llançar l'aigua, jamés l'haguérem presa, car jo, qui ho sabia, per ésser mia la ciutat, trametí la major part de la mia gent per guardar les séquies.

Dix lo Capità:

—Digau-me, Marqués senyor, ¿com perdés aquesta ciutat puix tan fort és?

—Jo us diré, senyor. Jo la comaní a un home de poca condició, e fiu-lo cavaller, e doní-li prou de mos béns, joies, robes, muller e casa. E com sabé que los turcs havien presa la ciutat de Bellpuig, qui està lluny d'ací quatre llegües, on s'és ara retret lo Soldà ab tots los senyors qui escapats són, tramés per un capità e donà-li la ciutat e la senyoria e la llibertat antiga.

Tirant, encara que aquell dia hagués haguda victòria, no s'alegrà d'aquella ni el veren riure ni esclarir la sua cara, ni consentí solaços ni festes. Així que negú hagué sentiment que ell fos vencedor, ni volgué que negú ho digués. E així temprà l'excessiva alegria, e la dolor dels enemics. Solament dix en presència de tots:

—Si Diafebus hagués fet lo que jo li havia manat, jo haguera mort lo Soldà e haguera apresonats tots los grans senyors que hi havia, e de tot l'Imperi poguera ésser senyor.

E tornant a l'Emperador, que aprés de la molta dolor que sostenguda havia com pensava que Tirant havia perduda la batalla, l'extrema dolor fon convertida en singular consolació, per ço com[12] lo senyor de Malveí havia tramés un home seu sobre un ginet, per saber noves de la batalla, e aquell tornà ab la bona nova, e recità a l'Emperador tot lo fet com era passat, e com lo Capità anava a l'encalç dels turcs. L'Emperador, sabuda la gloriosa nova, en presència de tots, s'agenollà en terra, e alçant los ulls al cel e ab les mans juntes, féu infinides gràcies a Jesucrist e a la sua sacratíssima Mare, senyora nostra, com havia obtesa victòria de sos enemics, e com lo rei de Capadòcia era mort per mà del seu Capità; e suplicava a Nostre Senyor Déu que el volgués guardar de tot mal, car si ell no fos, no els calia tenir esperança en neguna victòria. E més dix:

—Certa cosa és com los nostres barons e cavallers, ab la virtut de Tirant, han vençuda aquesta batalla e les altres. E de primer totes les batalles perdien e, des que aquest valentíssim cavaller és vengut, tostemps són estats vencedors. E los turcs, d'ací avant, no poden esperar sinó la fi de llur destrucció, e nosaltres devem tenir esperança de contínua victòria, atesa la claredat dels actes gloriosos de Tirant, qui es ret il·lustre e noble a tots los qui a ell s'acosten.

A poc instant cavalcà l'Emperador ab los barons de Sicília, e la Princesa volgué anar ab ell. Com foren al camp dels moros, trobaren totes les tendes parades ab molta riquea que hi havia. E tota la gent se volien posar en robar, sinó que l'Emperador no ho volgué consentir, mas ordenà que lo senyor de la Pantanalea[13] e lo senyor de Malveí tinguessen en salvaguarda tota

12. *per ço com*: per tal com.
13. *Pantanalea*: es tracta de l'illa Pantel·leria, situada a cent quilòmetres de la costa de Sicília i a setanta de la de Tunísia.

aquella roba[14] fins que los qui havien vençut lo camp ne fossen avisats.

Com l'Emperador era en lo camp dels moros, la Princesa, d'un gran tros lluny, véu un petit negre, e cuità envers aquella part. E prestament descavalcant, entrà dins la tenda on lo petit negre s'era amagat e pres-lo per los cabells, e portà'l davant l'Emperador. E dix:

—Jo em poré gloriejar davant lo nostre Capità com jo só estada valent cavalleressa que, dins lo camp dels enemics, ab ànimo esforçat, he sabut apresonar un turc.

L'Emperador hi pres lo major plaer de tot lo món, ab la gràcia que sa filla ho deia.

Diafebus, veent que Tirant estava enujat envers ell, no li gosava venir davant per temor de vergonya. E ab aquell pensament, oblidà's de trametre a l'Emperador per dar-li plaer així com havia fet les altres vegades. Com l'Emperador sabé la glòria de la vençuda batalla, per altres e no per Diafebus, dix a la Princesa:

—Lo senyal que jo he de Diafebus me dubte que no sia mort com ell no m'ha avisat de la batalla, e de tal com aquesta és estada.

Com Estefania oí dir semblants paraules, los seus ulls no es pogueren retenir de llançar vives llàgremes en presència de l'Emperador e de tots quants allí eren. La Princesa la féu llevar d'allí perquè no manifestàs les sues dolors.

Com foren tornats al castell de Malveí, pres un home e tramés-lo per saber què era de Diafebus. E tramés-li una lletra del tenor següent.

14 *roba:* en aquest context té el sentit de «botí».

[CLVIII-CLXII]

Gràcies a aquesta carta, Tirant i Diafebus fan les paus. L'emperador vol atorgar a Tirant el comtat de Sant Àngel i el títol de Gran Conestable, però l'heroi demana que li siguin lliurats a Diafebus, cosa que l'emperador accepta. Se celebren grans festes al castell de Malveí, lloc on es troba allotjada la cort, per celebrar la victòria i els nous càrrecs de Diafebus. Alhora, Ciprés de Partenó, un espia al servei dels cristians, fa saber a Tirant la pròxima arribada de set naus, comandades pel Gran Caramany i el rei de la Índia, per auxiliar les tropes turques. De nit, Tirant i Diafebus visiten la cambra de Carmesina i Estefania. Plaerdemavida se n'assabenta, els espia i l'endemà explica a la princesa el que va passar, fent veure que es tracta d'un somni.

Capítol CLXIII

Lo somni que Plaerdemavida féu

—A la majestat vostra diré tot lo que he somiat: «Com jo dormia en una cambra de parament,[1] en companyia de quatre donzelles —e que Estefania venia ab un estadal encés, per no portar molta llum, e venia al nostre llit e mirava si dormíem, e véu-nos totes dormir—, jo estava alienada, que no sé si dormia o si vetlava. E viu en somni com Estefania obrí la porta de la cambra molt suaument perquè no fes remor, e trobà mon senyor Tirant e lo Conestable que ja estaven esperant. E venien en gipons, ab mantos i espases, e calçaven peücs de llana perquè no fessen remor al passejar. E a l'entrar que ells feren, ella apagà la llum e posà's primera, lo Conestable a la sua mà. Aprés venia lo virtuós. I ella semblava en aquell cas mosso de cego. E posà'ls dins la vostra cambra. E vostra altesa estava ben perfumada e algaliada, e no mal abillada, vestida e no despullada. Tirant vos tenia en los seus braços e portava-us per la cambra besant molt sovint. E vostra altesa que deia: «Deixa'm, Tirant, deixa'm!» E ell vos posava sobre lo llit de repòs. E Plaerdemavida s'acostà al llit, e dix: «¡Ai, en llit! ¡E qui us ha vist e qui us veu ara, que estau sol, desacompanyat, sens profit negú! ¿On és aquell qui ací estava com jo somiava?» E

1. *cambra de parament*: cambra principal o més ben guarida d'un palau. En aquest indret transcorre l'episodi anomenat de les «bodes sordes».

paregué'm del llit llevar-me en camisa, e venguí en aquell forat de la porta, e que mirava tot vostre fet.»

Dix la Princesa:

—Has més somiat?

Ab moltes rialles e ab gran plaer que lo hi deia.

—Sí, Santa Maria! —dix Plaerdemavida—. Jo us ho acabaré tot de recitar. Vós, senyora, preníeu unes hores[2] e dèieu: «Tirant, jo t'he lleixat venir ací per dar-te un poc de repòs, per la gran amor que t'he.» E Tirant dubtava de fer lo que l'altesa vostra li deia. E vós dèieu: «Si tu ames a mi, per res no deus estar d'assegurar-me dels dubtes esdevenidors. E aquest càrrec que jo he pres per amor de tu, no és convinent a donzella de tan gran auctoritat com jo só. No em denegues lo que et deman, car la mia castedat, en la qual jo he viscut, quítia de tot crim, és lloadora. Mas per precs d'Estefania has obtesa aquesta amorosa gràcia, deixant-me cremada per digna amor. Per què et prec te vulles contentar de la gràcia que has aconseguida en gran càrrec e culpa d'Estefania.» «Per l'extrema e desaforada congoixa —deia Tirant— que veig passar a la majestat vostra, que preneu armes contra los qui us ofenen, en sereu condemnada per tots aquells qui d'amor senten. Però, ab tot, no vull que desconfieu que jo fallís a ma veritat. E ab gran confiança creia vos acordaríeu a mon voler no tement los esdevenidors perills. Puix a vostra altesa no plau e em voleu tant fatigar, jo só content de fer tot lo que a la majestat vostra serà plasent.» «Calla, Tirant, —deia l'altesa vostra— e no et congoixes de res, car la mia noblea jau sots la tua amor.» E li fèieu fer sagrament que sens voler vostre no us enutjaria de res: «E posat cas que ho volguesses cometre no seria poc lo dan e congoixa que tu em daries. E seria tanta que en tots los

2. *hores*: llibres d'hores. Llibre que conté les oracions que es reciten o es canten en hores assenyalades.

dies de ma vida, de tu me lamentaria, car com la virginitat és perduda no és reparable.» E totes aquestes coses he somiades que vós a ell e ell a vós dèieu.

»Aprés en visió viu com ell vos besava molt sovint e desféuvos la clotxeta dels pits, e que us besava a gran pressa les mamelles. E com vos hagué ben besada, volia-us posar la mà davall la falda per cercar-vos les puces. E vós, la mia bona senyora, no ho volíeu consentir, car dubte em fa que si ho haguésseu consentit, que lo sagrament no perillàs. E vostra altesa li deia: «Temps vendrà que lo que tant desitges estarà en llibertat tua, e la mia virginitat conservada serà per a tu.»[3] Aprés posà la sua cara sobre la vostra, e tenint los braços sobre lo vostre coll, e los vostres en lo seu lligats com les sarments en los arbres, prenia de vós amorosos besars.

»Aprés viu somiant que Estefania estava sobre aquell llit ab les cames que al parer meu li veia blanquejar, e deia sovint: «¡Ai, senyor, que mal me feu! Doleu-vos un poc de mi e no em vullau del tot matar.» E Tirant que li deia: «Germana Estefania, ¿per què voleu incriminar la vostra honor ab tants grans crits? ¿No sabeu que moltes voltes les parets tenen orelles?» E ella prenia lo llençol e posava'l-se a la boca, e ab les dents estrenyia'l fort per no cridar. E no es pogué estar, aprés un poc espai, que no donàs un crit: «Trista, què faré? Dolor me força de cridar, e segons veig, deliberat teniu de matar-me.» Llavors lo Conestable li tancà la boca. E la mia ànima com sentia aquell saborós plant, complanyia'm de ma desaventura com jo no era la tercera ab lo meu Hipòlit. Encara que jo sia grossera en amar, conegué lo meu esperit que lo terme d'amor aquí devia finir. La mia ànima hagué alguns sentiments d'amor que

3. Carmesina és conscient del valors que té la seva virginitat i obliga Tirant a comportar-se de la manera que ella considera modèlica. Estefania, en canvi, ha atorgat anteriorment a Diafebus un permís escrit perquè la pugui posseir.

ignorava, e doblà'm la passió del meu Hipòlit com no prenia part dels besars així com Tirant de la Princesa, e lo Conestable d'Estefania. E com més hi pensava, més dolors sentia, e paregué'm que prenguí un poc d'aigua e que em llaví[4] lo cor, los pits e lo ventre per remeiar la dolor mia.

»E mirant lo meu esperit per lo forat, aprés un poc instant Estefania estés los seus braços abandonant-se e retent les armes, emperò dix: «Vés-te'n, cruel ab poca amor, que no has pietat ni misericòrdia de les donzelles fins que els has violada la castedat. Oh sens fe! ¿De quina pena seràs digne si jo no et vull perdonar? E complanyent-me de tu, més fort t'ame. On és la fe, per tu a mi rompuda? ¿On és la tua mà dreta ajustada ab la mia? ¿On són los sants qui facen testimoni, los quals ahir per la tua falsa boca foren nomenats, que em prometist que no em faries mal ni per tu no seria decebuda? Gran ardiment has fet, que ab pensa deliberada hages volguda robar la despulla de la mia virginitat, per tu ésser home de tan gran auctoritat; e perquè la querella mia més verdaderament sia coneguda...». Cridà la Princesa e a Tirant e mostrà'ls la camisa e dix: «Aquesta sang mia ha força de reparar amor.» E tot açò deia ab les llàgremes als ulls. Aprés dix: «¿Qui haurà grat de mi, ni qui fiarà de mi, que no he sabuda guardar a mi mateixa? ¿Com serà per mi guardada altra donzella que acomanada em sia? No tinc conhort sinó d'una cosa: que no he res fet que perjudique la honor de mon marit,[5] sinó que he complida sa voluntat a mal grat meu. En les mies bodes no hi són venguts los cortesans, ni capellà no s'és vestit a dir la missa. No hi és venguda ma mare ni mes parentes. No han hagut treball de despullar-me les robes e vestir-me la camisa nupcial. No

4. *llaví*: primera persona del singular del pretèrit perfet d'indicatiu del verb *llavar* (netejar).

5. Cal recordar que Estefania i Diafebus han celebrat matrimoni secret.

m'han pujada al llit per força, car jo m'hi só sabuda pujar. No han hagut treball los ministres de sonar ni de cantar,[6] ni los cortesans cavallers de dansar, que bodes sordes són estades. Emperò tot lo que he fet resta en grat de mon marit.» D'estes coses deia Estefania moltes.

»Aprés de tot açò, que lo jorn s'acostava, la majestat vostra e Tirant la conhortàveu lo millor que podíeu. Aprés bon espai, que los galls tornaren a cantar, e l'altesa vostra pregava humilment a Tirant se'n volguessen anar perquè no fossen vists per negú del castell. E Tirant suplicava l'altesa vostra que li fésseu gràcia de soltar-li lo sagrament perquè pogués obtenir lo victoriós triümfo que desitjava, així com son cosí. E la celsitud vostra no volgué, sinó que restàs gloriosa de la batalla. E com ells se'n foren anats, despertí'm e no viu res, ni a Hipòlit ni a negú. Fui posada en gran pensament: perquè em trobí los pits e lo ventre banyat de l'aigua, venia a creure que devia ésser veritat. La dolor m'aumentà en tanta quantitat que donava torns per lo llit com fa lo malalt qui està al pas de morir e no troba lo camí. Per què, deliberé d'amar Hipòlit ab cor verdader. Passaré ma penada vida així com Estefania fa? ¿Estaré ab los ulls tancats e negú no em darà remei? Amor m'ha tant torbats los sentiments, que morta só si Hipòlit no m'ajuda. ¡Almenys, que passàs ma vida en dorment![7] Per cert, fort dolor és al despertar qui bon somni somia.»

Les altres donzelles foren-se llevades i entraren dins la cambra per ajudar a vestir sa senyora. Aprés la missa l'Emperador partí ab tots los barons de Sicília, e lo duc de Pera ab tots los presoners. E Tirant e lo Conestable acompanyaren-

6. *ministres de sonar i de cantar*: ministrils. Persones que toquen instruments musicals.

7. *¡Almenys, que passàs ma vida en dorment!*: es tracta d'una imitació del vers 18 del poema I d'Ausiàs March.

los una bona llegua. L'Emperador los dix que se'n tornassen. E ja que els ho havia dit altra vegada, fon-los forçat de fer-ho. Aprés que Tirant hagué pres comiat de l'Emperador o dels barons, ell s'acostà a l'excelsa Princesa e dix-li si li manava res la majestat sua que ell pogués fer. La Princesa s'alçà lo vel que portava davant la cara, e los seus ulls no pogueren estar que no llançassen vives llàgremes, e no li pogué dir altra cosa sinó:

—Serà...

Car la paraula li fallí e convertí's en sanglots e espessos sospirs per lo departiment. Deixà del tot caure lo vel damunt la sua cara per ço que tal defalt no vingués a notícia de l'Emperador ne de tota l'altra gent.

No es troba en record de gents que semblant cas seguís jamés a negun cavaller com lo que seguí a Tirant, que, havent pres comiat de la Princesa, caigué d'una hacanea en terra, que cavalcava, tot fora de si. E tan prestament com fon caigut, se fon llevat, e alçà la mà a l'hacanea dient que es dolia. E l'Emperador ho véu e molts d'altres, e cuitaren envers ell. E feia demostració que mirava lo peu a l'hacanea. Dix-li l'Emperador:

—Capità, e com sou caigut així?

E Tirant li dix:

—Senyor, a mi paregué que lo meu rossí se dolia. Abaixí'm un poc per veure lo seu mal e, ab lo pes de l'arnés, és-se trencat lo gambal. Però, senyor, no és cosa d'admirar que un home caiga, car un cavall té quatre peus e cau, quant més un home, que no en té sinó dos?

E prestament ell tornà a cavalcar e cascú tingué son camí. La Princesa, perquè anava plorant, no volgué tornar, mas demanà a Estefania quin cas era estat lo de Tirant. E ella lo hi recità segons la resposta que havia feta a l'Emperador.

—Certament —dix la Princesa— que aquell cas no li és seguit sinó per la mia partida. E les temors que jo haguí quan me trobí sola tan prest foragitaren lo meu pensament e aumentí en major dolor que no sentia.

Així anaren parlant.

E Tirant aplegà al castell del senyor de Malveí. Ordenà que lo Conestable, ab la mitat de la gent, així de peu com de cavall, anàs al camp per guardar aquell.

—E jo iré —dix Tirant— al port on són les naus, e faré que prestament descarreguen. E si veig que no n'hi ha prou, faré-les tornar a la ciutat o en Rodes, que m'han dit que han collit molt forment aquest any. E si lo càrrec los fall,[8] iran en Xipre.

En la nit Tirant fon en lo port, e trobà quasi les naus descarregades. Los patrons e los mariners hagueren molt gran plaer de la venguda del Capità, e digueren-li com les set naus de genovesos eren entrades en lo port de Bellpuig.

—E tots nosaltres estàvem ab gran pensament que no vinguessen ací e que ens prenguessen.

Dix Tirant:

—Ells mostren que han més temor a vosaltres, que no han hagut atreviment d'escometre-us. ¿Voleu que els posem major temor que no tenen?

Hagueren un llaüt de peixcar, e armaren-lo. E trameteren per veure quanta gent podia haver en les naus poc més o menys, e quantes fustes eren dins lo port. E aquella nit féu descarregar tot lo forment. Per lo matí, lo bergantí tornà ab la nova com hi havia, grosses, set naus, e havien descarregats tots los cavalls e tota la gent era en terra, e que llavors començaven a descarregar lo forment e altres vitualles.

—Per lo Senyor qui tot lo món sosté —dix Tirant—, jo faré

8. *e si lo càrrec los fall*: i si els falla la càrrega.

tot mon poder, puix han desembarcat los cavalls, de menjar de llur forment.

Féu prestament adobar les naus, e posà-hi molta gent d'armes e molts ballesters. En lo port en aquell cas havia tres galeres, e perquè havien mostrada carena, no pogueren anar ab ell. Tirant partí ab les naus e mès-se dins mar aquella nit. E de l'u port a l'altre no hi havia sinó trenta milles. Com lo dia fon clar e bell, los de terra descobriren les cinc naus de Tirant e pensaven-se que fossen d'aquelles que venien ab lo Gran Caramany,[9] e no curaren de res. Les naus s'acostaren e entraren dins lo port, e cascuna envestí la sua. E de continent saltà molta gent en les altres naus e aprés envestiren les dues que restaven. E perquè hi havia molt poca gent, prengueren-les totes ab poc treball e sens morir negú. E tragueren totes les naus del port carregades de molt forment e de civades, de bous salats e de vins de Xipre. De què us dic que per al camp dels crestians los vingué en gran socors i en molt bon cas, car per la molta guerra no trobaven forment ni carns si no ho havien tot per mar. Tirant donà forment al senyor de Malveí; tot l'altre féu portar al camp en la ciutat de Sant Jordi.

Com Tirant venia ab la presa, parlà ab los turcs que havia presos en la nau demanant-los de noves de la Turquia per veure si es concordarien ab les noves que Ciprés de Paternò li havia dit. E aquells li digueren com certa cosa era com lo Gran Caramany venia ab gran armada, e venia en companyia sua lo rei de la sobirana Índia.[10] E lo Caramany portava sa filla, la qual era donzella de grandíssima bellea, per dar per muller al Soldà.

—E porta moltes donzelles ab si, de gran estat, e ve en sa

9. *Gran Caramany*: títol que era atorgat als emirs turcs d'Anatòlia (Àsia Menor). El corsari valencià Jaume de Vilaregut, amic de Martorell, fou presoner del Gran Caramany i, potser, l'informà sobre aquest sobirà.

10. *rei de la sobirana Índia*: podria tractar-se d'Armènia, país asiàtic, les terres del qual s'estenien entre el petit Caucas i Anatòlia i que limitaven amb les del Gran Caramany.

companyia l'esposada del fill del Gran Turc. E totes vénen molt ricament abillades ab grans aljubes de brocat e altres brodades de molts diamants e robins.

Dix un turc:

—Jo viu vestir un dia a la filla del Gran Caramany, demà haurà quinze dies, lo divendres aprés la salà, que vestia una aljuba brodada de pedres fines, que estimaven que valia una gran ciutat. E porten cascuna son eixovar, que vint-e-cinc esposades hi vénen totes per a grans senyors. E ve-hi la muller del rei de Capadòcia. E han-nos dit al port, com som arribats, que un diable de francés és vengut[11] capità dels grecs, que totes les batalles los venç, lo qual dien que ha nom Tirant. Per ma fe, ell poria haver bons fets així com dien, mas lo seu nom és lleig e vil, per ço com Tirant vol dir usurpador de béns o, més propi parlar, lladre.[12] E creu, segons lo nom, per força ha de seguir les obres, car diu-se que en una lletra que féu al rei d'Egipte, que no el gosà combatre cos per cos, deia ésser enamorat de la filla de l'Emperador. Com haurà vençudes les batalles, emprenyarà la filla, aprés la muller, aprés matarà l'Emperador, car així ho acostumen de fer los francesos, molt mala gent, e vós veureu que si molt lo deixen viure los turcs e los crestians, ell se farà emperador.

—A la mia fe —dix Tirant— tu dius una gran veritat: aquests francesos són molt mala gent. Encara farà pitjor que tu no dius, que és molt gran lladre e va per los camins a robar. E qui s'ho veurà, encara emprenyarà la filla de l'Emperador e pendrà la senyoria. Aprés ¿qui li contradirà que no passe[13] a totes les donzelles?

—Bona Pasqua vos done Déu! —dix lo mariner—, car vós lo coneixeu bé e coneixeu la sua gran tració que ha feta e farà.

11. *és vengut*: ha esdevingut.
12. Joc de paraules entre *Tirant* i *tirà*.
13. *passe*: en determinats contextos significa *deshonrar, violar*.

Hipòlit, qui estava allí, arrancà l'espasa per tallar-li lo cap, sinó per Tirant, que prestament se llevà e pres-li l'espasa de la mà. E Tirant tornà'l a posar en noves dient mal tostemps de si mateix. Dix lo mariner:

—Jo jur, per l'aigua que jo em batejí, que si jo el podia pendre, aquell traïdor de Tirant, així com moltes vegades n'he pres d'altres, que jo el penjaria en la més alta entena de tota la nau.

Tirant reia molt, e prenia gran plaer en lo que deia lo mariner. Altri fóra, que li haguera feta alguna mala obra o l'haguera penjat. E Tirant pres un gipó de seda e trenta ducats, e donà'ls-hi, e aprés lo posà en llibertat tan prest com fon en terra. ¡Pensau quin devia estar lo mesquí de mariner com sabé que aquell era Tirant! Agenollà's als seus peus, e demanà-li perdó. E Tirant de molt bona voluntat li perdonà e dix:

—Donar als mals perquè diguen bé, donar als bons perquè no diguen mal.

Tirant ajustà consell de mariners e féu-los dinar ab ell. Aprés que foren dinats, Tirant los féu principi a un tal parlar:

—Senyors, ja sabeu la nova que es diu del Gran Caramany e del rei de la sobirana Índia, ab quin poder tan gran vénen e porten tantes donzelles, casades i per casar; hoc encara hi apliquen lo bací que porten, ço és a saber: com los moros fan guerra als crestians, va lo bací que acapten per totes les moreries e, segons me dix Ciprés de Paternò, que havia oït dir al Soldà, que passats tres-cents mília ducats portaven, car per pendre aquest Imperi tota la morisma ha donat, qui poc qui molt, que casa hi havia qui pagava quaranta ducats. E volen dir que del regne de Tunis han hagut més de setanta mília ducats. Per què deveu pensar quanta glòria seria a tots nosaltres e lo profit gran que cascú de vosaltres reportaríeu. Vejau si fer se poria poguéssem obtenir victòria d'ells. E cascú de vosaltres diga-hi son parer.

Capítol CLXIV

Lo consell que los mariners donaren a Tirant

—Sabuda cosa és, Capità senyor, que los turcs passen ab vint-e-tres naus grosses de genovesos, e de cascuna testa han dos ducats e mig de nòlit, e dels cavalls n'han tres. E per no perdre aquest salari, ans se deixaran tots tallar a peces que consentir en negun malbarat. E porten tanta gent e en tan gran nombre, que lo poder de la mitat de la crestiandat hi haurien a venir per poder-los vençre ni[1] subjugar-los a nostra voluntat. Nosaltres som dotze naus i tres galeres, i ells són vint-e-tres naus grosses, les majors e millors de tota Gènova, e més, porten quatre baleners e dues sageties. Per què tots vos donam de consell no vullau donar del cap per les parets, com açò no sien les batalles de terra, que no es fan a comparar ab les de mar: aprés que les escotilles són tancades, no hi ha lloc per a fugir.

Fon-se llevat en peus lo mariner qui tant de mal havia dit de Tirant, qui havia nom Galançó, e era natural de l'Esclavònia,[2] e molt valentíssim mariner, lo qual féu principi a tal parlar:

—Senyor Capità, dels meus primers moviments no en deveu ésser admirat, per jo ésser enemic a la pàtria vostra

1. *ni*: o
2. *Esclavònia*: nom medieval de la regió d'Eslavònia, al nord de Croàcia. Alfons el Magnànim va ser-hi investit sobirà nominal el 1452.

gran temps ha. Però la molta virtut que en la senyoria vostra tinc coneguda ha apartada de mi la gran ira que jo en aquell cas tenia contra la nació francesa, e per ço com me veia presoner. Ara que tinc llibertat per la mercé vostra obtesa, vos vull dar consell de mariner per ço com en aquesta art me só criat. E si açò volreu acceptar —ço que és creedor, no dubtant lo perill que ab si porta—, jo us daré de vostres enemics triümfant victòria. E ateneu al meu consell, e si aquell vos serà accepte. Si no, poreu pendre lo dels altres, car de dos mals lo menor se deu elegir. Com sia certa cosa que ells són vint-e-tres naus molt grosses i són prop de trenta fustes entre unes e altres, e qui volrà vençre ni guanyar les trenta, s'haurà de fer en aquesta manera, si al consell meu vos volreu regir. Vós teniu dotze naus e quatre galeres: descarregau les vostres naus, que vagen llaugeres; les altres vénen molt carregades e no poran fer tan gran esforç de veles com faran les vostres. Serà a la voluntat vostra de pendre o de deixar la batalla. Gran glòria serà per a vós, ab dotze naus grosses, gosar mirar tot l'estol de genovesos e de turcs. E si neguna nau ve atràs, com és presumidor, ab poc treball podeu ésser senyor d'ella. E gran terror posareu entre ells, perquè saben que haveu vençudes moltes batalles en la terra, e dins los llurs ports los haveu preses set naus. Pensau que tenen gran dubte[3] de vós, car, dormint en los llits, ab temor se desperten ab lo nom de Tirant en la boca, majorment representant-los davant lo fruit que de batalla s'ateny. E qui gosa mirar lo primer afronte d'ells, del joc de les pedres que us fan és molt gran;[4] emperò, passades les pedres, no són res. Vénen a jugar de les fletxes e molt prest esmaien e perden l'ànimo. Si em demanau com sé

3. *dubte*: por.
4. *E qui gosa mirar...*: el seu atac és temible. El «joc de les pedres» fa referència a les bombardes.

jo açò, jo he senyorejat galeres e naus mies pròpies, e tenguí onze anys guerra ab ells, e fiu grans preses dins la Turquia de llur roba.

—Sus! —dix Tirant—. No en vull pus saber ni vull altre acord sinó que tot se pose en orde e les naus sien prestament descarregades e adobades de tot lo que hi sia necessari.

Com Tirant hagué donat lo càrrec als seus, ell cavalcà desarmat sobre un bon ginet, ab quatre altres, e anà al castell de Malveí. E l'endemà anà al camp. Molt foren aconsolats los del camp de la sua venguda. E prestament li digueren com los turcs eren venguts una alba de matí bé set mília hòmens a cavall, e com lo marqués de Pròxita, ab gran desorde, ixqué dels primers e ferí ab gran ànimo pensant que los seus lo socorrerien.

—E fon lo contrari: veent la molta gent que eren pocs, feriren sobre ell e han-lo mort e tallat a peces. E vingueren fins ací a la muralla de la ciutat e tothom desempararà lo camp e recolliren-se dins la ciutat. E han mort qualsque cent uitanta hòmens. —Ah Santa Maria val! —dix Tirant—. ¡Que desorde entre tots vosaltres! ¿Qui deu eixir a empresa d'altri, que sabeu que jamés es gosaran venir ací sinó ab gran poder? E vós, marqués de Sant Jordi, haveu perduts los queixals en la guerra e deixar eixir a negú![5] E ves[6] que eren ací, ¿per què no féieu destapar les séquies, així com vós havíeu dit, e haguéreu-los tots presos? Però, volcu que us diga? La virtut ne el poder no està en riqueses, mas en ànimo virtuós e ginyós. —E tingué's per escarnit com no s'hi era trobat.

E dix:

5. *E vós..*: la frase ve a dir: «I vós, marquès de Sant Jordi, que tan expert sou en guerres, com heu deixat sortir ningú»?

6. *E ves*: I si veieu.

—Siau en record de l'antiga llibertat que d'ells havem hagut e de les persecucions estranyes que sofert haveu.

Aquí parlaren de moltes raons. A la fi dix Tirant al Gran Conestable li triàs dos mília hòmens d'armes los millors del camp. E com lo Conestable fon un gran tros lluny, pensà en lo que el Capità li havia dit. Torná e dix-li:

—Vós m'haveu fet una fort demanda: que us haja dos mília hòmens d'armes, los millors de la host, e dos mília ballesters. ¿Qui pot saber quals són los bons o los mals, ni qual és ardit, ni qual és flac, ni qual té ànimo esforçat?

—Puix no ho sabeu conèixer —dix lo Capità—, jo us ho mostraré. Feu tocar alarma, e feu demostració que enemics vénen. E com seran en lo camp, descavalcau e anau tocant a cascú los esperons. E si els porten fluixos, deixau-los estar. Si els porten estrets, d'aquells me donau, car aquests tals no pot ésser no sien bons e virtuosos en les armes.

Així com se n'anava, tornà e dix:

—Los hòmens de peu, qui no porten esperons, ¿en què els coneixeré?

—Per semblant —dix lo Capità—. Aqueis sarjants qui van ab vós, feu-los tocar en los panyos, si els porten fluixos o ben estrets. E sapiau d'ací avant conéixer lo gra entre la palla.

Lo Capità se partí ab tota aquella gent que lo Conestable li havia triada. Lo Prior de Sant Joan se n'anà al Capità e dix-li:

—Capità senyor, jo he sabut com la mercé vostra vol tornar en mar no tenint-vos per content de les set naus que preses haveu. La mercé vostra faça'm gràcia que jo vaja ab vós.

Respòs Tirant que era molt content.

Com foren arribats al port, lo Capità trobà totes les naus descarregades, e adobaven del que mester havien.

—Capità senyor —dix Galançó, lo mariner—, a mi par que

vostra senyoria deuria trametre dues galeres e que estiguessen en alta mar. Com vessen[7] l'estol, l'una tornàs, e l'altra seguís tostemps la nau del Gran Caramany. E si vós aquella podeu haver, haureu molta riquea e major honor.

Dix lo Capità:

—¿En què poran conèixer aqueixa nau en què va lo Gran Caramany?

—Senyor —dix Galançó—, en les veles que porta, totes vermelles e pintades les sues armes; e totes les cordes de la nau són de seda, e tot lo castell de popa és de brocat sobre brocat. E açò ha fet per gran magnitat, per ço com hi porta sa filla e perquè no és anat jamés per mar.

Com lo Capità féu partir les dos galeres, manà no tornàs l'una, sinó que contínuament, nit e dia, seguís l'estol, e en la nit portàs una llanterna ab una llum encesa al tendal de popa.

L'endemà los barons de Sicília, havent deixat l'Emperador a la sua ciutat, reposaren allí dos dies, e partiren per venir al camp. Com foren al castell de Malveí, trobaren molts carros que portaven bombardes al port. E foren avisats com lo Capità era al port. Anaren a ell, sabent com volia anar per mar, e pregaren-lo molt que els deixàs anar ab ell. E lo Capità fon content per ço com eren hòmens d'illa e acostumaven de navegar. E ordenà sos capitans, e posà molta gent en les naus, hòmens d'armes e ballesters. E encara que les naus no fossen molt grans, eren molt bé armades de bona gent e destra, e molt bé avituallades de tot lo que mester havien. Les altres naus venien molt carregades de forment, de cavalls e de tanta gent com podien portar.

No passà molt espai que veren venir l'una galera a vela e a rems. Prestament pensaren que les naus dels enemics venien.

7. *Com vessen:* quan veiessin.

Lo Capità féu acabar de recollir tota la gent, les bombardes e tot lo que mester havien. Com fon quasi hora de vespres, les naus eren en vista del port. Llavors la nau del Capità ixqué primer de totes. Com los turcs la veren, feien grans alegries dient que aquella nau ja era sua. E lo Gran Caramany féu eixir a sa filla, e a totes les altres dones qui en la nau eren, alt en coberta perquè mirassen aquella nau, la qual tantost pendrien. A poc instant ixqué la nau del senyor de la Pantanalea e aprés la del duc de Messina. E llavors als turcs e als genovesos aumentà l'alegria.

Dix lo Gran Caramany a sa filla:

—Una d'aquelles tres naus que allí veus, tria quala d'aquelles volràs, car jo la et dó e vull que tua sia.

Ella demanà la que primer havia vista. Aquella volia per sua, e fon-li atorgada. Ixqué aprés la nau del senyor d'Agramunt; aprés la d'Hipòlit; e totes ixqueren per orde. E lo bon Prior de Sant Joan fon lo darrer de tots per ço com era capità de la ressaga. Com ell ixqué era ja quasi nit escura.

Com los genovesos veren dotze naus grosses, estigueren admirats d'on eren eixides. Aprés ixqueren tots los baleners e totes les barques de les naus, aprés les barques dels peixcadors. E les barques que no tenien arbre alçaven un llarg bastó o un rem e lligaven-lo fort, e al cap del bastó posaven una llum dins un faró. La nau del Capità alçà primer un faró a popa, així com era estat concordat. Aprés, totes les altres fustes, així grans com poques, feren lo que el Capità havia manat. Com totes les llums se mostraren, foren setanta-quatre. Com los enemics veren tantes llums, pensaren que totes aquelles llums eren naus,[8] e més digueren:

8. Aquest estratagema marí, en què onze naus i dues galeres semblen un estol de setanta-quatre vaixells de guerra, el reporta ja Francesc Eiximenis al capítol CCXXX del *Dotzè del Crestià*.

—Nosaltres som certs com l'estol del gran Mestre de Rodes és vengut ací, e lo del rei de Sicília. I ells, que en tenien moltes, hauran tramés a Venècia. Sabent nova de nosaltres, han feta aquesta gran armada e vénen-nos per pendre'ns.

Hagueren son acord de fugir, e de tornar-se'n devers la Turquia.

—Car més nos val acampar les vides que esperar batalla de setanta-quatre naus que són.

L'una nau dels genovesos tragué un faró tres vegades. Fet son senyal, totes giraren e posaren-se en fuita qui més podia. Les unes prengueren la via de llevant, altres la via de ponent, altres la via de migjorn, altres la via de tremuntana. La galera jamés desemparà la nau del Gran Caramany, e féu la via de Xipre per passar en les illes, e, si porien, pendre terra en les mars d'Alexandria, pensant que neguna nau no faria la sua via. Però tostemps hagueren dubte de la galera. E la nau del Capità tostemps seguí la galera. E cascú feia esforç de veles tant com podia ab la mitjana e ab lo triquet, e posaven tantes bonetes com cascuna nau podia portar.

Com vengué per lo matí, Tirant no véu neguna de les sues naus, mas trobà's en vista de la nau del Gran Caramany. Com fon quasi lo migdia, ell aplegà ab la nau, e envestiren-se l'una a l'altra, e lo combat fon tan fort e tan admirable, que los turcs feren de moltes pedres, que quasi la gent no podien anar per la nau. E la pedra que esdevenia[9] a l'home, plegat lo metia per terra, per bé que estigués armat. En la nau del Capità havia moltes ballestes, e de la primera batalla n'hi hagué molts de nafrats e morts. No penseu que la galera jamés s'hi gosàs acostar. E de cascuna de les naus llançaren los rampagolls, e tengueren-se molt fort,[10] car no se'n podien anar encara que ho

9. *esdevenia:* té el sentit d'encertava.
10. *tengueren-se molt fort*: quedaren fortament unides.

volguessen. La nau de Tirant hagué gran avantatge, que quasi tota la de més gent era armada d'arnesos blancs e de cuirasses ab bacinets. E tan prest com l'home era mort o nafrat, lo desarmaven e l'arnés feien-lo vestir a altri. De la gàbia feien mortals colps ab grans barres de ferro que llançaven.

Passada la primera batalla, donaren-se d'espai[11] prop de mitja hora. Refrescaren la gent e tornaren a la batalla los uns e los altres molt bravament. Los turcs llançaven molta calç perquè els cegàs la vista. Aprés llançaven oli bullent ab casses. L'una part e l'altra llançaven pega bullent, e nit e dia jamés cessaven ni havien repòs, sinó contínuament combatre. Molta fon la gent que en aquelles dues naus moriren. E tantes eren les llances trencades e los pavesos, dards e fletxes e passadors, que los cossos morts qui en la mar llançaven no es podien afonar davall l'aigua.

Ara lleixem-los combatre e vejam què fan los altres barons e cavallers.

Les onze naus no veren la del Capità per ço com féu apagar la llum. Les onze, en vista foren de deu naus a tret de bombarda, afrenellaren-se les unes ab les altres, e Hipòlit no volgué acostar-se a neguna, sinó que pujà a sobrevent i estava's mirant la batalla. E véu que la nau del senyor de la Pantanalea anava a gran perdició e que ja molts turcs eren pujats en la nau, que més part hi havien que no ells. Llavors Hipòlit ferí a la nau dels enemics, e per ço com la major part dels turcs eren passats en l'altra nau e tota l'havien presa sinó lo castell de popa, ab poc afany entrà Hipòlit ab los seus dins la nau dels turcs. E tants com n'hi trobaren, de turcs e de genovesos morts e nafrats, tots los llançaren en mar. E socorregueren al senyor de la Pantanalea, e lo socors los venc així com a salut

11. *d'espai*: treva, descans.

de medicina, la qual aparegué a tota la gent ésser estat molt ben fet e aconsolà'ls molt, amonestant-los d'haver virtut e vigorós ànimo. E llevà la por als temerosos metent lo coratge de tots en gran esperança. E prestament se partí d'allí e, tornant en la sua nau, anà ajudar a aquells que més ho havien mester.

Lo senyor de la Pantanalea, puix véu que en la nau dels turcs no hi havia romàs negú, compartí la gent en abduis les naus. E donà vela perseguint les altres qui se n'anaven e atengué primer que negú. I envestí una nau e, mentre ells combatien, aplegà l'altra nau. E l'altra tantost se donà, enaixí que ell tenia tres naus.

En tal manera ho feren les onze naus ab les dos galeres, que catorze naus prengueren e dos que en feren dar al través en terra. Les altres se n'anaren.

Ara vejam Tirant què fa; que encara los trobi combatent. Ells combateren d'hora de migdia e tota la nit fins a l'endemà que el sol se volia pondre. Vint-e-set batalles se donaren. E Tirant, desemparat de tota ajuda, ajustant colp a colps, e tota por a part posada:

—E ab damnatge de la mia persona —dix Tirant—, jo et pendré, o morré.

E Tirant en aquelles batalles fon nafrat de colp de passador en lo braç. E volent pujar al castell de proa, li donaren ab una fletxa en la cuixa. Bé ho havien mester los turcs, car ab gran desesperació saltaren tres turcs dins lo castell de proa, mas tan prestament com foren dins, tan prestament foren dins l'aigua.

Com lo Gran Caramany véu la sua gent molt venir a menys, féu pujar la caixa dels diners, joies e robes, e féu vestir a sa filla una aljuba de brocat dor, e lligà-li una corda d'or e de seda al coll, e l'altre cap féu lligar en la caixa de les joies ab tota la riquea, e llançà'ls dins mar. Aprés, llançà a totes les altres dones que dins la nau eren. Llavors, ell e lo rei de la sobirana Índia, entraren-se'n dins la cambra on solia estar sa filla. Havent del tot desemparada la nau, meteren lo cap sobre lo llit e cobriren-se esperant la mort quan la els darien.

Com la nau fon del tot presa, Tirant hi passà així nafrat com estava, e demanà què era del Gran Caramany.

—Senyor Capità —li dix un gentilhom qui en la nau del Capità venia, e fon lo primer qui en la nau dels turcs passà, e matà molts turcs ans que el Capità passàs; dix—: Pus fort és que batalla la temor de la batalla. Baix en una cambra estan amagats ab lo cap cobert, esperant quan los vendrà la mort. I és ab ell lo rei de la sobirana Índia.

—Ací és lo Rei? —dix lo Capità.

—Certament, senyor, abduis són ací.

—Fes-los-me pujar ací —dix lo Capità—, que jo vull parlar ab ells. E aquell gentilhom féu lo manament de son Capità. Però lo Gran Caramany no hi volia anar, dient que més amava morir dins la cambra de sa filla que no morir alt en la nau.

—No façam —dix lo Rei—. Pugem alt e muiram[12] com a cavallers.

E aquell en deguna manera no hi volia anar, fins a tant que lo gentilhom hi hagué a mesclar una poca de força. E com ells foren alt, Tirant los féu honor de reis per ço com era cavaller molt humà. E féu-los allí seure i ell llevà's en peus; però la nafra de la cuixa no el comportava estar de peus: féu-se dar davant ells en què segués.[13] E ab gran benignitat i cara molt afable los dix tals paraules.

12. *muiram*: morim.
13. *féu-se dar...*: es féu portar algun seient per a seure davant ells.

[CLXV-CLXXXVIII]

Les tropes cristianes guanyen la batalla naval i Tirant porta els captius a presència de l'Emperador, el qual empresona el Gran Caramany i el rei de la sobirana Índia. Tirant, convalescent a causa de les ferides rebudes és guarit per la Viuda Reposada, que amaga un apassionat desig pel cavaller. Seguidament, arriba una ambaixada del Soldà que proposa una treva de tres mesos, el rescat del Gran Caramany i del rei de la sobirana Índia, i el matrimoni entre el Soldà i Carmesina per acabar amb la guerra. L'Emperador accepta la primera condició, però es reserva la resposta a les altres dues fins que no s'hagi reunit el consell. Tirant manté llargs diàlegs amorosos amb la Princesa, que al seu torn, discuteix amb la seva mare sobre la preeminència d'Ardiment o Saviesa. L'Emperador organitza festes en honor dels ambaixadors turcs. Estefania escriu una lletra a Diafebus on es plany de la tardança d'aquest a retornar al seu costat. Diafebus li contesta amb una altra lletra, d'excusa, i li declara, novament, el seu amor.

Capítol CLXXXIX

Les grans festes que l'Emperador féu fer per amor dels ambaixadors del Soldà

Feta la lletra, la donà a l'escuder que la hi havia portada, dient-li:

—Amic, digues a ta senyora, per lo càrrec gran que d'aquests afers tinc, no és en llibertat mia poder-los lleixar sens manament de superior. Però, passada la festa que el senyor Emperador fa, jo faré mon poder d'ésser-hi. E per mi besar-li has les mans a la qui és en virtuts complida, e aprés a la senyora de qui só.

Aquell pres son comiat e tenc son dret camí[1] envers la ciutat de Contestinoble. Com aquell fon aplegat dins lo palau, trobà en la cambra a Estefania ab la Princesa a grans raons e, com per elles fon vist, aquella a qui tocava lo premi de tal mester llevà's prestament e ab cara molt alegra li dix:

—¿Què és d'aquell qui té la mia pensa subjugada a tota sa voluntat?

E aquell, sens respondre res, anà allà on era la Princesa e besà-li la mà. Aprés girà's envers Estefania e féu lo semblant, e donà-li la lletra que portava. E com aquella la tenc en ses mans, alçà-la envers lo cel en senyal d'oferta. Aprés, llegida la lletra, elles abduis hagueren moltes raons, aquella dolent-se

1. *tenc son dret camí:* emprengué el camí adequat.

com lo Conestable no seria allí en aquelles festes, per ço com l'escuder no descobrí la veritat de la sua ficta e temerosa venguda.

Vengut lo dia de la festa, lo Conestable venc a una llegua de la ciutat, molt secret, e allí s'aturà fins a l'endemà. Estefania en degun cas no volia anar a la festa, puix no hi era lo qui ella amava. E la Princesa la'n pregà molt, dient que, si ella no hi anava, tampoc s'hi iria e totes les festes se destorbarien, en tant, que a Estefania li fon forçat d'anar.

Aprés, les misses dites, ab molt gran cirimònia, anaren al mercat, lo qual trobaren tot cobert, alt e baix, de draps de llana blancs e verds e morats, e per les parets draps de ras ab les figures totes franceses. E tot a l'entorn del dit mercat havia taules meses. E lo tàlem de l'Emperador era molt ric e molt poixant, tot a l'entorn de draps de brocat. E l'Emperador se sigué enmig e los ambaixadors prop d'ell. Alt, al cap de la taula, seia l'Emperadriu ab sa filla. E lo Gran Caramany e lo rei de la sobirana Índia menjaven baix en terra per ço com eren presoners. Les donzelles e totes les dones d'honor seien a la part dreta. E totes quantes dones de la ciutat volien menjar, ho podien bé fer. Estefania seia a cap de taula, e les altres aprés d'ella. Tots los ducs e grans senyors seien a la part sinestra. Havien parat vint-e-quatre tinells tots plens d'or e d'argent. En lo primer tinell foren meses totes les relíquies de la ciutat. En lo segon, tot l'or de les esglésies. Aprés venien deu tinells tots plens de cabassos e paners grans de tot lo tresor de l'Emperador, tots de moneda d'or. E aprés venien les copes d'or; venien aprés tots los plats e salers; aprés, les sues joies; aprés d'açò, l'argent, que era de pitxers e salers daurats. Lo que era blanc, tot anava per les taules. E de tot açò foren plens los vint-e-quatre tinells. La moneda blanca tota estava en conques davall los tinells. En cascun tinell guardaven tres cavallers ab robes de brocat rossegant per terra, e cascú d'aquests ab una verga d'argent en la mà. Gran fon la riquea que aquell jorn l'Emperador mostrà.

Enmig de les taules on menjaven havia reng de júnyer. Aquell dia eren taulegers lo Capità e lo duc de Pera e lo duc de Sinòpoli. Mentres que l'Emperador se dinava, aquells junyien.[2] Primerament ixqué lo duc de Pera. Portava paraments de brocat d'or, tots blaus. Lo duc de Sinòpoli portava los paraments de brocat verd i burell, mitadats. Tirant aportava uns paraments de vellut verd, tots coberts de ducats que penjaven, tan grans que cascun ducat d'aquells valia trenta ducats dels altres,[3] los quals paraments eren de gran estima.

Tirant, un dia, venint a la porta de la cambra de la Princesa trobà a Plaerdemavida, e demanà-li què feia la senyora Princesa. E ella, responent, dix:

—Ai, en beneit! ¿Per què ho voleu vós saber, què fa ma senyora? Si fósseu vengut més prest, en lo llit l'haguéreu trobada. E si vós l'haguésseu vista així com jo, la vostra ànima estiguera en glòria perdurable. E aquella cosa que és amada, quant més se veu més se delita. E per ço jo crec que molt major delit porta lo mirar que no fa lo pensar. Entrau, si voleu, car ja la trobareu vestida ab son brial. Grata's lo cap e pruen-li[4] los talons, puix lo temps s'alegra, e dels nostres desigs alegre judici se demostra. Per semblant nos alegram totes. E per ço us vull raonar del meu esdevenidor desig. ¿Per què no ve ab vós lo meu Hipòlit? Car ab ulls de dolorosa pensa sovint lo veig. Cosa és molt dura de pensar e dolc-me dins mi mateixa per ço

2. Aquest passatge fa referència a una justa, combat incruent entre cavallers (els *taulengers*) que tenia com a finalitat distreure els assistents a la festa. *Reng de júnyer* és un espai clos destinat a la celebració d'un combat.

3. *ducats dels altres*: es tracta d'uns grossos medallons d'or, amb el retrat de l'emperador Justinià (482-565), que valien trenta-sis vegades un ducat corrent.

4. *pruen-li*: li couen.

que en negun bé present se deu per esdevenidor lleixar, ne tampoc pendre mal per esdevenidor bé.

—Donzella —dix Tirant—, jo us prec per gentilea me vullau dir ab tota veritat si la senyora Emperadriu mala sort l'hauria dins portada, o altra persona de què jo m'haja a recelar. E per ço vos deman consell e ajuda, e no és neguna denegar-lo em dega.[5]

—Jo a la senyoria vostra —dix Plaerdemavida— no diria una cosa per altra, car egual seria en los dos lo càrrec: vostra mercé per venir e jo per deixar-vos entrar. E jo bé sé que la Princesa no vol que l'amor que vós li portau sia sens algun mèrit. E per ço com vos conec apetit gran de la cosa desitjada, voldria-us-hi poder ajudar, car qui desitja e no pot lo seu desig complir està en pena. E neguna cosa no és més llaugera de perdre que aquella la qual esperança més avant no permet tornar.

Llavors Tirant entrà dins la cambra e trobà la Princesa que tenia los seus daurats cabells embolicats en la mà. Com ella lo véu, li dix:

—Qui dret vos ha donat que entreu ací? E aquest càrrec no és convinent ni és donat a tu d'entrar en la mia cambra sens llicència mia, car si l'Emperador ho sap, de desllealtat te poran incriminar. Prec-te que te'n vages, car contínuament tremolen los meus pits de recel temerós.

E Tirant no curà de les paraules de la Princesa, sinó que s'acostà envers ella, e pres-la en los braços e besà-la moltes vegades los pits, los ulls e la boca. E les donzelles, com veien que Tirant així jugava ab la senyora, totes estaven a la cominal. Però com ell li posava la mà dejús la falda, totes eren en sa ajuda. E estant en aquests jocs e burles, sentiren que l'Empe-

5. *e no es neguna denegar-lo em dega*: els quals no em podeu denegar.

radriu venia a la cambra de sa filla per veure què feia. E ab los jocs no la sentiren fins que fon a la porta de la cambra.

Prestament Tirant se llançà estés per terra, e llançaren-li roba dessús, e la Princesa segué's damunt ell. Estava's pentinant. E l'Emperadriu segué's al seu costat. No fallí molt no es segués sobre lo cap de Tirant. ¡Sap Déu ab quina temor de vergonya en aquell cas Tirant estava! Ab tal congoixa estigué per bon espai, que parlaren de les festes que es devien fer, fins que venc una donzella ab les hores. Llavors l'Emperadriu se llevà e apartà's al cap de la cambra e pres-se a dir ses hores. La Princesa no es mogué gens d'allí per dubte que l'Emperadriu no el ves. Com la Princesa se fon pentinada, posà la mà davall la roba e pentinava a Tirant, e ell adés adés li besava la mà e li prenia la pinta. E estant en tal congoixa, totes les donzelles se posaren davant l'Emperadriu, e llavors, sens fer molta remor, Tirant se llevà e anà-se'n ab la pinta que la Princesa li donà.

Com fon fora de la cambra, pensant que ja fos en lloc segur, que per negú no seria vist, véu venir a l'Emperador ab un cambrer, que venien dretament a la cambra de la Princesa. Com Tirant los véu venir, no les tingué totes. Veent-los venir per una gran sala, Tirant, no havent altre remei, tornà-se'n cuitat a la cambra de la Princesa, e dix-li:

—Senyora, ¿quin remei dareu en ma persona, que l'Emperador ve?

—Ai trista! —dix la Princesa—. Eixim d'un mal e donam en altre pitjor. Jo bé us ho deia, car vós veniu tostemps a hores indispostes.

Prestament féu posar a les donzelles davant l'Emperadriu i ell, ab suaus passos, lo posaren dins una altra cambra. E posaren-li molts matalafs dessús, per ço que si l'Emperador hi entràs, així com feia moltes voltes, que no el ves.

Com l'Emperador fon en la cambra, trobà a sa filla que es volia lligar.[6] Estigué allí fins que fon lligada, e l'Emperadriu hagué dites ses hores, e les donzelles se foren totes abillades. L'Emperadriu se posà primera e totes les altres la seguiren. Com foren a la porta de la cambra, la Princesa demanà los seus guants, e dix:

—Jo els he estotjats en lloc que neguna de vosaltres no ho sap.

Ella tornà entrar dins la cambra on Tirant era, e féu-li llevar la roba que damunt tenia. E ell donà un gran salt e pres la Princesa en los braços, e portava-la ballant per la cambra e besant-la moltes vegades. E dix-li:

—Oh, quanta bellea! Ab tanta perfecció jamés viu en donzella del món. La majestat vostra passa totes quantes són de saber e gran discreció, car, certament, ara no tinc admiració si lo moro Soldà vos desitja tenir en sos braços.

—A tu engana lo parer[7] —dix la Princesa—, car jo no só tan alta en perfecció com tu dius, sinó que bona voluntat t'ho fa dir, car la cosa, quant més se ama, més se desitja amar. Per bé que sia vestida d'un negre vestiment, sots honest vel só lligada, e aquella flama que als teus ulls de mi resplandeix és amor, car per la vista lo virtuós se contenta. E per ço jo et faré dar glòria, honor e fama. E si açò no et basta e no en seràs content, tu seràs fet home sens record, e més cruel que l'emperador Neró.[8] Besa'm e lleixa'm anar, car l'Emperador m'està esperant.

Tirant no hi pogué satisfer, sinó que les donzelles li tenien

6. *lligar:* pentinar.

7. *A tu engana lo parer*: A tu, t'enganyen les aparences.

8. *Neró:* emperador romà (37-68), famós per la seva crueltat i despotisme. En ocasió d'una reforma urbanística, féu cremar una part de Roma i contemplà la seva destrucció des d'una torre, cantant l'incendi de Troia. I, per calmar la ira popular, atribuí l'incendi als cristians.

les mans, per les burles e jocs que li feia, perquè no la deslligàs. E com véu que se n'anava e ab les mans no la podia tocar, allargà la cama, e posà-la-hi davall les faldes, e ab la sabata tocà-li en lo lloc vedat, e la sua cama posà dins les sues cuixes. Llavors la Princesa, corrent ixqué de la cambra e anà on era l'Emperador. E la Viuda Reposada tragué a Tirant per la porta de l'hort.

Com Tirant fon en sa posada, descalçà's les calces e sabates. E aquella calça e sabata ab què havia tocat a la Princesa davall les faldes, féu-la molt ricament brodar. E fon estimat lo que hi posà, ço és, perles, robins e diamants, passats vint-e-cinc mília ducats.

E lo dia del reng se calçà la calça e la sabata. E tots quants hi havia que veien semblant cosa, estaven admirats de la gran singularitat de les pedres fines que hi havia, ne tan rica sabata de cuiro no era estada vista. E en aquella cama no portava arnés negú, sinó en la sinestra; e paria estar molt bé. Per cimera portava, damunt l'elmet, quatre pilars d'or, lo Sant Greal[9] fet a manera d'aquell que Galeàs,[10] lo bon cavaller, conquistà. Sobre lo Sant Greal estava la pinta que la Princesa li havia dada, ab un mot que hi havia e, qui llegir ho sabia, deia: *No ha virtut que en ella no sia.* E així ixqué aquell dia.

Enmig del reng havia un gran cadafal tot cobert de draps de brocat. E enmig estava una gran cadira molt ricament guarnida e per mig tenia un pern, que la cadira se podia voltar entorn. E alt seia la sàvia Sibil·la,[11] molt ricament abillada, que mostra-

9. *Sant Greal:* nom donat en certs textos medievals al calze usat per Jesucrist al Sant Sopar. La llegenda és producte de la fusió de l'evangeli apòcrif de Nicodem, la història de Josep d'Arimatea i una sèrie de relats cèltics.

10. *Galeàs*: es tracta de Galaad, fill de Lancelot, que va ser el cavaller que descobrí el Sant Graal.

11. *Sibil·la:* nom que des de l'antiguitat clàssica s'associa a qualsevol sacerdotessa que pot comunicar el futur. A l'època medieval, es convertí en una profetessa del naixement de Jesucrist.

va en si gran magnificència. E contínuament a totes parts se vogia. E baix, al peu de la cadira, seien totes les deesses ab les cares cobertes,[12] per ço que en lo passat temps deien los gentils que eren cossos celestials. Entorn de les deesses seien totes les dones qui bé havien amat, així com fon la reina Ginebra, qui a Lançalot amà; la reina Isolda a Tristany; e la reina Penèlope, qui a Ulixes amà; e Elena a Paris; Briseida a Aquil·les; Medea a Jason; la reina Dido a Eneas; Deiamira a Hèrcules; Adriana a Teseu; e la reina Fedra, qui requerí a Hipòlit, son fillastre.[13] E moltes altres n'hi havia —que seria fatiga de nomenar-les—, que en la fi de llurs amors foren decebudes per los enamorats, així com féu Jason, qui decebé i destroí la gentil persona de Medea,[14] e així com féu Teseu a Adriana: tragué-la de la casa del rei son pare e, portant-la per la mar, deixà-la en una illa deserta e allí finà sa dolorosa vida.[15] E de tals com aquestes que dit vos

12. *totes les deesses ab les cares cobertes*: personatges femenins amb caretes que representaven divinitats teològiques.

13. Es tracta de parelles cèlebres d'amants procedents, les dues primeres, de la literatura medieval, i de la literatura clàssica, concretament de les *Heroides* d'Ovidi, la resta. La característica comuna a totes elles és la decepció que experimenten les dones cap als seus enamorats. Sobre Ginebra i Lancelot, Tristany i Isolda, i Dido i Eneas, vegi's la nota 3 del capítol CXVIII. Pel que fa a la resta de parelles, Fedra s'enamorà d'Hipòlit, el seu fillastre, que la rebutjà; el seu marit, Teseu, coneixedor del conflicte, desitjà l'infortuni del seu fill, que morí, fet que provocà el suïcidi de Fedra. Penèlope va haver d'esperar durant vint anys el retorn del seu marit, Ulisses, de la guerra de Troia, acorralada per uns pretendents. Paris, gràcies a l'ajut d'Afrodita, que li prometé la possessió de la dona més bella del món, raptà Helena, la qual cosa motivà la guerra de Troia. Briseida era l'esclava que promogué la baralla entre Aquil·les i Agamèmnon i provocà que el primer no tornés al combat fins que el seu amic Patrocle va ser mort en batalla. Finalment, Deianira va ser la causant de la mort d'Hèrcules, el seu marit, en oferir-li una túnica emmetzinada quan creia que aquesta tenia propietats beneficioses.

14. Medea havia ajudat Jàson i els seus companys, els argonautes, a aconseguir el velló d'or, a canvi d'una promesa de matrimoni. Jàson la incomplí en consentir a casar-se amb Creüsa, filla del rei Creont. Medea es venjà assassinant la núvia i els fills que havia tingut de la seva relació amb Jàson.

15. Ariadna ajudà Teseu a matar el Minotaure donant-li un cabdell de fil per poder sortir del laberint on es trobava. Una vegada realitzada la tasca, Ariadna fugí amb Teseu cap Atenes per escapar de la ira de Minos, el seu pare. A l'illa de Naxos, Teseu l'abandonà quan es trobava adormida vora la mar.

he, n'hi havia moltes. E cascuna tenia uns assots en la mà. E lo cavaller qui fos derrocat de dret encontre e mès per terra, portaven-lo al cadafal, e la sàvia Sibil·la donava-li sentència de mort, dient puix havia defraudat amor e tot son poder. Les altres dones e deesses agenollaven-se davant la Sibil·la e recaptaven-li gràcia que no morís, mas que la sentència fos mudada en assots, ella atorgant als precs de tantes senyores. Desarmaven lo cavaller davant tothom e aprés daven-li de grans assots. E així el feien davallar del cadafal en terra, en tal manera. Cascú qui per terra era mès, havia semblant guardó.[16]

Los taulegers ixqueren al reng ans del dia e no deixaven júnyer a negú qui no portàs paraments de seda o de brocat o de xaperia.

Com l'Emperador manà fer aquestes festes e lo Conestable ho sabé, posà's molt singularment en orde. E estant l'Emperador en lo millor de son menjar, entrà per la gran plaça lo Conestable en la forma que diré. Ell portava los paraments de dos colors: l'una part era de brocat sobre brocat carmesí, l'altra mitat era de domàs morat. E lo domàs era brodat de garbes de dacsa, e totes les espigues eren de grosses perles brodades, e les canyes eren totes d'or. Aquests paraments eren molt vistosos e molt rics. L'elm portava cobert d'aquell drap mateix e, sobre l'elm, portava un capell de feltre tot brodat de moltes perles e d'or fi que hi havia. Ab espasa cenyida, bé mostrava venir de camí. Portava trenta gentilshòmens en sa companyia, tots ab mantos de carmesí. Los uns eren de marts gebelins forrats e los altres d'erminis. E deu cavallers que ab ell venien, tots ab robes de brocat. E tots anaven ab les cares cobertes ab capirons de cavalcar. E per aquest orde mateix anaven sis

16. Els models literaris marcaran les regles dels combats, dins d'unes formes que mostres refinament, sumptuositat i bon gust. Es desdibuixen, per tant, les fronteres que separen la realitat i la ficció.

trompetes que portava. E davant lo Conestable anava una donzella ricament abillada ab una cadena d'argent, que la un cap portava en la mà, e l'altre estava lligat al coll del Gran Conestable. E més, portava dotze atzembles, totes ab les albardes cobertes de carmesí, e les cingles totes de parxes de seda. L'una atzembla portava lo seu llit, l'altra portava una llança grossa, de brocat coberta e d'aquestes llances ne portava sis, e cascuna llança anava en sa atzembla. En tal forma entrà, ab totes les dotze atzembles, que cascuna portava de la sua roba, e féu la volta per lo reng. Com fon davant l'Emperador, féu-li molt gran reverència. E passà per tots los estats, e cascun estat ell saludà. Com l'Emperador véu que tots venien ab les cares cobertes, tramés a demanar qui era lo cavaller qui tan pompós venia. E als qui fon demanat, respòs així com los era estat manat:

—Aquest és un cavaller de ventura.[17]

E no en pogueren més saber.

Dix l'Emperador:

—Puix no es vol nomenar, ell mostra ésser bé presoner com ab cadena lo porta donzella. Ell certament deu ésser presoner d'amor. Vés e torna-hi, e demana a la donzella quina amor l'ha així apresonat. E si no et vol dir son nom, ell porta un escrit en l'escut: veges si és allí son nom.

Lo cambrer de l'Emperador anà cuitat e féu son manament. La donzella li respòs:

—Lo dan e la presó d'aquest cavaller ha fet donzella verge. E consentint a la voluntat sua, l'ha subjugat en la forma que veeu.

E més no li dix. E aquell tornà la resposta, e l'Emperador dix:

17. *cavaller de ventura:* cavaller que busca l'aventura i que es presentava, sovint d'incògnit, a competir en un torneig, justa o pas d'armes.

—Obra és de cavallers que moltes voltes amen e no són amats. E cascú és desitjós d'ésser en la primera edat, per bé que de mi tot repòs s'és apartat e quasi no me'n record sinó de la temerosa vida. Digues, ¿has llest en aquell escut, qui no és romput ni menys temut?

—Senyor —respòs lo cambrer—, jo l'he ben llest una e moltes voltes, i és escrit en llengua espanyola, o en francés, e diu:

Malhaja amor qui la em féu abellir,
si no li fas de mes dolors sentir.

En açò lo Conestable era ja al cap del reng ab la llança en la cuixa, e demanà ab qui junyia. Fon-li dit que ab lo duc de Sinòpoli.

La u anà devers l'altre, e feren de bells encontres. La cinquena carrera lo Gran Conestable l'encontrà tan bravament que de la sella lo féu sortir. E d'allí lo portaren al cadafal de la sàvia Sibil·la. E prestament fon desarmat e molt bé assotat per les dones qui eren estades desconegudes d'amor per los falsos enamorats.

Com tota la cirimònia fon feta, tornà a júnyer ab lo duc de Pera. E com foren a la deena carrera, lo Conestable l'encontrà enmig de la visera, i tragué'l de seny,[18] e a ell e al cavall mès per terra.

—¿Quin home és aquest —dix Tirant— de mala ventura que així ha derrocats mos singulars amics?

Féu-se posar prestament l'elm al cap e pujà a cavall e posà's al cap del reng ab una grossa llança que demanà. E en aquell espai que ell se posà a punt, portaren lo Duc, com fon tornat en son record, al cadafal de la sàvia Sibil·la, e feren d'ell com havien fet de l'altre. Lo Conestable dix que no volia més jú-

18. *tragué'l de seny*: féu perdre el sentit

nyer, per ço com sabé que Tirant era al cap del reng. E los jutges digueren que forçadament tenia de complir les dotze carreres així com era estat ordenat. Les dames e tots los del mercat reien molt com aquell cavaller no conegut així havia derrocats los dos ducs.

Dix l'Emperador:

—Esperau un poc, que poca meravella serà si no derroca lo Capità nostre.

—No farà —dix la Princesa—, que la Trinitat Santa lo guardarà de tal inconvenient. E si d'ell trau lo cabal, bé li poran dir cavaller de bona ventura.

Respòs l'Emperador:

—Per mon Déu, jo no ho he vist, en mon temps, en deu carreres derrocar dos ducs, ni venir així bé en orde com aquest cavaller ha fet. E, a més, estime les atzembles, com les albardes són dins e de fora cobertes de seda, e les cobreatzembles de brocat. Açò no pertany a cavaller qui del meu Imperi sia, sinó a rei o fill d'aquell. E per ço desig saber d'on és, car dubte em fa que no se'n vaja per no córrer malvolença ab aquells qui ha mesos per terra.

E manà a dos donzelles d'inestimable bellea e molt ben abillades que, de part de la Princesa, anassen al cavaller e que el pregassen de part sua que lo seu nom volgués dir, perquè era molt desitjat.

Respòs lo Conestable:

—Si algun càrrec ne reporte, pense la majestat sua que les coses de gran estima no ab poc càrrec se lleixen atényer. Mas perquè no pareguen vanes les mies paraules: jo só de l'Últim Ponent,[19] podeu dir a la senyora Princesa.

Ab aquesta resposta les donzelles se'n tornaren e feren llur

19. *Últim Ponent*: la part més occidental d'Europa, és a dir, la Bretanya, pàtria de Diafebus.

relació. Al Conestable fon forçat de júnyer ab Tirant. La u anà devers l'altre, e lo Conestable posà's la llança en lo rest e portà-la tostemps alta. Com Tirant lo véu així venir, alçà la sua llança e no el volgué encontrar. E Tirant ab molta malenconia dix per què l'altre li guardava cortesia, si ho feia perquè era Capità, que no ho fes gens per tal raó, sinó que junyís e fes tot lo que pogués fer, que gens per cortesia no se n'estigués.

E l'heraut qui semblants paraules li reportà, les dix ab gran ultratge. Lo Conestable responent dix:

—Digau a aquell qui us tramet a mi: lo que jo he fet és per cortesia, mas que tinga bé esment a si mateix, car així com he fet dels altres, altre tal faré d'ell.

E demanà la més grossa llança que tenia. Com fon prop de l'encontre alçà també la llança. E Tirant, ab molta desesperació, llançà la sua llança en terra per ço com no s'era pogut venjar de la injúria dels ducs. Prestament prengueren de les regnes del cavall del Conestable los que l'Emperador ho havia manat perquè no se n'anàs. E allí vengueren los jutges e ab molta d'honor lo portaren al cadafal de la Sibil·la e aquí li llevaren l'elm del cap. Totes aquelles deesses lo reberen ab alegria inestimable, fent-li la més honor que els era possible.

Com saberen que aquell era lo Gran Conestable, assigueren-lo en la cadira on seia la sàvia Sibil·la. I ella ab totes les altres lo serviren de col·lació e de viandes e de totes les coses necessàries. L'una lo pentinava, l'altra li torcava la suor de la cara, cascuna d'aquestes lo servia en lo que podia.

E així com feren d'aquest, feren de tots los altres qui a cavaller derrocava. E havia d'estar en la dita cadira fins a tant que venia altre cavaller qui millor ho fes que aquell qui en la cadira seia.

Com l'Emperador sabé que aquell era lo Conestable, pres molta consolació en si, e l'Emperadriu e totes les dames que allí eren. Com Estefania véu la murmuració de la gent, e tingué natural notícia que aquell era lo Conestable, tan gran fon lo delit d'amor que pres en la sua vista que lo cor li defallí e perdé tot lo record. Los metges, que allí prop de l'Emperador estaven, donaren prestament remei a son mal. E per ço dix bé Aristòtil que així ve gran dan a les donzelles per molta amor com per molta dolor.

Aprés demanà l'Emperador a Estefania de què li era vengut aquell mal e, responent, dix:

—Per ço com portava la gonella massa estreta.

Lo Conestable estigué tot aquell dia asseit en la cadira, que no s'hi trobà negú qui llançar-lo en pogués. Com la nit fon venguda junyien ab moltes antorxes. Aprés dues hores de la nit —e tots havien sopat— vengueren les danses e momos[20] e diverses maneres d'entramesos,[21] que molt ennoblien la festa. Açò durà tres hores. Passada mitja nit, l'Emperador e tota la gent se n'anava a dormir. L'Emperador, perquè no hagués a tornar al palau, havia feta en lo mercat aparellar una bella posada on se mès ab totes les sues dames, que poguessen bé festejar de dia e de nit.

E duraren aquestes festes uit dies. L'endemà molts cavallers treballaren per llançar de la cadira al Gran Conestable. Vengué al reng un cavaller, parent de l'Emperador, qui es nomenava lo Gran Noble, lo qual venia molt bé en orde, e portava en les anques del cavall una donzella de peus, e tenia-li los braços damunt los muscles, e lo cap seu pujava tot sobre l'elm, que tota la cara mostrava. E portava un escrit en l'escut ab lletres d'or qui deien:

Enamorats, mirau-la bé,
que en lo restant millor no hi sé.

20. *momos*: representacions dramàtiques breus, de caràcter còmic, amb personatges generalment caracteritzats de manera grotesca.

21. La principal diferència entre els entremesos i els momos consisteix en el fet que els primers tenen un aparat escènic més complicat que els segons.

Era vengut un altre cavaller, primer d'aquest, qui portava altra donzella així com Sant Cristòfol porta en lo muscle a Jesucrist; així portava la donzella aquell cavaller.[22] E portava en los paraments e en lo cap del cavall un escrit qui deia, per ço com sa enamorada havia nom Lionor:

Enamorats, feu-li honor,[23]
puix de totes és la millor.

Tirant junyí ab lo Gran Noble, e donaren-se molts encontres. E a la fi fon quasi mortal l'encontre, que Tirant l'encontrà en lo revol de l'escut, e rompé lo maniple e rebaté en l'elm, e féu-lo caure per les anques del cavall. E així, com era gran e pesat, al caure que féu donà tan gran colp de costat que dues costelles se trencà dins lo cos. E ell encontrà a Tirant un poc dessús les cordes de l'escut, e la llança que portava era tan grossa que no es pogué rompre. E tan gran fon l'encontre que los dos se donaren que lo cavall de Tirant anà atràs tres passos e donà dels genolls en terra. Com Tirant lo sentí caure, tragué los peus dels estreps, e fon-li forçat de posar la mà dreta en terra. Ajudaren-li, sens que no caigués lo cos tot en terra, e lo cavall de continent esclatà allí. Al Gran Noble fon forçat, ab tot son mal, fos portat al cadafal de la sàvia Sibil·la, e allí fon batut, no tant com hagueren fet, per esguard de les costelles rompudes. E a Tirant, per tant com era caigut ab lo cavall —e li era mort—, e havia tocat ab la mà en terra, los jutges jutjaren, per no ésser caigut tot lo cos en terra, sinó la mà, que

22. Sant Cristòfol portà l'infant Jesús a les espatlles per ajudar-lo a travessar un riu. Gràcies a aquest esdeveniment, va convertir-se en el patró dels viatgers i vianants. La devoció cap a aquest sant assolí un gran relleu a l'època com ho proven els entremesos i les consuetes que hi fan referència, i, especialment, el *Misteri de Sant Cristòfol*, que tenia lloc durant la processó valenciana del Corpus.

23. Joc de paraules entre *Lionor* i feu-*li honor*.

junyís d'aquí avant sens paraments, e no portàs en les juntes esperó dret, ni en la mà manyopa.

Havent vist Tirant que per falta del seu cavall era estat envergonyit, féu vot en tota sa vida no junyir pus, si ja no hi junyia rei o fill de rei.

Aprés, lo Conestable avallà de la cadira on estava, e posaren-n'hi un altre en lloc seu. E lo Conestable fon tauleger en lloc de Tirant. E en tots los uit dies que duraren les festes, tan nobles foren lo darrer dia com lo primer, e ab tan gran abundància de totes coses, així d'aventures com d'entramesos e singulars viandes, com de totes altres coses.

L'endemà que Tirant se fon lleixat de junyir, ixqué vestit d'un manto d'orfebreria brodat sobre vellut negre, d'un arbre qui es nomena seques amors, qui fa un petit fruit blanc que se'n fan paternostres, ab aquelles calces que havia junt, l'una brodada e l'altra no, e per lo semblant la sabata qui havia tocat la cosa que ell més desitjava.

E ans que ixqués de la sua posada féu emparamentar lo millor cavall que ell tenia e, ab aquells paraments que ell havia junt, l'arnés, la cimera, e tot quant en les juntes ell portava, ho tramès tot al Gran Noble. E aquell li'n féu gràcies infinides. Fon estimat que valia passats quaranta mília ducats.

Tirant cascun dia era en la cort parlant e solaçant ab tots e ab l'Emperador, e molt més ab les dames. E cascun dia se mudava de robes, mas no les calces. Un dia la Princesa li dix:

—Digau, Tirant, sí Déu vos done honor —en manera de burla—. Aquesta gala que vós usau de portar l'una calça brodada e l'altra no, ¿usa's en França o en quina part?

I era lo dia que eren complides les festes. E lo novén dia, que anaven a la ciutat de Pera, en lo camí la Princesa lo hi dix, present Estefania e la Viuda Reposada. Respòs Tirant:

—E com, senyora! ¿No sap la majestat vostra aquesta gala

quina és? ¿La celsitud vostra no és en record d'aquell dia que vengué l'Emperadriu, e jo estava amagat e cobert ab la roba de les vostres donzelles, i l'Emperadriu fallí poc que no s'assigués sobre lo meu cap? Aprés vingué vostre pare i en lo petit retret amagàs-me entre los matalafs. E aprés que se'n foren anats, jugant ab vostra altesa, puix les mies mans bastar no hi pogueren, la cama ab lo peu hi hagueren a suplir, e la mia cama entrà entre les vostres cuixes, e lo meu peu tocà un poc més avant, lla on la mia amor desitja atènyer felicitat complida, si en aquest món atènyer-se pot. Mas jo crec que los pecats meus no em consentiran que jo puga tanta glòria atènyer.

—Ai, Tirant! —dix la Princesa—. ¡Bé só en record de tot lo que m'has dit, que senyal ne tinc en la persona mia d'aqueixa jornada! Però temps vendrà, que, així com ara t'has brodada l'una cama, que les dues te poràs brodar. E les poràs posar a ta llibertat lla on desiges.

Com Tirant li oí dir semblants paraules, de tanta amor acompanyades, prestament fon descavalcat en excusa que los guants li eren caiguts, e besà-li la cama sobre la gonella. E dix:

—Lla on és atorgada la gràcia deu ésser besada e acceptada.

Aplegats que foren dins la ciutat de Pera, així com se volien armar, veren venir nou galeres que eren ja molt prop. L'Emperador manà que no fessen lo torneig fins haguessen sabut quines galeres eren les que venien. No passà quasi una hora que elles aplegaren ab molta alegria. L'Emperador pres molt gran plaer com sabé que eren de francesos. Lo capità d'ells era cosín germà de Tirant, e era estat patge del rei de França, e havia'l fet vescomte de Branches.[24] Ell, veent que son oncle, lo pare de Ti-

24. *vescomte de Branches*: el nom d'aquest personatge ve suggerit pel del cavaller portuguès Joao de Almada, vescomte d'Abranches, que durant la Guerra Civil Catalana (1462-1472), lluità contra Joan II. I, a més, es relacionà amb Ferran de Portugal, a qui va dedicada la novel·la.

rant, era desitjós de veure son fill per lo gran temps era passat que no l'havia vist, sabent com Tirant tenia feta molt gran empresa de guerra molt justa contra infels, e havia vençudes moltes batalles, e continuava la guerra, lo Vescomte, per les grans pregàries de la mare de Tirant, e per voler exercir lo gentil estil de les armes, emprengué, ab altres cavallers e gentilshòmens, de venir en ajuda de son cosín germà ab cinc mília francs arquers,[25] los quals li donà lo rei de França, sabent les grandíssimes cavalleries que havia fetes Tirant en defensió de l'Emperador de Contestinoble. E cascun franc arquer d'aquests portava escuder e patge. Llavors lo féu lo rei de França vescomte de Branches per aquella empresa, e li donà moltes terres, e li pagà lo sou per sis mesos. E li donà totes les galeres armades e avituallades de tot lo que mester hagué. E passà per Sicília e, conegut per lo Rei, féu-li molta honor e li donà molts cavalls.

Com Tirant fon certificat[26] aquest ésser mossén d'Amer,[27] cosín germà seu, prestament se posà en una fusta. E ell e lo Conestable, ab molts altres cavallers, entraren dins les galeres. Grandíssima fon la festa que ells se feren. Aprés, tots ensems ixqueren en terra e anaren a fer reverència a l'Emperador, qui pres molt gran consolació en la sua venguda. E pres molt més plaer l'Emperador com los ambaixadors no eren partits. Aprés anaren a fer reverència a les dames, e totes s'esforçaren de ferlos molta honor per contemplació de Tirant. L'Emperador porrogà lo torneig per a l'endemà.

Vengut lo dia següent, per lo matí tots s'armaren. E l'Emperador pregà molt a Tirant volgués entrar en lo torneig ab los altres, per ço com sens venir contra sa promesa[28] ho podia bé

25. *francs arquers*: milícia d'infanteria instituïda pel rei Carles VII l'any 1448.

26. *fon certificat*: tingué la certesa.

27. *mossén d'Amer*: nom del vescomte de Branches. Amer és una vila de la comarca de la Selva.

28. Es tracta, ara, d'un *torneig* (combat entre dos grups de cavallers) i no d'unes *justes* o *juntes* (combats individuals d'un cavaller contra un altre).

fer. E Tirant fon content d'obeir lo manament de l'Emperador, per ço com no eren juntes. E ixqué aquell dia molt pompós.

Lo vescomte de Branches pregà a Tirant que li volgués prestar un cavall, que també volia entrar en lo torneig. L'Emperador e totes les dames li digueren que no ho fes per ço com venia fatigat de la mar. E ell, ab belles paraules se defés,[29] que no estaria per cosa en lo món d'entrar-hi, per quant los treballs de la mar li eren a ell delit e no fatiga. Tirant, qui véu la sua voluntat, tramés-li deu cavalls, los millors que ell tenia; l'Emperador li'n tramés quinze molt bells; l'Emperadriu, altres quinze; la Princesa li'n donà deu, açò per manament de son pare; lo Conestable li'n donà set molt bells. Los ducs e los comtes li'n trameteren molts, que en aquell dia ell tengué en la sua posada uitanta-tres cavalls dels bons de tota la ciutat. Ixqué ab uns paraments que lo rei de França li havia dats, tots brodats de lleons ab grossos sancerros d'or que al coll portaven; e les lleones estaven gitades, e los poquets fills portaven campanetes d'argent. E com lo cavall se movia, era un plaent so d'oir que los sancerros feien.

Ixqueren en lo camp uit-cents cavallers d'esperons daurats, e no consentiren negú hi entràs si no havia rebut la honor de cavalleria, e no portàs paraments de seda o de brocat o xaperia. E molts se feren cavallers aquell dia per ésser en aquelles armes.

E lo Vescomte, que no era cavaller, sabent tal ordinació, per no venir contra lo que era ordenat per l'Emperador, com tots foren dins un gran camp, descavalcà e pujà alt al cadafal de l'Emperadriu, e suplicà-la fos de sa mercé li volgués donar la honor de cavalleria.

29. *defés*: replicà.

Respòs la Princesa:

—E com?, ¿no seria més justa cosa que el senyor Emperador vos fes cavaller de la sua pròpia mà?

—Senyora —dix lo Vescomte—, jo tinc en vot de no rebre honor de cavalleria de mà d'home negú, per ço com jo só fill de dona e ame dona, e per amor de dona só vengut ací i en dona he trobada molta honor. Raó és, doncs, que dona me faça cavaller.

L'Emperadriu ho tramés a dir a l'Emperador, e ell vingué allí ab los ambaixadors, e dix a l'Emperadriu que li donàs l'orde de cavalleria, e així fon fet. La Princesa féu portar una espasa molt bella, e cenyí-la-hi, que l'Emperador son pare tenia, ab lo pom e tota la guarnició d'or. E l'Emperador féu portar uns esperons tots d'or e, en cascuna roda d'esperó, havia engastat un diamà o robí, balaix o safir. E donà'ls a les filles dels ducs que els hi calçassen, però l'Emperador no consentí que li'n calçassen sinó l'u, car lo qui vol que sia fet cavaller de mà de dona no pot portar sinó mig or e mig argent, un esperó daurat e altre blanc. E així ho feren d'aquest. L'espasa pot portar tota daurada, mas roba brodada ni calces ni paraments no ho pot ni deu portar sinó la mitat blanc. E l'altra d'or. Lo costum és, com aquella senyora l'ha fet cavaller, lo besa, e així ho féu l'Emperadriu.

Lo Vescomte se partí del cadafal e entrà dins lo camp. Lo duc de Pera era capità de la mitat de la gent, e Tirant de l'altra mitat. E per ço que fossen coneguts portaven al cap banderetes: los uns les portaven verdes, los altres blanques. Tirant féu entrar dins lo camp, on s'havien a combatre deu cavallers e lo Duc altres deu. E començaren-se a combatre molt bé. Aprés n'hi entraren vint, aprés trenta; de poc en poc se començaren a mesclar. E cascú feia son poder de menar les mans lo millor que podia. E Tirant mirava la sua gent. Com véu que la sua gent anava a mal, ell ferí ab la llança en la pressa de la gent,[30] e encontrà un cavaller tan bravament que li passà la llança de l'altra part. Aprés tirà l'espasa e donà de grans colps a totes parts, en forma tal que paria que fos un lleó famejant, que tots los miradors admirats estaven de la sua desmesurada força e gran ànimo que en aquell cas Tirant mostrava.

L'Emperador mostrava tenir gran contentació de veure un tan singular fet d'armes com aquell era. Com hagué prop de tres hores durat, l'Emperador, del cadafal davallat, pujà a cavall, e posà's en la pressa de la gent per departir-los, per ço com havia vist que s'hi mesclava fellonia, e n'hi hagué molts de nafrats.

Aprés que tots los cavallers desarmats foren, anaren al palau e allí parlaven de semblant fet d'armes així singular, que deien los estrangers jamés haver vista tan bella gent, així ben abillats de cavalls emparamentats ni d'armes. E fon tenguda per festa de gran singularitat. L'Emperador s'assigué a taula e féu que tots los cavallers qui armes havien fetes s'aturassen allí a menjar.

Com foren a la fi del dinar, digueren a l'Emperador com una nau era arribada al port sens arbre ne vela, tota coberta de negre.[31] E tal nova recitant, per la gran sala entraren quatre donzelles d'inestimable bellea, encara que de dol anassen vestides. Los llurs noms eren admirables: l'una lo seu nom era Honor, e lo seu gest ho devisava; la segona, Castedat se nomenava per los cavallers e dames qui d'amar sabien; la tercera, per ço com en flum Jordà era estada batejada, era nomenada Esperança; la quarta, per heretatge li venia d'ésser nomenada Bellea. E plegades davant l'Emperador, li feren molt gran reverència. E perquè Esperança era lo cap d'elles, féu principi a paraules de semblant estil.

30. *la pressa de la gent*: la multitud dels combatents.

31. Es tracta de la nau de Morgana, que està buscant el seu germà, el rei Artús. Un exemple més del transvassament entre vida i literatura que hem anat trobant al llarg de tot aquest capítol.

[CXC-CCXXX]

Amb la nau coberta de negre, arriba Morgana, que busca el seu germà, el rei Artús, que es troba a la cort grega. Es tracta d'un entremès on l'actor que interpreta el paper del rei anglès realitza un llarg discurs sobre les virtuts de la cavalleria. A causa d'una broma de l'Emperadriu a Tirant, aquest i els seus companys realitzen una sèrie de vots cavallerescos. En acabar-se les festes, l'Emperador comunica als ambaixadors la seva negativa al casament del Soldà amb la princesa Carmesina i al rescat dels presoners.

La Viuda Reposada, que s'ha enamorat de Tirant, intenta separar els dos enamorats: així, fa creure a Carmesina que Tirant no l'estima, que la difama i que només desitja les riqueses de l'Imperi. La Princesa es creu l'engany i mostra el seu desdeny per l'heroi, que resta profundament desolat. Tirant demana a l'Emperador la mà d'Estefania per a Diafebus. Les noces se celebren i la parella rep el Ducat de Macedònia. Estefania, amb l'ajut de Plaerdemavida, tracta d'afavorir els amors entre Tirant i Carmesina. Plaerdemavida convenç Tirant de deixar-se introduir, d'amagat, a la cambra de la Princesa, amb aquestes paraules:

Capítol CCXXXI

Com Plaerdemavida posà a Tirant en lo llit de la Princesa

—L'esperança que tinc del vostre propi delit m'obliga en servir-vos, encara que conega que passe los límits la granea de ma culpa. Emperò augmenta en mi l'ús de raó, coneixent sou mereixedor de tal premi. E perquè conegau ma benvolença, quant és lo desig que tinc de servir e honrar la senyoria vostra, en l'hora que l'Emperador volrà sopar, vostra mercé trobar-se deixe,[1] lleixant a part los forts pensaments, car jo us promet de posar-vos en lo retret de ma senyora. I en la reposada nit pervenen los solaços a les persones enamorades, ab doble poder combatent a la sol·licitud tenebrosa,[2] on augmentarà vostre delit.

E estant en aquestes raons, l'Emperador, qui sabé que Tirant era a la cambra de la Duquessa, tramés per ell e torbaren-lo de ses raons.

Com Tirant fon ab l'Emperador en lo consell, parlaren molt de la guerra e de les coses necessàries en aquella. E ja en aquella hora tots anaven vestits del que es pertanyia a guerra.

Com fon nit escura, Tirant vingué a la cambra de la Duquessa e, com l'Emperador sopava ab les dames, Plaerdemavida entrà per la cambra molt alegre e pres a Tirant per la mà e

1. *trobar-se deixe:* deixar-se trobar.
2. *sol·licitud tenebrosa:* sol·licitud nocturna.

portà'l-se'n, lo qual anava vestit ab gipó de setí carmesí, ab manto abrigat e ab una espasa en la mà. E Plaerdemavida lo posà dins lo retret. E havia-hi una gran caixa ab un forat que hi havien fet perquè pogués alendar. Lo bany que allí tenien aparellat estava davant la caixa.

Aprés que hagueren sopat, les dames dansaren ab los galants cavallers. E com veren que Tirant no hi era lleixaren-se de dansar, e l'Emperador se retragué en la sua cambra, e les donzelles se n'anaren e deixaren a la Princesa dins en lo seu retret, en aquell on Tirant estava, sola ab aquelles qui la tenien de servir. Plaerdemavida, en excusa de traure un drap de lli prim per al bany, obrí la caixa e deixà-la un poc oberta e posà roba dessús perquè neguna de les altres no ho vessen. La Princesa se començà a despullar, e Plaerdemavida li parà lo siti[3] que venia en dret que Tirant la podia molt ben veure. E com ella fon tota nua, Plaerdemavida pres una candela encesa. Per fer plaer a Tirant, mirava-li tota la sua persona e tot quant havia filat,[4] e deia-li:

—A la fe, senyora, si Tirant fos ací, si us tocava ab les sues mans així com jo faç, jo pens que ell ho estimaria més que si el faïen senyor del realme de França.

—No cregues tu això —dix la Princesa—, que més estimaria ell ésser rei que no tocar-me així com tu fas.

—Oh, Tirant, senyor! E on sou vós ara? ¿Com no sou ací prop perquè poguésseu veure e tocar la cosa que més amau en aquest món ni en l'altre? Mira, senyor Tirant. Vet ací los cabells de la senyora Princesa: jo els bese en nom de tu, qui est dels cavallers del món lo millor. Vet ací los ulls, e la boca jo la bese per tu. Vet ací les sues cristal·lines mamelles, que tinc cas-

3. *li parà lo siti...*: la situà en un lloc en què...
4. *havia filat*: havia descobert [del cos de la Princesa].

cuna en sa mà: bese-les per tu. Mira com són poquetes, dures, blanques e llises. Mira, Tirant: vet ací lo seu ventre, les cuixes e lo secret. ¡Oh, trista de mi, que si home fos, ací volria finir los meus darrers dies! Oh, Tirant! On est tu ara? ¿Per què no véns a mi, puix tan piadosament te cride? Les mans de Tirant són dignes de tocar ací on jo toque, e altri no, car aquest és bocí que no és negú que no se'n volgués ofegar.[5]

Tirant tot açò mirava, e prenia-hi lo major delit del món per la bona gràcia ab què Plaerdemavida ho raonava, e venien-li de grans temptacions de voler eixir de la caixa.

Com hagueren estat així un poc burlant, la Princesa entrà en lo bany e dix a Plaerdemavida que es despullàs e que entràs dins lo bany ab ella.

—No ho faré, sinó ab una condició.

—Quina serà? —dix la Princesa.

Respòs Plaerdemavida:

—Que comporteu que Tirant estiga una hora en lo vostre llit, e que vós hi siau.

—Calla! Que est folla? —dix la Princesa.

—Senyora, feu-me tanta de mercé que em digau, si Tirant una nit venia ací, que neguna de nosaltres no ho sabés, e el trobàsseu al vostre costat, què diríau?

—Què li tenia de dir? —dix la Princesa—. Pregar-lo hia que se n'anàs e, si anar no se'n volia, ans deliberaria de callar que ésser difamada.

—A la mia fe, senyora —dix Plaerdemavida—, així ho faria jo.

Estant en aquestes raons entrà la Viuda Reposada, e la Princesa la pregà que es banyàs ab ella. La Viuda se despullà tota

5. *car aquest bocí...*: perquè amb aquest menjar no hi ha ningú que no s'hi volgués ofegar.

nua e restà ab calces vermelles e al cap un capell de lli. E encara que ella tenia molt bella persona e ben disposta, emperò les calces vermelles e lo capell al cap la desfavoria tant que paria que fos un diable. E certament, qualsevulla dona o donzella qui en tal so la mireu, vos parrà[6] molt lletja per gentil que sia.

Lo bany acabat, portaren a la Princesa la col·lació, que fon d'un parell de perdius ab malvesia de Candia[7] e aprés una dotzena d'ous ab sucre e ab canyella. Aprés se posà en lo llit per dormir.

La Viuda anà-se'n en la sua cambra ab les altres donzelles, sinó dues qui dormien dins lo retret. Com totes foren adormides, Plaerdemavida llevà's del llit i en camisa tragué a Tirant de la caixa. E secretament lo féu despullar que neguna no ho sentís. E a Tirant tot lo cor, les mans e los peus li tremolaven.

—Quina cosa és aquesta? —dix Plaerdemavida—. No és home en lo món que sia animós en armes que no sia temerós entre dones. ¿En les batalles no teniu temor de tots los hòmens del món, e ací tremolau per la vista d'una sola donzella? No temau cosa neguna, que jo seré tostemps ab vós e no me'n partiré.

—Per la fe que dec a Nostre Senyor Déu, jo seria més prest content d'entrar en lliça, en camp clos, a tota ultrança ab deu cavallers, que no cometre semblant acte.

E tostemps ella posant-li esforç e animant-lo, ell esforçà sa calitat.[8] La donzella lo pres per la mà i ell, tot tremolant, la seguí e dix:

—Donzella, la mia temor és de vergonya per l'extrem bé

6. *parrà:* semblarà. A causa de la seva hipocresia, la Viuda Reposa és comparada, significativament, amb un diable.

7. *malvasia de Candia:* ciutat situada a la part nord de l'illa grega de Creta, on hi havia un consolat català. Va ser famosa pel seu vi, aromàtic i de forta graduació.

8. *esforçà sa calitat:* s'animà, se sobreposà.

que vull a ma senyora. Més estimaria tornar-me'n que anar més avant, com pens que la majestat sua no té sentiment negú d'açò. E no és menys, com veurà així gran novitat, tota no s'altere en si. E jo desitge ans la mort que la vida que fer ofensa a sa majestat. Adquerir-la volria ab amor, més que no ab dolor. E com veig que ab tan gran desorde que la granea de ma benvolença, que ab il·lícites pràtiques l'haja de conquistar, lo meu voler ab lo vostre no és conforme. Per Déu e per mercé vos prec, virtuosa donzella, a vós plàcia que ens ne tornem, car jo delibere ans de perdre la cosa que he més amada e lo que tant he desitjat, que si faïa cosa que en res l'agreujàs. Encara, me par[9] molt gran càrrec, que ans d'haver errat sia ací vengut, que per tal defalt deuria jo ésser fet homeier de la mia persona. E no penseu, donzella, que jo per sola temor ho deixe, mas per l'extrema amor que a sa altesa porte. E com ella serà certa que jo tan prop li sia estat, e que per amor só estat de no enujar-la, en major compte m'ho pendrà d'infinida amor.

Plaerdemavida pres molta ira en les paraules de Tirant, e essent molt malcontenta d'ell, féu principi a paraules de semblant estil.

9. *par:* sembla.

[CCXXXII]

Plaerdemavia reprèn Tirant a causa de la seva indecisió. El cavaller li contesta:

9. *par:* sembla.

Capítol CCXXXIII

Rèplica que fa Tirant a Plaerdemavida

—Temor de restar ab tal vergonya me tol[1] de guanyar paraís en aquest món e repòs en l'altre. Emperò diré lo que em par, que en temps d'adversitat los parents e amics tornen enemics. E lo meu ignocent desig no és pus sinó ab amor fer serveis en aquella de qui só e seré tant com la vida m'acompanyarà, e ab aquest article de fe vull viure e morir. E si la tua voluntat ab lo meu desig eren concordes, molt ne seria la mia ànima aconsolada. Totes les coses qui es representen a la mia vista, no és pus sinó temor de vergonya. E és nit escura, car no puc veure lo que desitge. Per fe hauré a creure que sa majestat sia. En aquest cas jo em despulle la temor e vergonya, e abrigue'm d'amor e pietat, per què us prec que anem sens pus tardar, e veja jo aquest cos glorificat. Puix llum no hi ha, ab los ulls de la pensa lo veuré.

—Puix ab tants ginys vos he portat —dix Plaerdemavida—, en defensa de ma honor, e delit e profit vostre, restau per aquell qui sou.[2]

E soltà'l de la mà. Com Tirant se véu que Plaerdemavida l'havia deixat, e no sabia on era, perquè llum en tota la cambra no havia, e així lo féu estar per espai de mitja hora, en camisa e descalç, e tan baix com podia la cridava. E ella lo sen-

1. *me tol:* m'impedeix, em priva.
2. *restau per aquell qui sou:* sigueu realment vós.

tia molt bé e respondre no li volia. Com Plaerdemavida véu que prou l'havia fet refredar, pres-li'n gran pietat, acostà's a ell e dix-li:

—Així castiga hom los qui són poc enamorats! ¿Com podeu vós pensar que dona ni donzella li puga desplaure, vulla's sia[3] de gran o de poca condició, que no sia tostemps desitjosa que sia amada? E aquell qui més vies honestes, ço és, secretes, de nit o de dia, per finestra, porta o terrat, hi porà entrar, aquell, elles lo tenen per millor. ¡Força que em desplauria a mi que Hipòlit fes semblant! Que, d'una amor que ara li porte, llavors li'n portaria quaranta. E si estar no volia segura, no em desplauria que em prengués per los cabells e, per força o per grat, rossegant-me per la cambra, me fes callar e fer tot lo que ell volgués. E molt lo n'estimaria més, que jo conegués que és home, e que no fes així com vós dieu, que no la voldríeu per res descomplaure. E en altres coses la deveu vós honrar, amar e servir, mas, que siau ab ella en una cambra a soles, no li guardeu cortesia en semblant acte. ¿No sabeu vós, com diu lo psalmista, *manus autem*?[4] És la glosa: si adquerir voleu dona o donzella, no vullau vergonya ni temor haver e, si ho feu, no us tendran per millor.

—Per la mia fe! —dix Tirant—. Donzella, vós m'haveu dada més notícia de mos defalts que no ha fet jamés negun confessor, per gran mestre en teologia que fos. Prec-vos que em porteu prestament al llit de ma senyora.

Plaerdemavida lo hi portà e féu-lo gitar al costat de la Princesa. E les posts del llit[5] no aplegaven a la paret, envers lo cap

3. *vulla's sia:* que sigui.

4. *manus autem:* al·ludeix a una sentència dels llibre bíblic dels *Proverbis* (X, 4): *Manus autem fortium divitas parat,* que cal interpretar en el sentit que els agosarats triomfen i els porucs fracassen.

5. *E les posts del llit:* hi havia una separació entre la paret i les posts que aguantaven el llit en la part superior (el cap del llit).

del llit. Com Tirant se fon gitat, dix la donzella que estigués segur e no es mogués fins a tant que ella lo hi digués. E ella se posà al cap del llit, estant de peus, e lo seu cap posà entre Tirant e la Princesa, e ella tenia la cara devers la Princesa. E per ço que les mànegues de la camisa l'empedien, despullà-les. E pres la mà de Tirant e posà-la sobre los pits de la Princesa, e aquell tocà-li les mamelles, lo ventre e d'allí avall. La Princesa despertà's e dix:

—Val-me Déu, i com est feixuga! Mirau si em pot deixar dormir. Dix Plaerdemavida tenint lo cap sobre lo coixí:

—Oh, com sou donzella de mal comport! Eixiu ara del bany e teniu les carns llises e gentils. Prenc gran delit en tocar-les.

—Toca on te vulles —dix la Princesa—, e no poses la mà tan avall com fas.

—Dormiu e fareu bé. E deixau-me tocar aquest cos que meu és —dix Plaerdemavida—, que jo só ací en lloc de Tirant. Oh, traïdor de Tirant! E on est tu? Que, si tenies la mà lla on jo la tinc, e com series content!

E Tirant tenia la mà sobre lo ventre de la Princesa. E Plaerdemavida tenia la sua mà sobre lo cap de Tirant e, com ella coneixia que la Princesa s'adormia, fluixava la mà e llavors Tirant tocava a son plaer; e com ella despertar-se volia, estrenyia lo cap a Tirant i ell estava segur. En aquest deport estigueren per més espai d'una hora, i ell tostemps tocant-la.

Com Plaerdemavida conegué que ella molt bé dormia, afluixà del tot la mà a Tirant, i ell volgué temptar de paciència de voler dar fi a son desig, e la Princesa se començà a despertar e, mig adormida, dix:

—Què, mala ventura, fas? No em pots lleixar dormir? ¿Est tornada folla, que vols temptar lo que és contra ta natura?

E no hagué molt estat, que ella conegué que era més que

dona, e no ho volgué consentir e començà a donar grans crits. E Plaerdemavida tancava-li la boca, e dix-li a l'orella, perquè neguna de les altres donzelles no ho oïssen:

—Callau, senyora, e no vullau difamar la vostra persona. He gran dubte que no ho senta la senyora Emperadriu. Callau, que aquest és lo vostre cavaller, qui per vós se deixarà morir.

—Oh, maleïta sies tu! —dix la Princesa—. E no has haguda temor de mi ni vergonya del món? ¡Sens jo saber res, m'has posada en tan gran treball e difamació!

—Ja, senyora, lo mal fet és —dix Plaerdemavida—. Dau remei a vós e a mi. E par-me que lo callar és lo més segur e lo que més pot valer en aquests afers.

E Tirant, ab baixa veu, la suplicava tant com millor podia. Ella, veent-se en tant estret pas, de l'una part la vencia amor e, de l'altra tenia temor, mas la temor excel·lia l'amor e deliberà de callar e no dir res.

Com la Princesa cridà lo primer crit, ho sentí la Viuda Reposada, e hagué plena notícia que la causa del cridar havia fet Plaerdemavida, e que Tirant devia ésser ab ella. Pensà que si Tirant passava a la Princesa, que ella no poria complir son desig ab ell. E ja tothom callava, e la Princesa no deia res, sinó que es defenia ab paraules gracioses que la plasent batalla no vingués a fi. La Viuda s'assigué al llit e donà un gran crit e dix:

—I què és lo que teniu, filla?

Despertà totes les donzelles ab grans crits e remor, e venc a notícia de l'Emperadriu. Totes se llevaren cuitadament, qui totes nues, qui en camisa, e ab cuitats passos anaren a la porta de la cambra, la qual trobaren molt bé tancada. A grans crits demanaren llum e, en aquest instant que tocaven a la porta e cercaven llum, Plaerdemavida pres a Tirant per los cabells e apartà'l de lla on volguera finar sa vida, e posà'l en lo retret e féu-lo saltar en un terrat que hi havia, e donà-li una corda de cànem perquè s'acalàs dins l'hort. E d'allí podia obrir la porta, car ella hi havia ben proveït perquè, quan vingués, ans del dia, se'n fos pogut anar, eixint per una altra porta. Mas tan gran fon l'avalot e los grans crits que daven les donzelles e la Viuda que no el pogué traure per lo lloc on ella havia pensat, e fon forçat que el tragués per lo terrat. E donà-li la corda llarga, i ella prestament se'n tornà, e tancà la finestra del retret e anà on era sa senyora.

E Tirant donà volta e lligà fort la corda e, ab la pressa que tenia per no ésser vist ni conegut no pensà la corda si bastava en terra.[6] Deixà's anar per la corda avall e fallia-se'n més de dotze alnes que no plegava en terra. Fon-li forçat de lleixar-se caure, perquè los braços no li podien sostenir lo cos, e donà tan gran colp en terra que es rompé la cama.

Deixem a Tirant, que està de llarg, gitat en terra, que no es pot moure.

Com Plaerdemavida se'n fon tornada, portaren la llum. E totes entraren ab l'Emperadriu, i ella prestament li demanà quin avalot era estat aquell, per quina causa havia cridat.

—Senyora —dix la Princesa—, una gran rata saltà sobre lo meu llit e pujà'm sobre la cara, e espantà'm tan fort que haguí de cridar tan grans crits que fora estava de tot record. E ab l'ungla ha'm arrapada la cara, que si m'hagués encertat en l'ull, quant mal m'haguera fet!

E aquell arrap li havia fet Plaerdemavida com li tancava la boca perquè no cridàs.

L'Emperador se fon llevat e, ab l'espasa en la mà entrà per la cambra de la Princesa. E sabuda la veritat de la rata, cercà totes les cambres. Emperò la donzella fon discreta: aprés que

6. *si bastava:* si abastava, si arribava.

l'Emperadriu fon entrada e parlava ab sa filla, ella saltà en lo terrat e prestament llevà la corda e sentí plànyer a Tirant. Prestament presumí que era caigut, e no dix res. E tornà-se'n dins la cambra. E havia tan gran remor per tot lo palau, d'aquells de la guàrdia e dels oficials de la casa, que açò era cosa de gran espant de veure ni de sentir, que, si los turcs fossen entrats dins la ciutat, no s'hi fera major fet. L'Emperador, qui era home molt sabut, pensà que açò no fos més que rata: fins dins los còfrens cercà, e totes les finestres féu obrir. E si la donzella un poc se fos tardada en llevar la corda, l'Emperador l'haguera trobada.

Lo Duc e la Duquessa,[7] qui sabien en aquest fet, com sentiren la remor tan gran, pensaren que Tirant era estat sentit. Pensau lo cor del Duc quin devia estar, que ves a Tirant en tan gran congoixa ésser posat, car pensava que l'haguessen mort o apresonat. Armà's prestament, que allí tenia les sues armes per ajudar a Tirant, e dient entre si:

—Hui perdré tota ma senyoria, puix Tirant és en tal punt.

—Què faré jo? —dix la Duquessa—. Que les mies mans no tenen força per vestir-me la camisa.

Com lo Duc fon armat, ixqué de la sua cambra per veure açò què era e per saber on era Tirant. E anant trobà l'Emperador que se'n tornava a la sua cambra, e lo Duc li demanà:

—Què és açò, senyor? ¿Quina novitat tan gran és estada aquesta?

Respòs l'Emperador:

—Les folles de donzelles, qui de no res temoregen. Una rata, segons m'han recitat, és passada sobre la cara de ma filla e, segons ella diu, ha-li fet senyal en la galta. Tornau-vos-ne a dormir, que no us hi cal anar.

7. *Lo Duc e la Duquessa:* els Ducs de Macedònia, Diafebus i Estefania.

Lo Duc tornà-se'n a la sua cambra e recità-ho a la Duquessa. E prengueren los dos gran consolació com res de Tirant no era estat. Dix llavors lo Duc:

—Per nostra Dona,[8] jo anava ab tal deliber, que si l'Emperador hagués pres a Tirant, que ab aquesta atxa jo haguera mort a l'Emperador e a tots los qui fossen de sa voluntat.[9] E aprés, Tirant o jo fóra estat emperador.

—Però més val que així sia estat —dix la Duquessa.

Llevà's corrent e anà a la cambra de la Princesa. Com Plaerdemavida la véu, dix-li:

—Senyora, jo us clam mercé que estigau ací e no consintau que negú diga mal de Tirant, e jo iré a veure què fa.

Com fon sobre lo terrat, no gosava parlar per ço que no fos oïda de negú. E sentí que ell se planyia fort e deia en forma de semblants paraules.

8. *Per nostra Dona:* per la Verge Maria.
9. *los qui fossen de sa voluntat:* els seus partidaris.

[CCXXXIV-CCLIX]

Tirant es queixa de la seva sort i és socorregut per Hipòlit i el Vescomte de Branches. Ambdós fingeixen que l'heroi ha tingut un accident de cavall i el mateix Emperador es preocupa molt per la seva salut, ja que, a més, s'ha assabentat que els infidels han rebut reforços de l'Àfrica. Tirant passa un temps guarint-se la ferida i manté un intercanvi epistolar amb Carmesina, que ara li mostra obertament el seu amor, fent Plaerdemavida de mitjancera. Mentrestant, l'Emperadriu s'enamora del jove Hipòlit i aquest el correspon. L'Emperadriu respon a un parlament d'Hipòlit amb aquests mots:

Capítol CCLX

Resposta feta per l'Emperadriu a Hipòlit

—La tua molta virtut e condició afable me força passar los límits de castedat, per veure't digne d'ésser amat. E si ab juraments dignes de fe me faràs segura que no ho sabrà l'Emperador ni altri per report de la tua llengua, elegeix tot lo que plasent te sia. E si vols acabat delit atényer, no penses los perills esdevenidors, car seria cruel seguretat, si lo contrari es seguia, en veure'm en perill, dolor e carregosa difamació, e la vida mia que no seria prou segura. Emperò jo confie de la tua molta virtut que tot serà's fet al plaer meu. E farà's així que en la callada nit, qui dóna alleujament als treballs e repòs a totes les creatures, sies cert d'esperar-me en aquell terrat prop la mia cambra. E si hi véns, no tingues esperança dubtosa, car jo, qui en extrem t'ame, no faré tarda la mia venguda, si ja la mort no m'ho tolia.

E Hipòlit volgué demanar un dubte que li ocorria, e l'Emperadriu li dix que de gran flaquea d'ànimo venia pensar tots los perills, si tanta d'amor tenia com les sues paraules feien demostració.

—Fes lo que jo et dic, e no cures a present d'altra cosa.

Hipòlit respòs:

—Senyora, jo só content de fer tot lo que la majestat vostra me mana.

E posà-la en segur de tot lo que ella dubtava.

Complit lo raonament, l'emperadriu se partí de la posada de Tirant ab totes les altres dames. Com foren dins lo palau, dix l'Emperadriu:

—Anem a vesitar l'Emperador.

Com foren ab ell, estigueren un poc solaçant. Aprés l'Emperadriu se llevà ab la congoixa de la nova amor qui la portava, e dix a Carmesina:

—Resta tu ací ab aquestes donzelles e faràs companyia a ton pare.

I ella fon contenta.

L'Emperadriu se n'anà a la sua cambra e dix a les sues donzelles que li fessen venir los cambrers per ço com volia mudar les cortines de ras e posar-n'hi unes altres de seda totes brodades, dient:

—L'Emperador m'ha dit que vol aquesta nit venir ací, e desitge-li fer una poca de festa per ço com ha gran temps que no hi és vengut.

Féu prestament desfer tota la cambra, e féu-la emparamentar tota de draps de brocat e de seda. Aprés féu molt bé perfumar la cambra e lo llit.

Com hagueren sopat, l'Emperadriu se retragué dient que lo cap li dolia, e dix-li una donzella, qui es nomenava Eliseu, en presència de totes les altres:

—Senyora, ¿vol vostra altesa que faça venir los metges perquè us donen remei?

—Fes lo que et vulles —dix l'Emperadriu—, mas dóna orde que l'Emperador no senta res perquè no s'excusàs de venir ací esta nit.

Prestament vengueren los metges e tocaren-li lo pols, e trobaren-lo-hi molt mogut per lo moviment que tenia, que s'esperava entrar en lliça de camp clos ab cavaller jove e dubtava la perillosa batalla. Digueren los metges:

—Bo serà, senyora, que la majestat vostra prenga uns pocs de canyamons confits ab un got de malvesia, e alleujar-vos han lo cap e faran-vos dormir.

Respòs l'Emperadriu:

—Jo pens bé que serà molt poc lo meu dormir, per lo gran mal que sent, e molt menys lo reposar, car, segons la disposició que em sent, jo crec cercaré tots los racons del llit.

—Senyora —digueren los metges—, si tal cas era com la majestat vostra ha raonat, trameteu prestament per nosaltres. O si preneu plaer que façam la vetla a la porta de la vostra cambra, o ací dins, perquè d'hora en hora vos pugam mirar en la cara, e així passarem tota la nit.

—Tal servei —dix l'Emperadriu— no accepte a present, ni tal proferta,[1] car tot lo llit vull tenir per meu, e no vull que negú de vosaltres me miràs en la cara si en negun delit estava, car tal mal com jo tinc no comporta vista de negú. E ab aquesta vos ne podeu anar, car jo em vull posar en lo llit.

Los metges se partiren. Com foren a la porta li digueren que no s'oblidàs los confits e aquells remullàs bé ab la malvesia, que gran bé li farien en lo ventrell. E l'Emperadriu fon obedient, que una gran capsa se'n menjà; aprés los remullà molt bé. E manà que perfumassen molt bé lo llit, i en los llençols i en los coixins féu posar algàlia. Com açò fon fet, ella ben perfumada, manà a les sues donzelles que se n'anassen a dormir, e que tancassen la porta de la cambra sua.

E en la cambra de l'Emperadriu havia un retret on ella s'acostumava de lligar, e en lo retret havia una porta que eixia en un terrat, on Hipòlit estava. E al llevar que ella es féu, Eliseu ho sentí e llevà's prestament, pensant que tingués algun mal. E trobant-se en la cambra, dix-li:

1. *Tal servei no accepte a present, ni tal proferta:* ni un servei ni un oferiment semblants, no els accepto de moment.

—Què té l'altesa vostra que així us sou llevada? ¿Sentiu-vos més mal que no fèieu?

—No —respòs l'Emperadriu—, ans me sent molt bé, mas era'm oblidat de dir aquella devota oració que jo acostume cascuna nit de dir.

Dix Eliseu:

—Senyora, feu-me tanta de mercé que vostra altesa la'm vulla dir.

—Só contenta —dix l'Emperadriu—. E és aquesta, que en la nit, la primera estela que veuràs, agenolla't en terra, e diràs tres paternostres e tres avemaries en reverència dels tres Reis d'Orient, que els plàcia voler-te recaptar gràcia ab lo gloriós Déu Jesús e ab la sua sacratíssima mare, que així com ells foren guiats e guardats, anant vetlant, dormint e estant de les mans del rei Herodes,[2] que els plàcia voler-te recaptar gràcia que sies lliberada de vergonya e infàmia, e que totes les tues coses sien prosperades e aumentades en tot bé. E sies certa que obtendràs tot lo que vulles. E no em torbes de ma devoció.

La donzella se'n tornà al llit, e l'Emperadriu entrà en lo retret. E com conegué que la donzella era en lo llit e sentí tocar l'hora de l'assignació, vestí's sobre la camisa una roba de vellut verd forrada de marts gebelins. E oberta la porta del terrat, véu estar a Hipòlit estés per lo terrat perquè no pogués ésser vist per neguna part. Tingué-ho a molta glòria, pensant que aquell guardaria molt la sua honor. Com Hipòlit la véu, si bé es feia la nit molt escura, llevà's prestament e anà devers ella, e donant dels genolls en la dura terra, besà-li les mans e volia-li besar los peus, mas la valerosa senyora no ho comportà. Mas

2. Els reis d'Orient, després de retre homenatge a la Verge Maria i a l'infant Jesús, van ser advertits, en un somni, que, en retornar a les seves terres, no passessin a veure Herodes. Aquest, creient-se burlat, ordenà que matessin tots els infants de Betlem que tinguessin menys de dos anys.

besà'l moltes voltes en la boca, pres-lo per la mà, mostrant-li infinida amor, e dix-li que anassen a la cambra. E dix Hipòlit:

—Senyora, la majestat vostra m'haurà de perdonar, que jamés entraré en la cambra fins a tant que lo meu desig senta part de la glòria esdevenidora.

E pres-la en los braços e posà-la en terra, e aquí sentiren l'última fi d'amor.

Aprés, ab grandíssima letícia, se n'entraren en lo retret. Hipòlit, mostrant molta gran contentació, donant-li pau verdadera, ab alegre ànimo e gest amorós li féu principi a un tal parlar.

Capítol CCLXI

Com Hipòlit mostra de paraula la contentació que té de sa senyora

—Si gosàs dir la glòria que mos sentiments en aquesta hora senten en haver atés la gran perfecció que en la majestat vostra tinc coneguda, no crec jamés la mia llengua fos suficient en poder referir tanta gentilesa com en l'excel·lentíssima persona vostra se troba. No sé ab quin mitjà ni art de paraules vos puga manifestar quanta és l'amor que us porte, e quant d'hora en hora aumenta en mi, car certament no és en ma potència la menor part d'aquella recitar-vos pogués, ni menys volria que per boca d'altri hagués a sentir vostra altesa en quina possessió em té, car pensant-me dar espai de tan penada vida, mos mals doble dolor pendrien.

No tardà l'Emperadriu, ab cara e gest afable, en fer-li semblant resposta.

Capítol CCLXII

Rèplica que fa l'Emperadriu a Hipòlit

—Encara que la mia pensa sia estada turmentada, no resta que no em trobe en lo més alt grau de coneixença de tu, la qual cosa, per no ofendre tanta singularitat que en tu jo trobe, no em clamaré de tu, ni menys de Déu ni de mi mateixa, puix ab tan gran partit meu t'he sabut guanyar.

—Senyora —dix Hipòlit—, no és ara temps de fer moltes raons, sinó que us deman de molta gràcia e mercé que anem al llit, e allí parlarem d'altres negocis que aumentaran lo vostre delit e serà molta consolació mia.

E dit açò, Hipòlit prestament fon despullat, anà a la gentil vella e despullà-li la roba que vestia, e restà en camisa. E tenia la sua noble persona de tanta gentilea e disposició, que coneguera, qui en tal so la ves,[1] com era donzella que posseïa tanta bellea com en lo món trobar-se pogués. E sa filla Carmesina, en moltes coses li era semblant, mas no generalment en totes, car aquesta en son temps l'excel·lia. Lo galan la pres al braç e pujà-la en lo llit. E aquí estigueren parlant e burlant així com de persones enamorades s'acostuma. Com fon passada mitja nit, la senyora llançà un gran sospir.

—Per què sospira vostra majestat? —dix Hipòlit—. Digau-m'ho, jo us clam mercé, si Déu vos deixe tot vostre desig complir. ¿Seria estat per poca contentació que tingau de mi?

1. *qui en tal so la ves*: qui la veiés d'aquesta manera.

—Tot lo contrari és del que dius —dix l'Emperadriu—, car ans m'és aumentada la voluntat, per ço com en lo principi te tenia en figura de bo, ara de molt millor e més valent. Mas la causa del meu sospir no és estat per pus sinó que em dolc de tu, que et tendran per heretge.

—Com, senyora! —dix Hipòlit—. ¿Quines coses he fetes jo que per heretge m'hagen a tenir?

—Certament —dix l'Emperadriu— sí poden fer, per ço com te est enamorat de ta mare e has mostrada la tua valentia.

—Senyora —dix Hipòlit—, negú no té notícia del vostre molt valer sinó jo, qui mire la vostra galant persona qui té compliment de tota perfecció, e no veig res qui desmesiat sia.

D'aquestes coses e moltes altres parlaren los dos enamorats, ab tots aquells delits e llepolies qui solen passar per los qui bé es volen. E no dormiren de tota la nit, que quasi lo dia volia venir. E bé dix veritat l'Emperadriu als metges, que poc seria aquella nit lo seu dormir. E ja cansats de vetlar, adormiren-se, que ja era de dia.

Com fon ja gran dia, la donzella Eliseu, que ja s'era acabada de vestir, entrà en la cambra de l'Emperadriu per demanar-li com estava, ni si volia res manar-li. Com se fon acostada al llit, véu un home al costat de l'Emperadriu, qui tenia lo braç estés, e lo cap del galant sobre lo braç, e la boca en la mamella.

—Ai, Santa Maria val! —dix Eliseu—. ¿Qui és aquest traïdor renegat qui ha decebuda ma senyora?

Fon en temptació de cridar grans crits, volent dir:

—¡Muira lo traïdor que ab cautela e ab decepció és entrat en aquesta cambra per posseir lo goig d'aquest benaventurat llit!

Aprés pensà que negú no tinguera tan gran atreviment d'entrar allí sens voluntat sua, e lo emparamentar de la cambra no era estat fet sens gran misteri. E feia son poder de conéixer-lo e no podia, per ço com tenia lo cap baix e no el podia bé devisar. Tenia dubte que les altres donzelles no entrassen en la cambra per servir a l'Emperadriu, així com havien acostumat. Eliseu entrà on dormien e dix-los:

—La senyora vos mana que no ixcau de la cambra perquè no façau remor, perquè no ha prou contentats los seus ulls del seu delitós dormir en què està.

Aprés mitja hora passada, los metges vengueren per saber l'Emperadriu com estava. La donzella anà a la porta e dix com la senyora reposava, per ço com en la nit havia un poc congoixat.

—Nosaltres estarem ací —digueren los metges— fins a tant que sa majestat sia desperta, car així nos ho ha manat lo senyor Emperador.

La donzella, no sabent pendre remei en si, ni sabia si la despertàs o no, estava en aquell pensament, e durà-li tant fins que l'Emperador tocà a la porta de la cambra. La donzella, enutjada e no ab prou paciència ni ab molta discreció, anà cuitadament al llit e cridà ab veu baixa:

—Llevau, senyora, llevau, que la mort vos és veïna! Lo trist de vostre marit toca a la porta e sap que ab desllealtat, en perjuí de la sua pròspera persona, l'haveu indignament ofés sens causa ne raó alguna. ¿Qui és aquest cruel qui tanta dolor ab si porta que prop de vós estiga? És rei no conegut? Prec al sobirà Déu que corona de foc al cap li veja jo posar. Si és duc, en carçre perpètua lo veja jo finar. Si és marqués, de ràbia les mans e los peus li veja jo menjar. Si és comte, de males armes dega morir. Si és vescomte, ab espasa de turc lo cap fins al melic lo veja jo en un colp partir. E si és cavaller, en fortuna vàlida, en la mar, tota pietat a part posada, en lo més fondo fine sos dies. E si en mi habitàs tanta virtut com posseïa la reina Pantasilea,[2] jo el ne fera penedir, mas lo trist costum és dolre e plorar.

Com l'Emperadriu se véu despertar en tal mal so, pitjor que de trompeta, l'ànimo no donà esforç a la llengua que pogués parlar, ans restà immoble que no pogué parlar. Hipòlit no entengué les paraules de la donzella sinó la veu. E per no ésser conegut, posà lo cap davall la roba. E véu la gran congoixa que la senyora tenia, posà-li lo braç damunt lo coll e féu-la abaixar davall la roba e demanà-li què era la causa de la gran passió que tenia.

—Ai, lo meu fill! —dix l'Emperadriu—. En aquest món no es pot atényer un goig complit. Lleva't! Vet l'Emperador a la porta! La tua vida e la mia, en aquesta hora, en les mans de Déu està. E si jo no et puc parlar, o tu a mi, perdona'm de bon cor, car sí em faré jo a tu, que ara veig que aquest dia serà estat lo principi e fi de tota la tua felicitat e delit, e darrer terme de la tua vida e de la mia. Molt serà cosa enutjosa a mi que aprés la tua mort jo no puga banyar lo teu sepulcre ab les mies adolorides llàgremes e portar los meus cabells arrufats. No em poré llançar sobre lo teu cos mort dins l'església, e pendre d'aquell freds besars, trists e amargs.

Com Hipòlit oí dir semblants paraules a l'Emperadriu, pres-li gran pietat de si mateix, així com aquell qui en semblants negocis jamés s'era vist. E ab poca edat que tenia, féu companyia a l'Emperadriu, servint-la de llàgremes més que de consell ni remei. Emperò pregà a la donzella que li fes gràcia que li portàs l'espasa qui en lo retret estava, e dix:

—Cobra't ànimo, ací vull pendre martiri davant la majestat vostra e retre l'esperit, e tendré la mia mort per ben espletada.

2. *Pantasilea:* es tracta de Pentesilea, famosa amazona, que després de la mort d'Hèctor, va acudir en ajut de Príam juntament amb les altres amazones. Després de lluitar valerosament, fou ferida mortalment per Aquil·les, el qual s'enamora d'ella durant la seva agonia.

En aquell cas l'Emperadriu no sentí remor neguna. Dix a Hipòlit:

—Vés, fill meu, salva't en aquell retret! E si és cosa de gran importància, jo els tendré a noves e tu poràs dar passament a la tua vida, la qual desitge ab honor e estat visques en aquest món.

—Qui em dava tot l'Imperi grec e quatre voltes més que no és, jo no desempararia la majestat vostra. La vida e tot quant he vull abandonar ans que partir-me de vostra altesa, e suplic-vos que em beseu en senyal de fermetat —dix Hipòlit.[3]

Oint dir l'Emperadriu les paraules dessús dites, li aumentà la dolor e, així com aumentà en molta dolor, necessitat la requerí que aumentàs en molta amor. E no sentí remor neguna. Anà a la porta de la cambra per escoltar si sentiria gent d'armes o altre indici de mal, e véu, per una poqueta fenella que en la porta era, a l'Emperador e als metges qui del seu mal disputaven. E així hagué plena notícia que lo fet no era res. E tornà corrent devers Hipòlit e pres-lo per les orelles e besà'l estretament, e dix-li:

—Lo meu fill, per la molta amor que et porte, te prec que vages en aquell retret fins a tant que l'Emperador ab los metges jo els puga donar alguna justa causa d'excusació.

—Senyora —dix Hipòlit—, en totes les coses del món seré pus obedient a la majestat vostra que si m'haguésseu comprat per catiu. Però no em maneu partir-me d'ací, perquè jo ignore si vénen per algun mal a fer en la vostra persona.

—No dubtes en res —dix l'Emperadriu—, car gran tumult

3. Hipòlit és un jove sense gaires escrúpols que s'adona dels grans beneficis que pot obtenir a través de l'Emperadriu. I és el personatge que al final de la novel·la aconseguirà el que desitja, èxit i poder, en contraposició a l'idealisme de Tirant i de la Princesa, que tindran un final ben tràgic. Aquesta és potser la lliçó, ben realista, que ens ofereix Martorell.

fóra per tot lo palau, e jo conec bé que no és res del que Eliseu m'ha dit.

Hipòlit prestament se n'entrà en lo retret, e l'Emperadriu se tornà al llit e féu obrir les portes de la cambra.

L'Emperador e los metges vengueren al llit e parlaren ab ella, demanant-li del seu mal ni com s'era trobada aquella nit. L'Emperadriu respòs que la dolor del cap ab la passió del ventrell no l'havien deixada en tota la nit dormir ni reposar fins que les esteles del cel se foren amagades.

—E en aquell cas, los meus ulls no podent comportar la vetla, m'adormí. E sent-me ara molt pus alegre e contenta que no en lo principi. E fon-me semblant que, si més hagués durat aquell plasent dormir, lo qual me paria que la mia ànima en una nit tanta consolació sentís. Però en aquest món la persona no pot atényer sol un dia o una nit goig complit, car, en lo dolorós despertar que aquesta donzella m'ha fet me só tant alterada que lo meu esperit és restat ab la major passió que dir no es poria. E si jo podia tornar en aquell cas mateix, me seria molt gran consolació, podent tocar e tenir en los meus braços les coses que ame i he amades en aquest món. E crec que, podent jo atényer açò, me seria paradís en aquest món e compliment de glòria. E podeu creure, senyors, que si jo podia tornar en aquell gloriós repòs, la mia ànima seria tan contenta que jo seria prestament guarida.

Dix l'Emperador:

—Digau, senyora, ¿què era lo que en los vostres braços teníeu?

Respòs l'Emperadriu:

—Senyor, lo major bé que en lo món jo he tengut, e encara l'ame sobre totes les persones del món. E puc dir ab veritat que, jo estant en la piadosa vetla, m'adormí, e prestament me donà de parer que estava en camisa, ab una roba curta forrada de marts gebelins, de color de vellut verd, e que era en un terrat per dir l'oració que acostume dir als tres Reis d'Orient. E complida que haguí la beneita oració, oí una veu qui em dix: «No te'n vages, que en aquest lloc hauràs la gràcia que demanes.» E no tardà que viu venir lo meu tan amat fill, acompanyat de molts cavallers tots vestits de blanc, e portava a Hipòlit per la mà e, acostant-se a mi, me prengueren les mans los dos e besaven-les-me, e volien-me besar los peus, e jo consentir no ho volia. E asseguts en lo païment del terrat, passam moltes raons de consolació en les quals jo prenguí molt gran delit, e foren tals e tan delitoses que jamés del cor m'eixiran.

»Aprés nos n'entram en la cambra tenint-lo per la mà, e mon fill e jo posam-nos en lo llit, e jo posí-li lo meu braç dret dejús les sues espatles, e la sua boca besava les mies mamelles. Jamés tan plasent dormir no sentí, e deia'm lo meu fill: «Senyora, puix a mi no podeu haver en aquest miserable de món, teniu per fill a mon germà Hipòlit, car jo l'ame tant com faç a Carmesina.» E com deia aquestes paraules estava gitat prop de mi. E Hipòlit, per obediència, estava agenollat enmig de la cambra.[4] E jo li demaní on era la sua habitació, e dix-me que en paradís era col·locat entre los màrtirs cavallers per ço com era mort en batalla contra infels. E no li poguí més demanar per ço com Eliseu me despertà ab més adolorit so que de trompeta.

—¿No us ho dic jo —dix l'Emperador— que tot son parlar no era sinó de son fill?

—¡Ai senyor —dix l'Emperadriu—, que a negú no costà tant com a mi! En aquest braç lo tenia jo, la sua plasent boca tocava los meus pits. E los somnis que en la matinada se fan, molts n'ixen verdaders. E jo pens que encara no se'n deu ésser

4. Tot i presentar aquests fets com si fossin un somni, l'Emperadriu s'ha enamorat d'Hipòlit, un adulteri de clares ressonàncies incestuoses perquè aquest li recorda el seu fill mort. Hi ha, a més, una explícita al·lusió al mite clàssic de Fedra, la qual s'enamorà d'Hipòlit, el seu fillastre.

anat. Volria experimentar, dormint, si em tornaria a parlar, e que tornàs en lo delit que estava.

—Jo us prec —dix l'Emperador— que no us poseu aqueixes follies en lo cap, e llevau-vos del llit si bé estau, car tals coses com vós raonau, qui més hi met més hi perd.

—Jo us suplic, senyor —dix l'Emperadriu—, que per la salut mia e per lo delit que jo espere aconseguir, vos plàcia lleixar-me un poc reposar, car tots los ulls tinc entelats de poc dormir.

—Senyor —digueren los metges—, bé se'n porà anar la majestat vostra, e deixem-la dormir, que si aquest delit li llevam seria poca admiració no aumentàs la sua malaltia en major grau que no és.

L'Emperador se partí, e feren eixir totes les donzelles de la cambra sinó Eliseu, que hi restà. Com les portes foren tancades, l'Emperadriu féu tornar a Hipòlit en son lloc e dix a la donzella:

—Puix la sort ha permés tu has hagut a sentir en aquests afers, done orde que de tot ton poder vulles servir a Hipòlit més que a la mia persona. E posa't en aquell retret fins tant hajam un poc dormit, e tu seràs en ma openió[5] e més favorida de totes les altres, e jo et casaré més altament de totes. Aprés Hipòlit te darà tant de sos béns, que tu en seràs ben contenta.

—Ja no m'ajut Déu —dix Eliseu—, si jo tinc voluntat neguna a Hipòlit, de servir-lo ne menys en amar ne honrar-lo, mas per suplir al que em mana la majestat vostra ho faré. Altrament no em volria ésser abaixada en terra per pendre una agulla per ell, ans vos dic jamés portí més mala voluntat a home del món com faç a ell des que l'he vist en tal so estar prop de vostra altesa. ¡Lleó famejant volria que li menjàs los ulls e la cara e encara tota la persona!

Respòs Hipòlit:

5. *e tu seràs en ma openió:* i et tindré present en la meva opinió.

—Donzella, jamés pensí en fer-vos enuig que ab deliberada pensa ho fes. E jo us vull amar e fer per vós sobre totes les donzelles del món.

—Feu per les altres —dix Eliseu—, que de mi no hajau cura, car no em plau acceptar res que de vós sia.

E prestament se n'entrà en lo retret e allí se pres fortment a plorar.

E los dos amants restaren en lo llit, tant que ja era quasi hora de vespres com ells se llevaren. E trobaren la donzella que encara estava plorant. Com los véu entrar per lo retret cessà son plor, e donà remei a la sua dolor l'Emperadriu aconsolant-la. E pregà-la no es donàs res en lo fet d'Hipòlit. E açò feia havent dubte que no descobrís llur fet.

—Senyora —dix la donzella—, no dubte la majestat vostra de mi, que jo pendria pacientment la mort ans que jo parlàs res sens manament vostre a persona del món, car jo veig la pèrdua de vostra altesa seria tanta que tot martiri ne passaria, e més cruel que no donaren a nengú dels apòstols. Lo segon dubte no temau: en presència o en absència jo faré tots los serveis que poré a Hipòlit per contemplació de la majestat vostra.

L'Emperadriu restà contenta, lleixà Hipòlit en lo retret, e tornà's al llit, fent obrir les portes de la cambra. E prestament fon aquí sa filla e totes les dones e donzelles e l'Emperador e los metges. E tornà'ls a recitar lo plasent somni que fet havia.

Lo dinar fon prest e l'Emperadriu menjà així com a persona cansada de molt caminar, e la donzella posà sa diligència en molt ben servir a Hipòlit, e donà-li a menjar un parell de faisans e tot lo que li fon mester per a la humanal vida, e tenint-lo a prop de col·lacions singulars perquè no s'enutjàs. E com no volia menjar, pregava'l-ne de part de sa senyora. Hipòlit la posava en noves ab moltes burles, i ella jamés li responia sinó en lo que tocava a son servir.

Així estigué l'Emperadriu, que no es llevà del llit fins a l'endemà, que l'Emperador ja s'era dinat. E com se fon lligada, entrà en la capella per oir missa, e fon gran contradicció entre los capellans si a tal hora devien consagrar, com lo migjorn fos passat.

En semblant ventura e delit estigué Hipòlit dins lo retret per una setmana.[6] Com la senyora conegué que prou l'havia espletat, donà-li comiat dient-li que altre dia, com se seria descansat, poria tornar dins en la cambra e poria pendre d'ella tot lo que plasent li fos. E l'Emperadriu tragué d'una caixa on tenia les sues joies, un collar d'or fet a forma de mitges llunes, e en les puntes de cascuna lluna havia dues grosses perles, una en cascun cap, e alt, enmig de la lluna, un gros diamant, e davant venia una cadeneta d'acer ab una pinya d'or tota esmaltada, e la meitat era oberta e l'altra closa, e los pinyons qui dins eren, grossos robís. No crec tan saborosos pinyons jamés foren vists. Aquesta sabor sabia Hipòlit, qui gustada l'havia. E en la part de la pinya que estava closa, en cascuna clofolla havia un diamà, o un robí, o maragde, o safir, e no penseu que fos de tan poca estima que no valgués passats cent mília ducats. E l'Emperadriu, de ses mans, la hi posà al coll, e dix-li:

—Prega a Déu, Hipòlit, que jo et visca, car poca admiració serà que jo no et faça, ans de molts anys, corona real portar. Ara açò per amor de mi portaràs e, com te serà present a la vista, seràs en record d'aquella qui t'ama tant com a la sua vida.

Hipòlit s'agenollà en terra e féu-li infinides gràcies, e besà-li la mà e la boca, e dix-li:

6. L'amor entre Hipòlit i l'Emperadriu és purament sexual i, a més, trenca obertament amb la moral. Només cal comparar aquesta relació amb la de Tirant i Carmesina: així, els primers aconseguiran gaudir durant tota una setmana amagats a la cambra de l'Emperadriu (el *retret* que s'esmenta al text), mentre que els segons s'abstenen de consumar el seu amor fins que no arriben al matrimoni.

—Senyora, ¿com vol la majestat vostra deseixir-se d'una tan singular joia per donar-la a mi? Car si jo la tenia, la daria a vostra altesa, en qui seria mills espletada, per què us suplic que la cobreu.

Respòs l'Emperadriu:

—Hipòlit, no refuses jamés res que ta enamorada te done, car regla comuna és, qui és major en dignitat, la primera vegada que prenen amistat, deu donar a l'altre, qui no ho deu refusar.

—Doncs, senyora, què ordenau de ma vida? ¿Què voleu que faça?

—Prec-te que et plàcia voler-te'n anar, car jo tinc grandíssim dubte que l'Emperador demà no entràs en aquest retret e no et trobàs ací. Vés-te'n ara, que, aprés, altres dies seràs a temps a poder-hi tornar, e deixa passar aquest dubte que tinc.

Hipòlit se pres a riure; ab cara afable e humil gest li presentà paraules de semblant estil.

[CCLXIII-CCLXXXII]

Hipòlit, amb la complicitat de la donzella Eliseu, aconsegueix de restar a la cambra de l'Emperadriu. Tirant, gairebé restablert de les ferides, es casa secretament amb Carmesina; la Princesa, però, no consent que el matrimoni es consumi fins que se celebri la boda pública. La Viuda Reposada, completament engelosida, segueix endavant amb les seves intrigues i prepara un engany escenificat, una ficció, *per separar els dos enamorats. Així, mana realitzar una careta idèntica a Lauseta, el negre hortolà de palau, perquè Plaerdemavida la utilitzi, amb la finalitat de fer creure a Tirant que Carmesina li és infidel amb aquest hortolà. I per tal de demostrar-li que aquestes afirmacions són certes, la Viuda Reposada diu a Tirant el següent:*

Capítol CCLXXXIII

Ficció que féu la reprovada Viuda a Tirant

—No só admirada si lo món voleu conquistar, que a mi teniu cativada. Car la fortuna, enemiga de pau, té abrigat lo meu flac e dèbil cos d'amor que porte a vostra senyoria, e açò és lo que em fa parlar, car veig que ab los ulls oberts voluntàriament vos voleu ofegar en bassa d'oli, e vós, com a home adolorit e fora de camí, no trobau qui us empare ni us haja pietat. Jo vull ésser aquella, la qual, havent pietat de vostra mercé, vos vull emparar e traure-us dels llims de perpetual dolor e infàmia. E per ço poreu dir que lo meu cos és clar e net, e no és tan escur com l'*Apocalipsi.*[1] Si veure volreu vostra dolor o vostra salut, goig e alegria qui en l'esdevenidor temps venir-vos deu, car, en tots los temps millors de la vostra vida tengut sou a Déu fer-li gràcies e pregar per mi, car tinc per foll qui en aquesta present vida se percaça la ira de Déu e de gents. Per què, senyor Tirant, si a les dues hores tocades volreu ésser en lloc secret, poreu veure tot lo que dit vos he.

Dix Tirant que era molt content e, tota hora que li fos plasent, que seria prest.

La Viuda se partí prestament de Tirant. E tenia a les espatles

1. *Apocalipsi:* Es tracta del llibre que tanca la *Bíblia* i atribuït a Sant Joan. El sentit del llibre, tot i que resulta difícil de copsar a causa de les imatges que hi apareixen, fa referència a l'oposició entre les forces del mal i les del bé, alhora que profetitza el triomf final de l'Església de Jesús de Natzaret.

de l'hort una casa ja concertada d'una dona molt anciana, e féu-la molt bé emparamentar, ab un llit que hi féu posar segons a Tirant se pertanyia.

E per lo poc dormir que la Princesa havia fet, fon-se despullada per millor dormir a son plaer.

Com la rabiosa Viuda conegué l'hora ésser disposta, anà a Tirant molt secretament e pres grans juraments d'ell e féu-lo desfressar, e los dos tots sols anaren a la cambra de la vella. En la cambra havia una petita finestra que mirava dins l'hort,[2] e tot quant se feia se podia bé veure. Emperò la finestra era molt alta que, sinó ab escala, no s'hi podia mirar. La Viuda hagué dos espills grans. L'u posà alt en la finestra, l'altre posà baix en dret de Tirant[3] i en dret de l'altre. E tot ço que es mostrava en lo de dalt, tot resplandia en lo de baix, puix l'una lluna de l'espill estava en dret de l'altra.[4] E per darne major experiència: un home té una nafra en les espatles, com la porà veure? Prenga dos espills e pose l'u en la paret, e l'altre en dret d'aquell espill que vós lo pugau veure. E la plaga representa en lo primer espill e d'aquell representa en l'altre.

Com la Viuda hagué fet açò e hagué deixat en la cambra a Tirant, cuitadament se n'anà al palau, e trobà la Princesa, que estava dormint en lo llit, e dix-li:

—Llevau, senyora, que lo senyor Emperador vos tramet a dir per mi com per manament dels metges vos lleveu e no durmau tant, car lo molt vetlar que haveu fet en la nit passada, venint ara lo molt dormir després dinar, i en temps de calor, engendren-se moltes malalties qui darien dan en la vostra delicada persona.

2. *mirava dins l'hort:* donava dins el jardí.
3. *en dret de Tirant:* davant per davant de Tirant.
4. *en dret de l'altra:* en línia recta a l'altra.

E obrí les finestres de la cambra perquè no dormís, la qual cosa atorgà la Princesa per les piadoses paraules de son pare. Com se fon llevada, vestí's una gonella de brocat e, tota descordada, sens drap de pits, ab los cabells escampats per les espatles, li dix la Viuda:

—Los metges tenen per bo que davallàsseu en l'hort per veure aquella verdor. E farem allí molts jocs perquè us passe la son, car jo tinc unes vestidures, de la festa del Corpus Christi,[5] ressemblant al vostre hortolà, e Plaerdemavida, qui en semblants afers és molt sentida e plasent, vestir-les s'ha e dirà-us de ses acostumades plasenteries.

La Princesa ab la Viuda e ab les dos donzelles davallaren a l'hort. E Tirant estava contínuament mirant en l'espill, e véu venir la Princesa ab ses donzelles, e fon-se asseguda prop d'una sèquia d'aigua. E la Viuda havia bé proveït en tot lo que mester li feia. E ginyà que el negre hortolà en aquell cas no fos en l'hort, ans lo féu anar a la ciutat de Pera. E la Viuda ajudà a vestir a Plaerdemavida, ab la cara que li havien feta pròpiament com la del negre hortolà. Ab les sues robes que vestia, entrà per la porta de l'hort. Com Tirant lo véu entrar, verdaderament pensà que fos aquell lo moro hortolà, e portava al coll una aixada e començà a cavar. A poc instant, ell s'acostà envers la Princesa e assigué's al seu costat, e pres-li les mans e besà-les-hi. Aprés li posà les mans als pits e tocà-li les mamelles, e feia-li requestes d'amor. E la Princesa feia grans rialles, que tota la son li féu passar. Aprés, ell s'acostà tant e posà-li les mans dejús les faldes, ab alegria que totes estaven de les coses

5. *Corpus Christi:* festivitat que se celebra el dijous següent a l'octava de Pentecosta (Pasqua Granada, segona Pasqua) per commemorar amb solemnitat especial l'Eucaristia. Martorell aquí recorda la processó del Corpus a València, amb la seva multitud de personatges, procedents dels entremesos, disfressats de negres, moros i altres figures exòtiques, a més de les bíbliques i de sants diversos.

plasents que Plaerdemavida deia. La Viuda girava la cara envers Tirant e torcia's les mans, escupia en terra, mostrant tenir gran fàstig e dolor del que la Princesa feia.

Pensau lo mesquí[6] desaventurat de Tirant, que la un dia estava tan pompós e tan content d'haver atesa tan alta en dignitat senyora per esposada, la cosa que ell més desitjava en aquest món, aprés, veure de sos ulls son dol, son plant e sa dolor. E pensant en si, tingué dubte que los espills no li representassen fals lo que havia vist, e trencà los espills mirant dins si havia alguna cosa maliciosa que fos feta per art de nigromancia, e no trobà res del que pensava. E volgué pujar alt en la finestra per veure si veuria més e a quina fi vendrien aquells afers, e veent que no tenia escala, car ja la Viuda, tement-se'n, les havia apartades, Tirant, no tenint altre remei, pres lo banc davant lo llit e dreçà'l en alt, e pres una corda que tallà de la cortina, e passà-la per la biga, e ell pujà alt. E véu com lo negre hortolà se'n portava per la mà a la Princesa en una cambra que dins l'hort havia, a on tenia la sua artelleria per a conrear l'hort e per a son dormir. E Plaerdemavida posà-la dins la dita cambra, cercaren-li una caixa on tenia la sua roba de vestir, e tot quant tenia li regonegueren. Aprés un poc espai ella ixqué, e la Viuda, ab l'una donzella, passejava prop de la cambra. Com la veren eixir, la Viuda s'acostà a la donzella, donà-li un drap de cap, e dix-li, per fer lo joc que fos complit de rialles:

—Posa-lo-hi davall les faldes de la Princesa.

La donzella, així com la Viuda l'havia assinestrada, com fon davant sa altesa agenollà's en terra e posà-li lo drap davall les faldes. E la ignorància de la Princesa donà lloc a la malícia de la Viuda.

6. *mesquí:* en el sentit de miserable, desgraciat, infeliç.

Havent vist Tirant un cas tan nefandíssim fon posat en un cruel pensament e, ab veu miserable, plena d'inestimable dolor, se pres a dir una tal lamentació:

—¡Oh fortuna, enemiga de tots aquells qui rectament en lo món viure desitgen! ¿Per què has permés que los meus desaventurats ulls hagen pogut veure cosa que tots los vivents no han vist, ni porien pensar que un tal cas fos possible qui fer-se pogués, si doncs a la femenil condició no li és res impossible que de mal sia? ¡Oh adversa fortuna! ¿En què t'he jo ofesa, que en les batalles me fas ésser victoriós e triümfant, e en amar só lo més malfadat home que jamés naixqués? Que ara que havies lligat en matrimoni tal, e de tan gran dignitat que, atesa la condició mia, jo no n'era mereixedor sinó per esguard de mos treballs e ab l'ajuda tua jo el m'havia percaçat, e tu, per més avilar-me, has permés que jo sia estat deshonrat per home de la més vil condició e natura que pogués ésser trobada, e enemic de la nostra santa catòlica fe.[7]

»Oh senyora Princesa, ab quanta indiscreció reposa la tua ànima, que hages volgut pensar que, aprés que a ta requesta m'has lligat, que m'hages tant agreujat que no hi tingues temor de Déu e de ton pare, ni menys de mi, qui et só marit, a qui més l'interés toca! No creguera jamés que en donzella de tan poca edat hagués tan poca vergonya e tant atreviment, que sens temor cometés un tan abominable crim. ¡Oh fortuna, com est malcontenta de mi, que en uns casos m'exalces e en altres me baixes tant! Ajustes-me a les penes novelles ànsies. Tu, sorda, de poca amor! Assegura los meus plants e mitiga les mies lamentacions d'infinida dolor, perquè no tinga de fer cas

7. Lauseta, l'hortolà negre, és un personatge de baixa condició social i representa tot el contrari del que Tirant vol arribar a esdevenir. I paradoxalment, l'heroi creu, a través de la *ficció*, que la Princesa només està interessada en el sexe, rebutjant l'amor cortès, pur, idealista, que ell li ofereix.

que aprés m'hagués a penedir. Oh trist desaventurat! Qualsevulla que jo sia, en les grans coses s'és mostrat e, no podent senyorejar ànimo cruel, que als pròspers casos s'esguarda, que a mi, desaventurat petit servent, só tornat abominable, puix só de ma senyora refusat.

En aquest punt entrà la Viuda Reposada, qui aturada per bon espai a la porta, havia oïdes recitar totes les lamentacions de Tirant, e dix:

—Ara tenen lloc les coses per mi principiades.

Com fon dins la cambra, véu que estava molt adolorit, ab lo coixí ple de llàgremes, continuant en ses lamentacions. Fon-se asseguda prop d'ell posant-se en avinentea, si Tirant li volia dir res, d'estar presta a tot lo que li manàs. Com véu la Viuda que Tirant no mudava de so, començà-li de fer un tal conhort, en paraules de semblant estil.

[CCLXXXIV-CDXXXIII]

La Viuda Reposada aprofita l'abatiment de Tirant per a fer-li propostes amoroses. El cavaller les refusa i enfollit degolla Lauseta. Mentrestant, els turcs han obtingut una nova victòria contra les tropes cristianes, mancades com estaven del seu cabdill, i han fet presoner Diafebus. Tirant decideix tornar al camp de batalla, sense acomiadar-se de la Princesa, a qui mostra el seu més profund rebuig. Quan es troba embarcat per sortir de Constantinoble, Plaerdemavida li explica l'engany de la Viuda. La màscara del joc el convenç definitivament de la innocència de la Princesa.

Abans de posar remei a la situació, es desferma una forta tempesta que fa navegar la nau de Tirant a la deriva fins a naufragar davant les costes de Barbaria (les terres de l'actual Magreb: Marroc, Algèria i Tunísia), fet que assenyala l'inici de la part africana de la novel·la. Només se salven Tirant i Plaerdemavida. La donzella és recollida per un vell moro bondadós, mentre que el cavaller és empresonat per un alt dignatari del rei de Tremicèn (situat, avui dia, a l'oest de Tunis), el Cabdillo sobre los cabdillos. Al mateix temps, Escariano, rei d'Etiòpia, que pretén casar-se amb Maragdina, la filla del rei de Tremicèn, ataca el reialme d'aquest amb l'ajut de rei de Tunis. Tirant és alliberat pel Cabdillo per obtenir la seva col·laboració.

Tirant és enviat com a ambaixador del rei de Tremicèn davant d'Escariano. Aquest li comunica que només abandonarà la lluita quan Maragdina sigui la seva muller. Gràcies a la traïció d'un jueu, el rei d'Etiòpia aconsegueix entrar dins de Tremicèn, matar el rei, els seus dos fills i el fill del Cabdillo, i emportar-se Maragdina al castell del Mont Túber. Tirant, amb l'ajut d'un cristià captiu albanès, aconsegueix apoderar-se del castell enemic, fer presoner Escariano i rescatar Maragdina.

La donzella àrab manifesta el seu amor cap al cavaller però aquest esgrimeix la fidelitat que manté cap a una dama cristiana. Després l'heroi assoleix de convertir al cristianisme Maragdina i Escariano, aquest per amor a la donzella; conversió que és el pòrtic a la intensa evangelització de més de quaranta-quatre mil súbdits del rei d'Etiòpia que Tirant du a terme amb un frare mercedari valencià. Finalment, Maragdina esdevé reina de Tremicèn i es casa amb Escariano.

Però no tots els àrabs han acceptat la nova fe religiosa, entre ells el Cabdillo, que mor a mans d'Escariano, i promouen avalots i lluites contra els cristians, en ajut dels quals arriba el senyor d'Agramunt, cosí de Tirant, a qui tothom donava per mort en el naufragi.

Després de moltes batalles, els exèrcits de l'heroi arriben davant la ciutat de Montàgata on es retroba amb Plaerdemavida, convertida en donzella de la reina. Tirant cristianitza la senyora i els seus vassalls i, alhora, ordena el casament de la reina amb el cavaller Melquisedec, i el del Plaerdemavida amb el senyor d'Agramunt, a qui concedeix els reialmes de Fes i Bogia. A continuació, i per mitjà de Melquisedec, s'informa que gairebé tot l'Imperi es troba en poder dels turcs. Tirant, llavors, decideix organitzar un estol que alliberi definitivament Constantinoble del setge dels infidels. Amb aquesta finalitat tramet Espèrcius a Sicília per demanar reforços al rei Felip.

El cavaller arriba a l'illa de Lango on li expliquen la història d'un donzella convertida en drac per la deessa Diana i que l'única manera d'aconseguir que retorni al seu estat normal és fent-li un bes a la boca. Espèrcius accepta el repte però no aconsegueix superar la por que li fa el monstre i haurà de ser la mateixa donzella qui trenqui l'encanteri. A continuació, es casa amb ella i cristianitza tota l'illa.

Arribat a Troia, Tirant tramet un missatger a l'Emperador, que es troba a Constantinoble, assetjada des de mar i terra pels turcs. La ciutat, sota el comandament d'Hipòlit, recupera l'esperança en el seu alliberament. La Viuda Reposada, en assabentar-se de la pròxima arribada de Tirant, se suïcida prenent una metzina per temor a les represàlies. L'expedició de l'heroi derrota l'estol enemic i els talla la retirada per terra. El Soldà i el Gran Turc, en preveure una derrota final, sol·liciten una treva o un tractat de pau vàlid per a cent un anys. Tirant, aleshores, es trasllada a la capital de l'Imperi per consultar-ho amb l'Emperador. A la cort, es troba amb Plaerdemavida, ara reina de Fes, que convenç Carmesina de l'amor que Tirant li professa.

Capítol CDXXXIV

Com Tirant anà a Contestinoble per parlar ab l'Emperador

Tengut lo consell per lo virtuós Tirant ab los magnànims reis, ducs, comtes e barons sobre la resposta faedora als ambaixadors del Soldà e del Turc, per tot lo consell fon deliberat que la majestat de l'Emperador ne fos consultada. Pensà lo valerós Tirant ésser atés al terme que desitjava, ço és, tenir justa causa d'excusació per anar a veure e fer reverència a aquella per la qual tenia la sua ànima cativa. E pensant com aquest negoci era de gran importància e era cosa que tocava més a la honor sua que de tots los altres, deliberà que secretament, sol, anàs a la noble ciutat desitjada per parlar ab la majestat de l'Emperador e saber la voluntat e deliberació sua, de què es poria seguir molt gran benefici de pau e tranquillitat en l'Imperi grec, e, a ell, tranquil·le repòs en los braços de sa senyora. E venint la nit escura, parlà ab lo rei de Sicília e lo rei de Fes, e comanà'ls lo camp. E recollí's en una galera e feren la via de Contestinoble, qui distava vint milles del camp de Tirant.

Com lo virtuós Tirant fon al port e la galera fon surta, eren deu hores de la nit. Desfressà's e sol, ab un altre, ixqué en terra. Manà al patró de la galera que no es partís d'allí e, com fon al portal de la ciutat, dix a les guardes que li obrissen, com era un servidor de Tirant qui venia a parlar ab la majestat del senyor Emperador. Les guardes prestament li obriren, e féu la via del palau de l'Emperador. Com fon dins, li digueren com l'Emperador s'era mès al llit. Tirant anà a la cambra de la reina de Fes[1] e trobà-la dins un retret, que feia oració. Com la Reina lo véu, prestament lo conegué e corregué'l abraçar e besar. E dix-li:

—Senyor Tirant, inestimable és lo plaer e soberga alegria que tinc de la vostra desitjada venguda. E ara, ab major afecció, tinc causa de regraciar a Déu, que de mi, indigna, vol oir les justes pregàries. No us puc dir quant és gloriosa la mia ànima per la consolació de vostra vista, pensant que a la fi de les mies devotes oracions haja obtés lo major bé que desitjava, ço és, la vostra presència, enemiga de tota tristor. No crec jo que los meus mèrits, mas los vostres, han inclinada la divina Bondat que, dient jo les darreres paraules de les mies piadoses pregàries, no sé si mans d'àngels o celestials moviments han girat la mia feixuga e trista persona vers la porta del meu desaconsolat retret, on he pogut veure a vós, senyor, qui sou la més alta persona en virtuts i meréixer que entre tots los mortals contemplar-se puga. Veniu, senyor, digne de tota glòria! Hora és ja que prengau la paga e satisfacció de vostres honorosos treballs ab delitós repòs en los braços d'aquella on és lo terme de vostra felicitat, e ocasió de vostres magnànimes empreses, car jo crec que, si vós voleu, jo daré compliment al que tant haveu desitjat. E si ara no feu la voluntat mia, creeu ab jurament que jamés façau compte de mi, ans lo més prest que a mi serà possible, me'n tornaré en les mies terres.

No lleixà més parlar lo valerós Tirant a la Reina, mas féu principi a semblants paraules:

1. Cal recordar que la reina de Fes és Plaerdemavida, a qui Tirant havia donat els regnes de Fes i Bogia, després del seu matrimoni amb el Senyor d'Agramunt.

—Germana senyora, si en algun temps vos só estat inobedient, suplic-vos per mercé que em perdoneu, car jo us promet e us jur, per l'orde que de cavalleria tinc, que no serà cosa en lo món que per vós me sia manat, que jo no us sia obedient, encara que fos cert la mort n'hagués a pendre, car só ben cert que sempre me donàs bons consells, si jo los hagués sabuts pendre.

—Ara, doncs —dix la Reina—, veurem què sabreu fer, que l'experiment se'n veurà, que en lliça de camp clos teniu d'entrar, e no us tindré per cavaller si doncs no us veig vencedor de la delitosa batalla.[2] Aturau ací en lo retret, que jo iré a parlar ab la Princesa, e suplicar-la he que vinga ací a dormir esta nit ab mi. Prestament se partí la Reina de Tirant e anà a la cambra de la Princesa, e trobà-la que es volia posar al llit. Com la Princesa véu a la Reina, dix-li:

—Què és açò, germana, que tan cuitada veniu?

La Reina fengí molt gran alegria e acostant-se a l'orella de la Princesa, dix-li:

—Senyora, feu-me tanta mercé que esta nit vingau a dormir ab mi a la mia cambra, car de moltes coses tinc a parlar ab la majestat vostra, que una galera és venguda del camp de Tirant e és eixit un home en terra que ha parlat ab mi.

E la Princesa, molt alegre, li dix que era contenta, car ja d'altres voltes hi havia acostumat de dormir, e la Reina per semblant, a la sua cambra. E açò elles feien com volien parlar a llur plaer per no causar sospita a l'Emperadriu e a les donzelles.

La Princesa pres per la mà a la Reina, e així anaren a la sua cambra, la qual trobaren molt bé en orde e ben perfumada,

2. És de destacar, al llarg d'aquest capítol i dels dos següents, la utilització metafòrica del llenguatge militar per descriure l'episodi en què els dos amants podran consumar el seu amor. Unes expressions que devien emprar els cavallers quan parlaven de dones a les tendes de campanya.

que la Reina hi havia fet ja proveir. La Princesa se posà molt prestament al llit per la gran voluntat que tenia de saber noves de Tirant, e les sues donzelles l'ajudaren a despullar. Com fon en lo llit la Princesa, donaren-li la bona nit, la qual aparellada estava incogitadament.[3]

Com les donzelles foren fora de la cambra, la Reina posà la balda en la porta e dix a les sues donzelles que anassen a dormir, que ella tenia de dir una poca d'oració e que, aprés ella se posaria al llit, que no volia negú. Les donzelles se n'entraren totes en una altra cambra, en què dormien. Com la Reina hagué dat comiat a totes, entrà-se'n en lo retret e dix al virtuós Tirant:

—Cavaller gloriós, despullau-vos en camisa e descalç anau-vos a posar al costat d'aquella qui us ama més que a la sua vida. E feriu fort dels esperons, car així es pertany de cavaller, tota pietat a part posada. E en açò no em façau raons, que no les vos admetria, ni poseu dilació, car jo us jur, a fe de Reina, que, si no feu lo que us he dit, que jamés a tota vostra vida tal gràcia aconseguireu.

Tirant, oint les tan afables paraules de la Reina, ficà los genolls en la dura terra e volgué besar los peus e les mans a la Reina. E dix-li estil de semblants paraules.

3. *estava incogitadament:* sense que ella ho sospités.

Capítol CDXXXV

Gràcies d'amor que fa Tirant a la Reina

—Senyora e germana, de forts cadenes apresonau ma llibertat. Cosa feu per mi per la qual, restant-vos catiu, e servint-vos los dies de ma vida, és impossible fer-vos jo satisfacció que a la molta obligació que us tinc acomparar-se puga. Vós me donau la vida, vós me donau la glòria, vós, lo bé, vós, lo delit, vós paraís en cos mortal feu posseir a la mia cansada ànima. Quant me resta del viure, ni quant poria conquistar, que, ensems ab lo que fortuna m'ha donat, donant-ho jo a vós, no seríeu premiada. Sols amor vos ha de pagar, amant-vos jo d'aquell verdader amor que us ha acompanyat en fer per mi tan senyalada gràcia. E no muira jo fins que de mi vejau semblant experiència de la voluntat que en vós així manifestament tinc coneguda.

—Senyor Tirant —dix la Reina—, no tingau temps, que lo temps perdut no es pot cobrar.[1] Despullau-vos prestament.

Lo virtuós Tirant llançà roba en mar,[2] que en un moment fon despullat, descalç e en camisa. La Reina lo pres per la mà e portà'l al llit on era la Princesa.

La Reina dix a la Princesa:

—Senyora, veus ací lo cavaller vostre benaventurat, que la

1 Els consells que Plaerdemavida dóna a Tirant segueixen el tòpic del *carpe diem*, aprofita aquesta hora. El missatge, procedent d'un vers del poeta llatí Horaci, és clar: si avui, en el present, pots ser feliç, no esperis a ser-ho demà.

2. *llançà roba en mar:* es despullà.

majestat vostra tant desitja. Així sia de vostra mercé que li façau bona companyia, tal com de vostra excel·lència s'espera, car no ignorau quants mals e treballs ha passats per atényer la felicitat de l'amor vostra. Usau sàviament, puix sou la discreció del món, que vostre marit és. E no pense la majestat vostra sinó en lo present, que l'esdevenidor s'ignora quin serà.

Respòs la Princesa:

—Germana falsa, no pensava jo jamés de vós així fos traïda. Mas tinc confiança de la molta virtut de mon senyor Tirant, que suplirà al vostre gran defalt.

E no penseu que durant aquest parlament Tirant no estava ociós, ans les sues mans usaven de llur ofici. La Reina los lleixà estar, e anà-se'n a dormir en un llit de repòs que havia en la cambra. Com la Reina se'n fon anada, la Princesa dreçà les noves a Tirant, qui lo combat li estrenyia, e féu-li principi de tals paraules.

Capítol CDXXXVI

Com Tirant vencé la batalla e per força d'armes entrà lo castell

—Mon senyor Tirant, no canvieu en treballosa pena l'esperança de tanta glòria com és atényer la vostra desitjada vista. Reposau-vos, senyor, e no vullau usar de vostra bel·licosa força, que les forces d'una delicada donzella no són per a resistir a tal cavaller. No em tracteu, per vostra gentilea, de tal manera. Los combats d'amor no es volen molt estrényer. No ab força, mas ab ginyosos afalacs e dolços engans s'atenyen. Deixau porfídia, senyor, no siau cruel. No penseu açò ésser camp ni lliça d'infels. No vullau vençre la que és vençuda de vostra benvolença: cavaller vos mostrareu damunt l'abandonada donzella? Feu-me part de la vostra homenia perquè us puga resistir. Ai, senyor! I com vos pot delitar cosa forçada? Ai! ¿E amor vos pot consentir que façau mal a la cosa amada? Senyor, deteniu-vos, per vostra virtut e acostumada noblea. ¡Guardau, mesquina, que no deuen tallar les armes d'amor, no han de rompre, no deu nafrar l'enamorada llança! Hajau pietat, hajau compassió d'aquesta sola donzella! ¡Ai cruel, fals cavaller! Cridaré! Guardau, que vull cridar! Senyor Tirant, ¿no haureu mercé de mi? No sou Tirant. ¡Trista de mi! Açò és lo que jo tant desitjava? ¡Oh esperança de la mia vida, vet la tua Princesa morta!

E no us penseu que, per les piadoses paraules de la Princesa, Tirant estigués de fer son labor, car en poca hora Tirant hagué vençuda la batalla delitosa, e la Princesa reté les armes e abandonà's, mostrant-se esmortida. Tirant se llevà cuitadament del llit pensant que l'hagués morta, e anà cridar la Reina que li vengués ajudar. La Reina se llevà prestament, pres una ampolla d'aigua-ros e donà-li'n per la cara e fregà-li los polsos, e així recobrà l'esperit. E llançant un gran sospir, dix.

Capítol CDXXXVII

Reprensió d'amor que fa la Princesa a Tirant

—Encara que aquests sien los senyals d'amor, emperò no ab tanta força e crueldat se deuen pendre. Ara, senyor Tirant, vinc a creure que no de virtuosa amor m'amàveu. La brevitat de tan poc delit ¿ha pogut empedir a la virtut, consentint que hajau tan maltractada la vostra Princesa? Almenys haguésseu esperat lo dia de la solemnitat e cerimonial festa, perquè lícitament fósseu entrat en los ports de la mia honesta pudicícia. Ni vós haveu fet com a cavaller, ni jo só reverida com a Princesa, per la qual raó só així verdaderament agreujada, que d'aquesta raonable ira, ensems ab la pèrdua per escampament dels meus carmesins estrados,[1] roman tan debilitada la mia agreujada delicadura, que tinc creença primer jo vençuda entraré en los regnes de Plutó,[2] que vós, vencedor, dels perduts temerosos infels hajau robades les tendes. Així que la festa de goig per mi celebradora poreu mudar en tristes, doloroses obsèquies.

No esperà la Reina que més digués l'aflegida Princesa, sinó que ab cara alegre li dix:

—Ai, na beneita! Com sabeu fer lo piadós, que armes de

1. Carmesina associa el vermell de la sang del desflorament amb el seu propi nom, procedent de carmesí (vermell fosc).

2. *Plutó*: en la mitologia grega, déu dels Inferns. Conegut també com a Hades, fou identificat amb Plute, déu de la riquesa, especialment de la dels metalls, que prové de les profunditats de la terra.

cavaller no fan mal a donzella! ¡E Déu me lleixe morir a tan dolça mort com vós fengiu que éreu morta! Lo mal que em direu, me vinga si no sou guarida al matí.

La Princesa, no prou aconhortada de la perduda honestat, no volgué satisfer a les folles paraules de la Reina, ans callà. Tirant se tornà al llit e la Reina se n'anà a dormir. Los dos amants estigueren tota la nit en aquell benaventurat deport que solen fer los enamorats.

[CDXXXVIII-CDLXXXVII]

L'endemà, Tirant es presenta a l'Emperador, el qual decideix acceptar el tractat de pau de cent anys amb una sèrie de condicions que són admeses, tot seguit, pels turcs. Se celebren grans festes, durant les quals Tirant es casa amb Carmesina i l'Emperador li concedeix el títol de Cèsar de l'Imperi. Amb l'ajut del rei Escariano, deslliura les ciutats en mans dels turcs, en una de les quals troba Diafebus, captiu dels turcs des que Tirant havia partit de Constantinoble i naufragat al nord d'Àfrica. Poc després, prop d'Andrianàpolis, durant una de les darreres campanyes d'alliberament dels territoris ocupats, l'heroi emmalalteix i s'adona que morirà aviat; fa testament a favor d'Hipòlit, rep l'extremaunció i escriu una carta a Carmesina. Finalment, mor en el trajecte cap a Constantinoble. Carmesina, en conèixer el traspàs del seu marit, pressent que la seva mort s'acosta. Expira després de confessar-se i de declarar l'Emperadriu com a hereva. L'Emperador, a conseqüència del dolor provocat per aquestes defuncions tan sobtades, també mor.

Aleshores, Hipòlit, hereu de Tirant, es casa amb l'Emperadriu, i és proclamat nou Emperador. Una de les seves primeres ordres és fer enterrar a Bretanya els cossos de Tirant i Carmesina, d'acord amb la seva darrera voluntat. Morta l'Emperadriu, Hipòlit es torna a casar amb una filla del rei d'Anglaterra, de qui té tres fills i dues filles. La novel·la acaba lloant l'hereu d'aquesta nissaga, que també es diu Hipòlit, per la seva actuació com a Emperador dels grecs.

Glossari

ab: amb
abduis: ambdós, -ues
abisar: destruir, arruïnar
acalar: abaixar, arriar, calar
acaminar: caminar
adarga: darga, escut petit de cuir
afaenat: enfeinat, ocupat
afeat: que serva la fe promesa
afronte: afrontament, atac
aitant: tant
ajunyir: ajuntar
alabaust: alabastre
alacaio: lacai, criat
alendar: alenar, respirar
alcadí: alcaid, jutge, entre els sarraïns
alendar: respirar, alenar
alesiat: ferit i privat de l'ús d'algun membre
alfóndec: edifici en el qual els mercants forasters tenien posada, magatzems, per fer les seves transaccions
algàlia: líquid espès i aromàtic que s'extreu de les glàndules anals de la civeta o gat d'algàlia
alimares: jocs, festes
allenegar: llenegar
allenegat: atrevit
alleujar: allotjar
alna: mida de longitud utilitzada per amidar roba i que equival aproximadament a un metre
alquible: lloc de les mesquites que indica la direcció vers la qual han de girar-se els musulmans per fer les seves oracions
alquinal: toca que duien les dones morisques al cap
alre: altra cosa
alt: dalt
altar: agradar
amaritut: amargor
aminvar: minvar
amprés: després
anda: post per transportar persones o coses
ans: abans
aperduat: que ha sofert pèrdues
aprés: després
aptea: aptitud

apuntament: conveni, especialment d'hora i lloc, per veure's dues o més persones
argue: torn de tracció vertical utilitzat a les platges per posar una nau en sec, per treure-la de l'aigua
artelleria: conjunt d'utensilis que calen per a fer un treball
artisat: fet amb art enginyós
asbrer: arbrer, mànec o barra que sosté unides les diferents peces d'una ballesta
asit: ben dispost
asseit: assegut
assinestrar: ensinistrar
atràs: enrere
atxa: destral
atzembla: bèstia de càrrega
aunir: unir
avallar: passar a un lloc més baix; baixos
avançar: afavorir

baïna: beina, estoig d'una espasa
balaix: mineral, espècie de robí de color rosa
bancs pitjats: aparells per cobrir les màquines de guerra que s'acostaven a un mur
batafalua: matafaluga
bavera: peça de ferro que s'unia a la part inferior de l'elm i servia per protegir la boca, la barba i part de les galtes
bellea: bellesa
billeta: part de ferro de la llança de junyir
boneta: tros de lona que es cosia a la vela major o al trinquet per augmentar la força del vent
bonetes: trossos suplementaris de la vela d'un vaixell
botgeta: bossa petita
briant: brià, butllofa de la sarna

cafís: mesura de capacitat per a cereals i calç, de valor variable segons les contrades
caladissa (porta): la que, per tancar-se, es deixava caure verticalment des de dalt del portal
calça: peça de vestir que cobria el peu i la cama d'una manera ajustada
caliditat: calentor
calitat: qualitat, manera de ser d'una persona
canyamó: granet de llavor de cànem
capirons: caperons, peça rodona de drap, punt... per a cobrir i abrigar el cap
carcomprar: fer pagar car
carçre: presó
cartell: document
cassa: recipient de metall amb un llarg mànec

castic: càstig
catiu, -iva: captiu, -iva
celada: emboscada de gent d'armes
celerat: malvat, criminal
centilla: relíquia d'un afecte, pensament; mínima part, partícula
cenyil: cinyell
claró: clarí
clotxa: túnica
clotxeta: peça de tela que servia per a cobrir i sostenir els pits de les dones
cobriatzembla: peça de tela que serveix per a cobrir les bèsties de càrrega
colobrina: arma portàtil de foc
cominal (estar a la): comú, pertanyent a la majoria / indiferent, imparcial / en igualtat de condicions
complanyença: complanta
condecent: just, adient
confermar: confirmar
congoixa: fatiga, treball / angoixa, tristesa
congoixar: provocar o tenir congoixa / demanar amb pressa
contentació: alegria
continent, de: tot seguit
convinent, covinent: convenient
corada: acció enèrgica
costreny: constreny
croixet: ganxet
cruer: creuer
cuiro: pell

dacsa: blat de moro
dan: dany
deaurat: daurat
dèbita: degut
deena: desena
degun, -a: cap
delliure: alliberat
denejar: netejar, purificar
depart: lloc separat, costat
desgraduar: privar algú del seu grau o dignitat
desalt: disgust
descominal: desmesurat, fora de mesura
desconfir: derrotar
desempatxar: apressar-se
desmesiat: execessiu
desonir: deshonrar
despoderat: sense força
destentar: trasbalsar, pertorbar
destrossa: derrota i matança
detràs: darrere
devís: discòrdia, divisió
devisa: divisa
devisar: vestir de manera elegant, amb divisa
diamà: diamant
discurs: transcurs de temps
dolre: doldre
dubte: temor, por

egual: igual
eixovar: aixovar
elet: escollit
elmet: elm petit que cobria el cap però que no se subjectava a les espatlles
embrunal: embornal, qualsevol dels forats de desguàs practicats a cada costat d'una nau, d'una calçada...
empaliada: fingida, encoberta
emparamentar: guarnir de paraments
empedir: impedir
empeguida: avergonyida
emprar: demanar (a algú que faci alguna cosa)
enaixí: així
encasar: encastar, posar dins una cavitat
encontrar: escometre
engan: engany
enganar: enganyar
enseguir: seguir
ensenar: ensenyar
ensús: amunt
entena: antena
enterrogar: interrogar
entràmenes: entranyes
entrar-se'n: afonar-se
envergonyir: avergonyir-se
escabell: escambell
escandalar: la segona cambra d'una galera
escenacle: escenari
escient: savi, sabedor
escura: obscura
esguardar-se: pertocar, pertànyer
esmaiar-se: desmaiar-se, defallir / desanimar-se / impressionar-se
espai: estona
espera: esfera
estadal: candela llarga i prima
estament: estat, salut
estat: estament
estela: estel, estrella
estotjar: guardar
estrado: part d'una habitació que té el sòl més elevat que la resta i està destinada a col·locar-hi un tron, un llit
estrenu: valent
esturment: instrument
exceptant: exceptuant
exelar: exiliar

fadat: embruixat
febrir: polir, fregar
feeltat: fidelitat
fel: fidel
fenella: escletxa
fengir: fingir
fer semblant: donar a entendre
fermetat: fidelitat / fermesa
ferre: ferro
ferrigible: trencadís, frangible

festejar: festivar, celebrar festes
ficta: fingida
fir: fereix, ataca
flixar: cedir
flum: riu
flumaire: riu
fonc: va ser
forment: blat
fort: fort /profund / difícil
fortalea: fortalesa
frare d'armes: germà d'armes
fulletat: adornat amb fulles
furgues: llargues
fusta: nau de fusta

gàbia: caixa on se situava el guaita d'un vaixell
gàlib: grossària en proporció amb un motlle determinat (de vaixells)
gambal: corretja que manté penjat l'estrep de la sella
gast: acte i efecte de gastar; despesa
gastar: destruir
gebelí: gibelí
gentilea: gentilesa
gesmir: gessamí
ginet: genet
gingibre: gingebre
ginyar: idear amb enginy
girar: traduir, passar d'un idioma a un altre
glai: espasa
gosset: peça secundària de l'armadura, enganxada al gorjat, a la cuirassa o al braçal
granea: grandesa
grosser, -a: bast, mancat de refinament
guastar: devastar
gúmena: corda gruixuda que serveix especialment per a amarrar l'àncora i altres objectes pesants

hacanea: cavall una mica més alt que l'haca, animal petit i vigorós que no sobrepassa els 140 centímetres
heraut: herald, missatger
hespital: hospital
hoc encara: fins i tot
hores: oracions que es reciten o es canten en les hores canòniques / llibre que conté aquestes oracions
hort: jardí
hui: avui
huit: vuit

infels: infidels, sarraïns
infinida: infinita
instable: inestable
instància: habitació
insturments: instruments

jamés: jamai, mai
jaseran: cota de malles
jatsesia: encara
jatsia: encara
jornea: peça de vestir que portaven els homes, principalment els heralds i els patges, que arribava més avall de la cintura i que se subjectava amb una corretja

letícia: alegria, delit
llaor: lloança
llavor: treball
llealtea: lleialtat
lleixar: deixar
llert: llegit
llest-a: llegit-da
lliberació: alliberament
lligar: pentinar una dona
llurea: lliurea
loqüela: llenguatge

magnitat: magnanimitat, magnitud
maleïta: maleïda
malmesclar: posar malament, en enemistat
malvesia: malvasia
man: mà
maniple: corretges que subjectaven l'escut al braç
manyopa: manopla
manyosa: mocador que les dones italianes portaven damunt el cap
màrrega: peça de vestir de tela basta, generalment de color fosc, usada com a vestit de dol
mars: marta
marsapà: massapà
matre: màrtir
matalaf: matalàs
mateis: mateixos
mena: merlet
menaces: amenaces
meneig: conducta
menejar: manejar / moure d'un costat a l'altre
merir: merèixer
mès: participi del verb metre
mia: meva
ministres: músics
mitadat: meitadat
mitadats: meitadats, meitat per meitat
molre: moldre
moniment: monument
museta: instrument musical semblant a la cornamusa

ne: ni
negú; negun, -a: ningú
noblea: noblesa
noïble: nociu
nòlit: lloguer d'una embarcació
novitat: novetat, innovació

obmetre: ometre
obte: òbit, defunció
oi: odi
onces: unces
onço: ós
ordinació: ordre, manament

pagania: conjunt de territoris dels pagans, països pagans
païment: paviment
palenc: lloc de competició on combatien els cavallers
panicer: flequer
papafigo: cobricap que s'estenia fins a cobrir el coll, deixant només al descobert els ulls i el nas
papalló: tenda de campanya de forma cònica
parxe: part de tela o de pell d'una corretja o cinturó
passador: sageta molt aguda
passar: passar / deshonrar, violar una dona
paternostres: rosaris
pavés: escut llarg rectangular que, situat a terra i sostingut per un soldat, protegia els ballesters durant l'atac
peixcar: pescar
penatxo: plomall, floc de plomes
pensar: preocupar-se
pertànyer (reflexiu): ésser propi
plaja: platja
poc: petit
poixant: puixant
pols: templa
porrogar: prorrogar
porsavant: patge que acompanyava l'herald i el substituïa, a vegades, en les seves funcions
portelleta: portella, porteta que es practica en el batent d'una porta més gran
porxe: porxo
pràtiques: pràctiques
prefat: predit, anomenat abans
preïcar: predicar
prepòsit: propòsit
pressa: conjunt de gent que va ràpidament a un lloc o que es mou desordenadament / multitud de combatents mesclats en la batalla / situació perillosa
preterir: morir
principiador: iniciador
proceir: procedir
proferta: oferiment
pus: més, ja que

quala: quina
qualsevolgués: qualsevol
qualsque: aproximadament
querella: queixa
quesvulla: qualsevol cosa

quitar: redimir, posar en llibertat algú pagant per ell
quòndam: que va ser

raigada: arrelada
rampagoll: ganxo ficat al cap d'un mànec per a agafar i subjectar objectes
rastre: rastellera, enfilall
real: campament
realme: reialme
rebordonit: degenerat, petit
rebual: fet malbé, que ha perdut força
redó: rodó
redubtable: que inspira respecte, temor
regir-se: comportar-se
regonèixer: reconèixer
rembre: redimir
remor: avalot
remuda: redimida
reng: clos disposat per tenir-hi un combat / combat tingut dins un clos
replir: omplir
repropi d'amor: que es resisteix a l'amor
requir: requerir
rest: peça de ferro clavada al costat de la cuirassa i servia per sostenir la llança
reverir: tenir en reverència
revol: la part exterior o allunyada del centre d'un escut defensiu
riquea: riquesa
roada: rosada
ruat: arrugat

sabut: saberut
sagrament: jurament
salà: oració pròpia dels musulmans
sancer,-a: sencer,-a
sancerro: esquella
sangrent: sangonent
sarjant: servent
saués: espècie de gos coniller
sàvena: mocador gran amb què les dones es cobrien el cap i les espatlles
servirs: serveis
sí: així
sinistra, siniestra: esquerra
sisània: zitzània
so: manera d'estar o obrar
soferir: sofrir
sorgir: ancorar
sotil: prim; de poca vàlua
sua: seva
sus: amunt, damunt / interjecció que incita algú a moure's, a anar-se'n d'un lloc

tamborino: tamborí, timbal petit
tanquea: ungüent depilatori

tapí: sandàlia
taulatger: mantenidor d'una taula de junyir
tea: teia, torxa
tembre: témer
temprar: temperar, moderar
tenir cara (a algú): combatre'l, sostenir-hi lluita
tento: esma
tirar un bot: donar un cop
tolre: toldre, treure
torns: tombs, voltes
tració: traïció
travessura: entremaliadura
triquet: trinquet, el pal més pròxim a la proa en un vaixell de més d'un pal
tristícia: tristesa
tua: teva
tutament: sense perill
vençre: vèncer
venguda: vinguda
verdesca: construcció de fustes bastida damunt una torre, una muralla, un pont, per cobrir els defensors contra els trets dels enemics
visarma: alabarda, arma ofensiva acabada en una punxa, amb dues ales que tenen l'una la forma de punxa i l'altra de mitja lluna, i proveïda d'una asta d'uns dos metres
viula: viola
vulgat: divulgat

xapellet: lligall que cenyia el cap
xaramita: dolçaina

Propostes de treball

Sobre el context cultural

1. Fes un resum dels principals esdeveniments històrics dels regnats d'Alfons el Magnànim (1416-1458) i Joan II (1458-1479), durant els quals Martorell va preparar i redactar *Tirant lo Blanc.*

2. Un dels elements que va contribuir a la difusió de la cultura fou la invenció de la impremta. Realitza un comentari sobre el seu origen i la seva introducció als Països Catalans.

3. Amb l'ajut dels manuals de literatura, comenta la situació literària a València durant segle XV, parant atenció als autors i obres més importants.

4. L'heràldica té per objecte l'estudi dels escuts d'armes. Busca informació sobre aquesta disciplina i, posteriorment, redacta un text expositiu a partir de les referències que hagis trobat. Posa un especial èmfasi en l'origen i la funció dels escuts d'armes així com en el llenguatge i en la terminologia específiques d'aquesta ciència.

5. Llegeix atentament aquests versos de la composició de Pere March *L'arnès del cavaller* i busca en el diccionari el significat dels mots que facin referència al món de la cavalleria.

E dirai-vos enans (1)
quin arnés vos tramet.
Primer un bacinet
fort bell e ben dreçat,
ab son capmall pausat
dins estofa (2) doblada,
e cota ben tallada,
de bon acer e fi;
e jaqués atressí(3)
fort e de bona talla
e les bragues de malla

no em són eixoblidades (4);
cuixeres ben tallades,
greves (5) e sabatós
vos darai per rasós,
tals com mester vos fan,
que no us fassen afany
d'armar-vos-en tot jorn,
ans hi trobets sejorn
e us en vullats garnir (6).
E perquè relluir
devets sus tots reials,
vos don sobresenyals (7)
al cos fait de bon tall,
sí que ges (8) no us defall
arnés pel cos defendre.
Mas per altrui (9) ofendre
havets també mester
un fort glavi d'acer
ab asta lleus e granda (10),
perquè la gent truanda
metats de lluny a terra,
e espasa de guerra,
fort, tallant és aguda
e pel mig esquenuda (11),
que no puixa trencar;
e no hi dei (12) oblidar
coltell poc e tallant
és atxa bella e gran
ab què puixats ferir.
Encara us vull servir
d'una trop gentil sella,
e de brilla fort bella
e d'esperós daurats.

Pere i Jaume March. *Cobles i noves rimades*. Edició de Jaume Vidal Alcover. València, Editorial Tres i Quatre, 1987.

Glossari:

(1) *enans*: abans
(2) *estofa*: roba, especialment de llana o de seda
(3) *e jaqués atressí*: i vestit igualment
(4) *eixoblidades*: oblidades
(5) *greves*: gamberes, peces de l'armadura que cobrien la cama
(6) *garnir*: guarnir
(7) *sobresenyals*: teles en què anava marcat el senyal heràldic
(8) *ges*: gens
(9) *altrui*: d'altri
(10) *granda*: gran
(11) *esquenuda*: que té la part posterior robusta
(12) *dei*: deus

6. Llegeix aquest capítols d'un pas d'armes cèlebre a l'època, el Passo Honroso, que el cavaller lleonès Suero de Quiñones i nou altres mantenidors van dur a terme, al pont d'Órbigo, entre el juliol i l'agost de 1434. Fes un resum del que s'hi exposa:

CAPÍTOL DE SUERO DE QUIYONES,
DEL PAS QUE HAVIA TENIR EN CASTELLA

A tots los cavallers e gentils hòmens als quals serà notificat lo present fet, sia manifest com jo seré ab nou cavallers e gentils hòmens, que ab mi han de ser en la deliberació de la dita ma presó e empresa, en lo pas prop lo pont de Órbigo, llunyat del camí quantitat de cinquanta passes, poc més o menys, quinze jorns abans de la festa de l'apòstol benaventurat dessús dit; en lo qual jo seré xv jorns aprés de la festa damunt dita, si abans del dit temps lo meu rescat no serè complit. Lo qual és de tres-centes llances rompudes per l'asta; ab ferres forts, ab arnès de guerra, sens escut ni targa (1), ne més d'una dobladura sobre cascuna peça. [...]

L'onzèn capítol és que ab nengú cavaller o gentil hom dels que allí vendran no seran fetes armes, si abans no diu qui és ni d'on.

Lo dotzèn capítol és que si algun cavaller o gentil home, mogut ab gran desig, caent en los perills de les armes les quals són a tots comunament al dit pas, no haja dubte que en sa salut sien certs que tots los que en lo dit pas seran ferits, jo els donaré metges que els guarran (2) de les nafres, e totes les coses que hauran mester, bé e tan complidament com a ma persona mateixa, en tot aquell temps que mester ho haurà, e més si rebre ho volrà.

Lo tretzèn capítol és que jo assegur, a fe de cavaller, que si cars és que algun dels cavallers o gentils hòmens que al dit pas vendran, en les armes que faran si portaran avantatge, o firen (3) a mi o alguns dels cavallers que ab mi seran, que jamés los serà demanat per nosaltres ni per parents ni amics nostres.

Lo catorzèn capítol és que qualsevol cavaller o gentil hom que anara camí de Sant Jacme en romeria, no acostant-se al dit loch del pas on serem jo e los cavallers que ab mi seran, poran anar sens contrast (4) nengú, de mi e dels cavallers dessús dits, en sa romeria.

Lo quinzèn capítol és que qualsevol cavaller o gentil hom, designat lo dit camí del romiatge, s'aplegarà al lloc del pas que jo guarde, no es puixa partir del dit pas sens que primer no faça les armes ja divisades, o lleixe una arma de les que aportarà, e l'esperó dret, ab que jure que jamés portarà aquella arma o esperó fins que es veja en fet d'armes tant perillós o més que aquell on lo lleixarà.

MARTÍ DE RIQUER. *Lletres de batalla*, volum II. Barcelona, Editorial Barcino (Els Nostres Clàssics), 1968.

Glossari:

(1) *targa*: escut de forma rectangular
(2) *guarran*: guariran
(3) *firen*: fereixen
(4) *sens contrast*: sense lluita

7. La lletra de Miquel d'Avinyó i la seva resposta per part de Francesc de Corbera tracten d'un cas d'anul·lació de matrimoni: el primer requereix de batalla a ultrança el segon perquè, de retorn d'un viatge, ha sabut que aquest havia negat el seu matrimoni amb Francina, germana de Miquel d'Avinyó. Francesc de Corbera li respon que no és cert que Francina d'Avinó sigui la seva muller, com es palès per actes públics i sentència donada per l'oficial de Barcelona i tres juristes. Redacta una requesta semblant a la de Miquel d'Avinyó

que reflecteixi una situació pròpia o inventada. Després realitza una versió al català actual de la resposta de Francesc de Corbera, seguint el text amb la màxima fidelitat possible.

1

REQUESTA DE BATALLA A TOTA ULTRANÇA DEL MAGNÍFICH EN MIQUEL DE VINYÓ AL MAGNÍFICH EN FRANCESCH CORBERA

En Francesch de Corbera:

Aribat yo, Miquell de Avinyó, de mon viage, he sabut cert, per mon pare e per altres parents e amichs meus, que per vós és estat denegat lo matremoni entre vós e Na Francina de Vinyó, sor mia; e deliberat fer-vos la present que si vós perseverau en la dita negativa, que la dita Na Francina no sia vostra muller, e no tement vós Déu ne la vostra honor, per ço yo, Miquel de Vinyó, sentint-me de la mia honor, sobre aquesta querella vos requir de batalla, lo vostre cors al meu, fahedora a tota ultrança, hoferint-me fer-vos dir per vostra boca que la dita Francina, sor mia, és vostra muller, o metre-us mort o vençut per terra; e dins sis messos haver-vos jutges christià qui.ns tendrà la plaça segura. E si dins los dits sis messos no podia haver jutge christià, vos ofir, dins altres sis mesos, haver-vos-ne de infel qui.ns lexarà venir nostra batalla a fy; e com cars fos no ho fes, en aquell cars yo, dit Miquell de Vinyó, vos ne hauré hu o tants fins que nostra batalla vinga a fy per mort de hu o d'altre, o per vós me sia atorgat lo matremoni.

E ab tot crech vostres esperits són jentils, e que de vós no exeria sinó lo degut, vos prech per deute de jentilea, haja de vós aquella resposta que de vós se pertany ne confiu, sens dilació alguna, achceptant ma requesta, la qual vos tramet per En Llorenç Querol, trompeta, a la rellació del qual estaré, si rebuda la haurets.

Feta en les Casses de Sant Johan, a XVII de juny, any M CCCC LIIII, partida per A B C e sots escrita de la mia mà, e, en falta de mon sagell, sagellada ab les armes de mon mestre mossén Guerau Alamany de Cervelló, a la cassa del qual vostra resposta me sia endreçada.

Miquel de Vinyó

2

RESPOSTA D'EN FRANCESCH DE CORBERA A LA PRIMERA LETRA D'EN MIQUELL D'AVIYÓ

En Miquel de Vinyó:

Una vostra letra he rebuda per En Llorenç Querol, trompeta, sots escrita de vostra mà, sagellada ab les armes de mossén Guerau Alamany de Cervelló, partida per A B C, feta en les Cases de Sent Johan a XVII del present mes, contenint en efecte que si yo vull dir que Na Francina de Vinyó, jermana vostra, no sia ma muller, que sobre aquesta querella me requeriu de batalla a tota ultrança, del vostre cors al meu, oferint-vos fer-me dir per ma boca que la dita Francina és ma muller, o metre'm mort o vençut per terra, ab altres rahons en vostra letra contengudes, a què.m refir.

E responent a vostra requesta, dich que no és veritat que la dita Francina sia ma muller; e no contrastant que és prou manifest que per la mia honor és poch nesesari de combatre'm ab vós per aquesta querella, com per actes públichs e sentència donada per lo honorablle official de Barchinona, ensemps ab tres solemnes doctors que él hac per adjunts, se'n mostre lo contrari, mas, per satisfer a vostra voluntària requesta e que vós conegau que yo só aquell que axí ab les mans com ab la ploma vos defenré mon dret, en nom de Déu e del benaventurat cavaller sant Jordi, achepte la batalla del vostre cors al meu, retenint-me tots los drets que com a defenedor me pertayen, hoferint-vos dins sis mesos vos haver hagut jutge, a vós no sospitós, qui.ns tendrà la plaça segura; e si dins los sis messos no.l podia haver, me plau en libertat vostra havent-lo dins altres sis, a mi no sospitós. E, confiant en la mia dilegència, me pens que us trauré de trebal.

Per què, En Miquell de Vinyó, si tanta voluntat haveu de combatre com vostres paraules mostren, haja vostra concordablle resposta; e haguda aquella, tantost proceiré en cercar jutge e divisar armes e forma de combatre.

E en testimoni de les damunt dites cosses vos tramet la present per En Martí Vidal, trompeta, a la relació del qual staré, partida per A B C e sots escrita de la mia mà e sagellada de mes armes, feta en Barcelona a XXVII de juny, any M CCCC LIIII.

FRANCESCH DE CORBERA

Lletres de batalla, volum III, edició de Martí de Riquer. Barcelona, Editorial Barcino («Els Nostres Clàssics»), 1968.

8. La recreació de la història medieval i de la literatura que va generar ha estat una pràctica habitual per part dels escriptors, sobretot del Romanticisme ençà. Relaciona aquestes obres que recreen el món medieval amb els seus autors i l'any de publicació:

WALTER SCOTT	*Un ianqui a la cort del rei Artús*	1998
EMILI TEIXIDOR	*El cavaller inexistent*	1947
ITALO CALVINO	*El nom de la rosa*	1982
JOAN PERUCHO	*L'atles furtiu*	1889
LLUÍS RACIONERO	*Ivanhoe*	1980
UMBERTO ECO	*Cercamón*	1819
MARK TWAIN	*Llibre de cavalleries*	1959
ALFRED BOSCH	*L'ocell de foc*	1972

Sobre «Tirant lo Blanc»

a) Sobre l'autor i la novel·la

9. Completa la graella sobre els següents esdeveniments històrics i la seva connexió amb *Tirant lo Blanc*:

Any	*Esdeveniments*	*Connexió amb la novel·la*
1305	Assassinat de Roger de Flor	
1438	Estada de Martorell a Anglaterra	
1443	Pedro Vázquez de Saavedra socorre l'imperi grec	
1444	Desafiament amb Gonçalbo d'Híjar, comanador de Muntalbà	
1444	Setge de Rodes	
1448	Joan Hunyadi venç els turcs	
1453	Els turcs conquereixen Constantinoble	
1468	Mort de Joanot Martorell	
1490	Mort de Martí Joan de Galba	

10. Llegeix atentament aquesta lletra de batalla de Joanot Martorell a Joan de Monpalau. Indica l'esquema de la carta i el tractament que rep cadascuna de les parts. Creus que és possible parlar de ridiculització del desafiament i, en conseqüència, de deformació del sentit de l'honor?

Segona lletra de Joanot Martorell a Joan de Monpalau

En Joan de Monpalau. Per Desirós, porsavant del molt il·lustre senyor lo senyor infant don Enric he rebuda una lletra vostra, partida per A B C, sots escrita de vostra mà e sagellada ab sagell de vostres armes en València a XVI de maig de l'any present e dejús escrit, responsiva a la primera lletra per mi a vós tramesa, a la qual vos responc que só no poc maravellat de vós com, oblidant vostra honor, no haveu curat respondre, atorgant o negant, als lleigs casos e crims per vós fets e per mi a vós posats en ma primera lletra, sobre los quals, ab lo sagrament ensems, és lo fundament de ma requesta e de nostra batalla. Dels quals casos e crims tot cavaller o gentil hom se deu scusar e defendre, e vós, sens pus, haveu respost negant haver fet lo sagrament de pendre la dita ma germana per muller e aquella esposar dins breu temps, llexant tots los altres casos e crims, ab vostra honor ensemps. E sobre lo dit cas com a defendedor acceptau la batalla, devisant la fer a cavall i ab certa manera de armes, segons llargament en vostra lletra és contengut, i em donau lo càrrec de cercar i haver lo jutge per espai de sis mesos, sots les condicions e penes contengudes en ma primera lletra. E puix haveu volgut devisar les armes e la batalla fer a cavall, deguéreu haver pres lo càrrec de cercar i haver lo jutge ab les condicions e penes contengudes en ma primera lletra.

E per no perdre temps, donant fi a paraules, jo, en nom de Nostre Senyor Déu, qui és vencedor de les batalles, e de la gloriosa nostra Dona, mare sua, e del benaventurat cavaller mossènyer Sent Jordi, só content, a ma requesta, de combatre-us a cavall, ab les armes per vós devisades, i sobre lo cas per vós acceptat, ab tots los altres casos e crims per vós fets e per mi a vós posats, ço és, per la deslleialtat e maldat per vós feta, segons llargament en ma primera lletra és contengut. E axí mateix só content de cercar ab gran diligència, e per mon poder trobar, lo jutge dins espai de sis mesos, ab les condicions e penes contengudes en ma primera lletra, ço és, que si lo jutge per mi hagut no ens llexava combatre contínuament e per tantes jornades fins que la hu de vós o de mi hi romangués mort o vençut, que en tal cas jo sia encorregut en les penes contengudes en ma primera lletra; e si dins los sis mesos jo no he trobat un tal jutge, vos profir aquell cercaré tant e tant llongament fins l'haga trobat, ab totes les condicions e penes en ma primera lletra contengudes. E si vós, per satisfer a vostra honor, volreu cercar un tal jutge, ab les damunt dites condicions e penes, só content donar-vos facultat de cercar-lo, davant lo qual, si per vós serà trobat, hajam a portar nostra batalla a tal fi que la hu de vós o de mi hi romanga mort o vençut, sots les condicions e penes contengudes en ma primera lletra, e per qualsevulla jutge hagut ésser donat temps covinent a qualsevol de vós o de mi comparare davant lo jutge e salconduit tal com en tals afers és necessari. E un tal treball per vós e per mi no deu ésser recusat.

E si a la present me volrets respondre donant la resposta a mossén Bernat Joan, que és procurador meu per aquest acte, jo l'hauré per rebuda, la qual vostra resposta esperaré per espai de cinc dies aprés que la present vos serà presentada.

E per testimoni de les dites coses vos tramet la present per Desirós, porsavant del molt il·lustre senyor lo senyor infant don Enric, partida per A B C e sots escrita de la mia mà e sagellada ab sagell de les mies armes en València a XVIII de maig, any MCCCC XXXVII.

Martí de Riquer i Mario Vargas Llosa, *El combate imaginario: las cartas de batalla de Joanot Martorell.* Barcelona, Editorial Seix Barral, 1972.

11. Compara amb l'ajut del mapa que trobaràs a la pàgina 48 els viatges que realitzà Joanot Martorell amb les rutes de Tirant lo Blanc. En quins indrets coincideixen autor i personatge?

12. Busca informació sobre el tòpic literari de l'amor cortès. Indica en què consisteix i quin és el tractament que li dóna Martorell. Segueix fidelment aquest tòpic o, pel contrari, el desmitifica?

13. Comenta els passatges dels capítols llegits de la novel·la que es poden qualificar d'humorístics, tant pel que fa referència als personatges, al llenguatge o a les situacions. Posa especial atenció als episodis centrats en la cort de Constantinoble.

14. Indica els episodis, escenes, detalls... que presenten Tirant com un heroi cavalleresc i els que l'humanitzen i/o ridiculitzen.

15. Dins *Tirant lo Blanc* conviuen dos estils diferents: l'un que destaca per la seva retòrica, definit com a «valenciana prosa», i l'altre que presenta un to col·loquial. Cerca un exemple de cadascun, estableix-ne les característiques i compara'ls. Després, analitza els trets específicament valencians de la llengua.

16. Redacta un text expositiu en què exemplifiquis aquesta afirmació de Manuel Llanas i Ramon Pinyol: «El *Tirant*, obra cavalleresca, és ple d'humor i d'ironia, si bé hi ha dos aspectes sobre els quals no es permet ni la més lleu broma: la cavalleria i la guerra.»

b) Sobre els capítols de lectura obligatòria

(Capítols X-XII)

17. Quines són les característiques de les magranes incendiàries? On va aprendre Guillem de Varoic a construir-ne?

18. Compara el fragment del capítol X del *Tirant lo Blanc* sobre les magranes incendiàries amb aquest passatge del *Guillem de Varoic*. Quin dels dos textos explica amb més detall l'episodi? Ha canviat la manera de narrar d'un text a l'altre?

—O rey molt adolorit!: ¿en poca sperança tens ta vida? Stoja aquexes làgremes a menys desigada fortuna que aquesta. Puix veig que tes pregàries són tan gustes e tan homils, per reverència de aquell qui.ns ha creats a semblança e factura sua, e per amor de tu, qui est món senyor natural, yo só dispost entrar en batalla, axí vell com só, per defendre christiandat e augmentar l'orde de cavalleria. Però, senyor, ffes que't regesques a mon consell, car ab la ajuda de nostre senyor Déu yo't donaré glòria, honor e fama, e't faré vençedor de tos enemichs. Fes axí senyor: com sies davant los teus cavallers, mostra la tua cara a tot lo poble alegra e pagada; dina't, e dóna't alegria molt més que no has costumat fer; e fes-me haver unes vestidures de sarrazí, e yo, qui sé la lengua morisqua, per ço com fuy en Alexandria hi a Barut, anant a la sancta casa de Jerusalem, aturí ab ells gran temps e sé bé parlar lo seu lenguatge. Aiximateix aprenguí dins Barut de fer magranes, ab certs materials compostes. Yo sol hiré en mig d'ells al hora de miga nit, e demà, qui serà digous, a la hora tarda yo metré tantes magranes en una part del camp, e cremarà tot quant li venrà davant. Ab quanta aygua ha en lo riu no bastarà a poder-la pagar, car de tals materials són compostes: com més aygua lançaran, més se ençenrà lo foch. E tu, senyor, armar-t'as ab los teus cavallers; e com los moros hiran cuytats per pagar lo foch, tu, senyor, exiràs, e feriràs en la major presa de la gent. E sé ben dir, senyor, que X dels teus basten a desconfir-ne C dels altres; car yo.t jur, senyor, en veritat, essent en Barut, yo.m trobí en semblant cas, en batalla de rey a rey, que en sta manera yo fuy veçedor de aquella, per ço com tot lo càrrech vench a mi. E no.t maravells, senyor, de ço que dich, car a tot cavaller sta bé e deu fer son poder en saber coses que sien per a offendre e deffenre a sos enemichs.

Tractats de cavalleria, edició de Pere Bohigas. Barcelona, Editorial Barcino («Els Nostres Clàssics»), 1947.

(Capítols XXVIII-XXXII)

19. Indica els ideals cavallerescos que exposa Guillem de Varoic a Tirant lo Blanc. Respon Tirant al model de cavaller que s'hi exposa?

20. Una de les fonts escrites del *Tirant lo Blanc* és el *Llibre de l'orde de cavalleria* de Ramon Llull. Assenyala les semblances entre aquest fragment que reproduïm i l'escena del capítol XXVIII del *Tirant*.

En aquell temps, en l'entrada del gran hivern s'esdevenc que un gran rei, molt noble e de bones costumes bé abundós, hac manades corts; e per la gran fama qui fon per la terra de sa cort, un asaut escuder, tot sol en son palafré cavalcant, anava a la cort per ésser adobat a novell cavaller. On, per lo treball que hac sostengut de son cavalcar, demetre que anava en son palafré, adormí's. E, en aquella hora, lo cavaller qui en la forest faïa sa penitència fon vengut a la font contemplar Déu e menysprear la vanitat d'aquest món, segons que cascun jorn havia acostumat.

Demetre que l'escuder cavalcava enaixí, son palafrè eixí del camí e mèsse per lo boscatge; e anà tant lla on li plac per lo boscatge, tro esdevenc en la fontana on lo cavaller estava en oració. Lo cavaller, qui viu venir l'escuder, lleixà sa oració e assecse en lo bell prat a l'ombra de l'arbre, e començà a llegir a un llibre que tenia en sa fauda. Lo palafrè, con fo a la font, bec de l'aigua; e l'escuder, qui sentí en dorment que son palafrè no es movia, despertà's e viu denant si lo cavaller, qui fo molt vell, e hac gran barba e llongs cabells e romputs vestiments, per la vellea e per la penitència que fasia, fo magre e descolorit e, per les llàgremes que gitava, sos ulls foren apoquits e hac esguard de molta sancta vida. Molt se meravellà la un de l'altre, car lo cavaller havia llongament estat en son ermitatge, en lo qual no havia null hom vist depuis que hac desemparat lo món e es lleixà de portar armes; e l'escuder se meravellà fortment com era esdevengut en aquell lloc.

Ramon LLULL, *Llibre de l'ordre de cavalleria,* a cura de Marina Gustà. Barcelona, Edicions 62, 1980.

(Capítols LX-LXVII)

21. Analitza el detallisme narratiu i descriptiu de les escenes en què Tirant s'enfronta al cavaller de Muntalt i al senyor de les Vilesermes. És justificada la crueltat que mostra?

22. Quin és el paper que juga el fermall d'Agnés de Berri en aquest episodi? Es pot considerar una penyora eròtica?

23. Escriu una possible resposta a la lletra de batalla que tramet el senyor de les Vilesermes a Tirant en el capítol LXII.

(Capítol LXXXV)

24. Fes un resum de l'origen de l'orde de la Garrotera, tal i com l'exposa Martorell en aquest capítol. Quina relació hi ha entre cavalleria i cortesia?

25. Comenta el lema de l'orde *Puni soit qui mal y pense* (que sigui castigat qui malpensi). Contra qui s'institueix l'orde?

(Capítols XCVIII-XCIX)

26. La història del setge de Rodes és explicada per dos cavallers de la cort del rei de França. Per què se serveix Martorell d'aquest procediment indirecte per construir la novel·la?

27. Comenta l'episodi de la Dama de Rodes. Quina és la moral de la Dama? I la dels seus dos amants? En quins moments Martorell es mostra irònic?

(Capítol CXVIII)

28. Descriu de manera detallada l'enamorament de Tirant. En quins passatges Martorell mostra la seva ironia? A què ho atribueixes?

29. La història de Píram i Tisbe es troba en el poema llatí *Les Metamorfosis* escrit per Ovidi el segle I abans de Crist. Llegeix-la i assenyala'n els punts de contacte amb els amors de Tirant i Carmesina.

30. Assenyala les semblances i les divergències entre el passatge on es narra l'enamorament de Tirant i aquest en què s'explica com Güelfa s'enamora de Curial.

La Güelfa, la qual jove e fresca era, e a la qual cosa alguna sinó marit no fallia, trobant-se molt bella e molt lloada, rica e favorida e ociosa, requerida e per molts sol·licitada, veent que son frare no es curava de donar-li marit, ne a ella paria cosa honesta demanar-lo, no podent resistir als naturals apetits de la carn, qui ab continus punyiments incessantment la combatien, pensà que si per ventura ella amàs secretament algún valerós jove, puis que algun no se'n apercebés no seria deshonestat, e que ja havia esdevengut a més de mil altres; e posat que alguns per via d'indicis, volent devinar ço que no saben, se n'apercebessen, no gosarien parlar de tan gran senyora com ella era. E així donà llicència als ulls que mirassen bé tots aquells qui eren en casa de son frare. E, no havent esguard a claredat de sang ne a multitud de riqueses, entre els altres li plagué molt Curial, car veent-lo molt gentil de la persona, e assats gentil de cor, e molt savi segons la sua edat, pensà que seria valent home si hagués ab què. Per què imaginà avançar-lo, e d'aquí avant començà'l-se a acostar, e cridava'l sovent e parlava ab ell molt volenterosament.

Curial e Güelfa, a cura de Marina Gustà. Barcelona, Edicions 62 i «La Caixa», 1979.

(Capítols CXXVI-CXXVII)

31. Com aconsegueix Tirant superar la seva timidesa a l'hora de declarar el seu amor a Carmesina? Quin és el paper que juga l'espill en aquest episodi?

32. Destria i comenta els arguments que donen Estefania i la Viuda Reposada, tant a favor com en contra, de la relació amorosa entre Carmesina i Tirant? Creus que Martorell ens anticipa alguns trets del seu comportament posterior.

(Capítol CLVII)

33. Explica l'estratègia de l'exèrcit cristià en la batalla contra el Soldà. Quin tractament dóna Martorell a la violència de determinades escenes i personatges?

34. Analitza el personatge del Duc de Macedònia: caracterització, accions que realitza, relacions que manté... Per què Martorell presenta un traïdor entre les forces cristianes?

35. Elabora un vocabulari amb la terminologia bèl·lica que apareix en aquest capítol.

(Capítols CLXIII-CLXIV)

36. El somni que narra Plaerdemavida a la Princesa, és real o fingit? Justifica la teva resposta amb els exemples adients.

37. Quines diferències hi trobes entre la relació de Tirant i Carmesina i la de Diafebus i Estefania? Cal tenir present que Diafebus i Estefania s'havien promès amb anterioritat mitjançant un permís escrit, concretament un albarà.

(Capítol CLXXXIX)

38. La Princesa rep Tirant molt durament a la seva cambra. Creus que en els seu discurs hi ha una actitud de duresa vers el cavaller o més aviat de desig? Com reacciona Tirant davant aquesta actitud?

39. Quins personatges, i de quina manera, manifesten el seu gust per tot el que es relaciona amb el cerimonial cavalleresc en les festes que fa l'Emperador en honor als ambaixadors del Soldà?

(Capítols CCXXXI-CCXXXIII)

40. Assenyala els temes del diàleg que sostenen Plaerdemavida i la Princesa i el que s'estableix entre Tirant i Plaerdemavida. Quina és l'actitud de l'heroi després d'escoltar els arguments de Plaerdemavida?

41. Determina, amb exemples, el paper que juga Plaerdemavida en aquests capítols. Quin és el comportament eròtic d'aquest personatge? Relaciona la teva resposta amb els fets que es narren al capítol CLXIII.

(Capítols CCLX-CCLXII)

42. Descriu la relació amorosa que es dóna entre l'Emperadriu i Hipòlit. Quins beneficis obtenen cadascun? Quines diferències hi ha entre aquesta relació amorosa i la de Tirant i Carmesina?

43. En què consisteix el somni fingit de l'Emperadriu? Compara'l amb el somni que té Plaerdemavida al castell de Malveí.

(Capítol CCLXXXIII)

44. Fes un llistat de les accions, ordenades cronològicament, que realitza la Viuda Reposada en aquest capítol per crear una «ficció» que enganyi Tirant.

45. Quina realitat veu Tirant en els miralls? Per què els trenca? Quins són els topics antifemenins que es troben en el plany de l'heroi que tanca el capítol?

46. Quina és la funció de l'episodi dins el conjunt de l'obra? Creus que Martorell és realista a l'hora de presentar els personatges o més aviat intenta ridiculitzar-los?

47. Realitza una anàlisi lingüística del plany de Tirant, posant especial atenció en els aspectes següents: *a*) sintagma nominal: components (substantius, adjectius i determinants) i característiques (ordre dels elements, elisions, estructures...); *b*) sintagma verbal (verb, adverbi i conjunció) i característiques (tipus de verbs, temps, mode, persona en les formes verbals...); *c*) oració simple i oració composta (classes, paral·lelismes...) i *d*) figures retòriques. Després, redacta les conclusions a què hagis arribat.

(Capítols CDXXXIV-CDXXXVII)

48. Quin és el consell que dóna Plaerdemavida a Tirant? Creus que l'heroi és encara un personatge insegur i tímid en el terreny amorós? Quins són els sentiments que expressa la Princesa després d'haver estat posseïda per Tirant?

49. Compara aquests versos de *Lo procés de les olives* de Bernat Fenollar i Joan Moreno, que utilitza imatges i metàfores procedents del món militar, amb el capítol CDXXXVI del *Tirant lo Blanc.*

> De l'acte de l'amor seguint la milícia,
> los jóvens són aptes les armes portar,
> que, en lo primer toc, dient «cavalcar!»
> són tots a cavall, ardits, sens pigrícia
> Aprés, si lo cas, en tal cas los força
> que deguen entrar en un castell fort,

caminen deu llegües sens tembre la mort,
i, armats ab poder, escalen tal força.

Lo procés de les olives. Lo somni de Joan Joan. Edició de Vicent Pitarch i Lluís Gimeno. València, Edicions Tres i Quatre, 1988.

50. Redacta un final diferent per a la novel·la. Posa especial atenció a les relacions que mantenen Tirant i Carmesina; i Hipòlit i l'Emperadriu.

Índex